푸른
기록

푸른
기록

염색가 신상웅의 인문 에세이

소요서가

일러두기

- 이 책은 절판된 《쪽빛으로 난 길》(마음산책, 2016)을 다시 낸 것이다. 글을 다듬어 다시 쓰고 사진을 정리했으며, 그 후의 이야기를 더해 새로이 꾸몄다.
- '그 후'에 사용된 쪽 염색과 화포는 저자의 작업이다.
- 이 책에 사용된 사진들 가운데 저작권 표시가 별도로 되어 있지 않은 것은 모두 저자의 것이다.
- 지명과 소수민족 이름 표기는 국립국어원의 어문규범에 따랐다. 그밖에 미등재 용어의 경우는 일상에서 익숙하게 쓰는 대로 표기했다.

공기 중에서 햇빛과 만난 푸른색은
색이라는 단어로는 다 설명하기 어려운
또 다른 경지를 열어갔다.

• 블루 로드

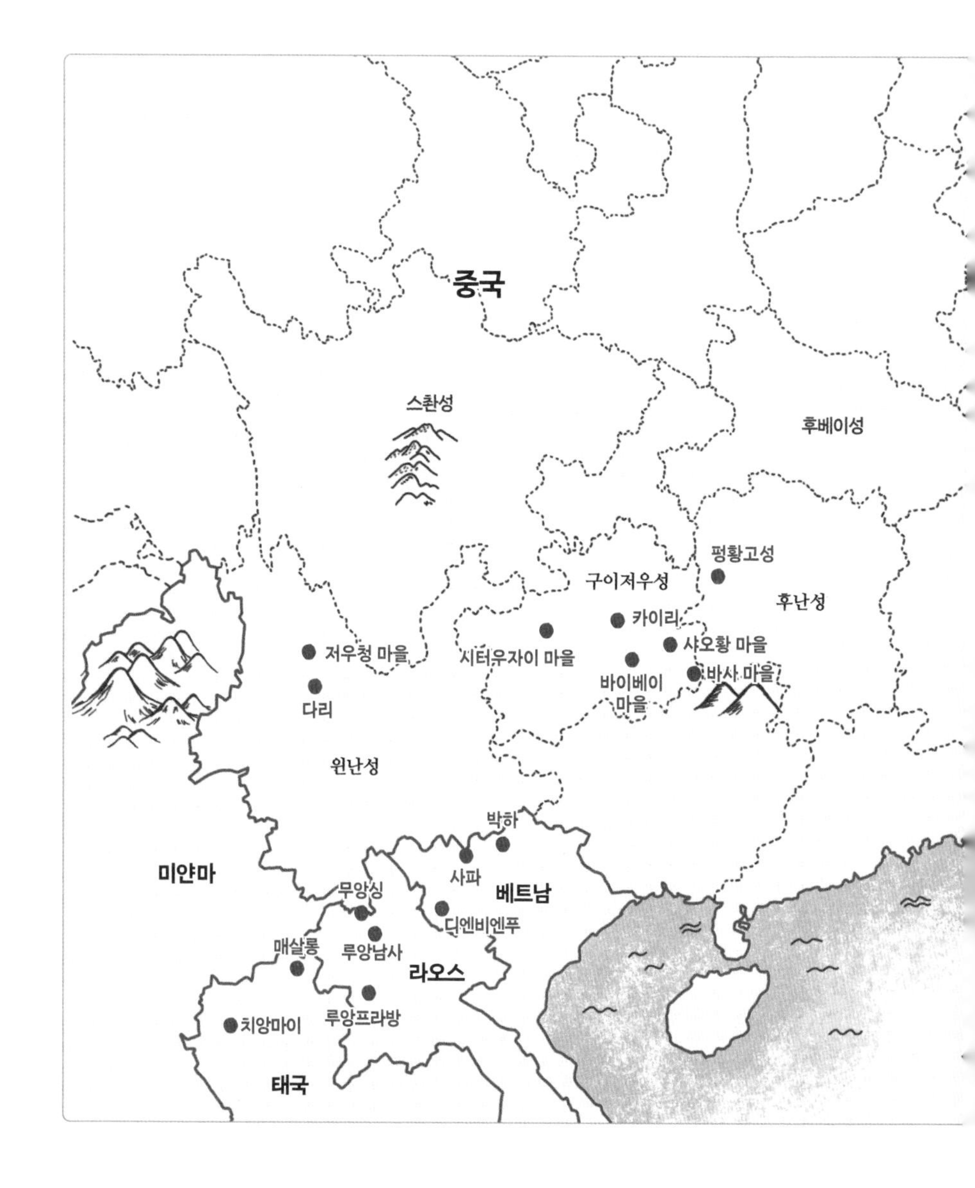
중국
스촨성
후베이성
펑황고성
구이저우성
후난성
카이리
샤오황 마을
저우청 마을
시터우자이 마을
바이베이
마을
박사 마을
다리
윈난성
박하
사파
미얀마
베트남
무앙싱
디엔비엔푸
매살롱
루앙남사
라오스
치앙마이
루앙프라방
태국

산둥성
랑산 마을
화이안
장쑤성
양저우
난퉁
상하이
우전
항저우
사오싱
저장성
원저우
대만
괴산
대한민국
일본
오사카
교토
나고야
나라
아리마쓰
아와
도쿠시마
N
S
E
W

차례

1
푸른색의 바다

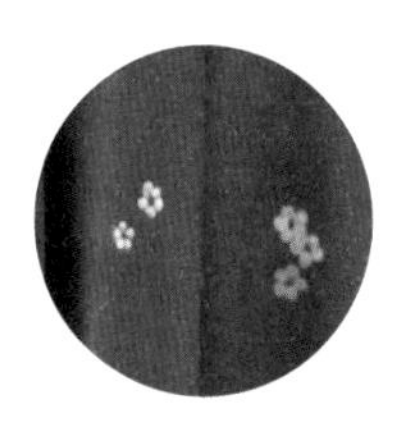

2
몽족의 푸른 기억

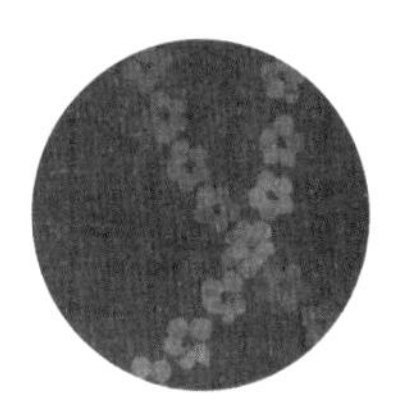

3

화포의 그림자

4
춤을 물들이다

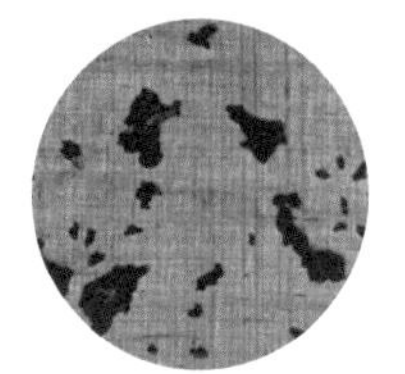

0
그 후

모든 아름다운 것들은 길 위에 있다

맨 처음 흰 무명에 푸른 쪽물을 들이던 순간을 기억한다. 청명한 가을 하늘 아래, 색도 소리를 내는 것이 아닐까 의심했다. 올과 올 사이를 밀물처럼 파고들던 색의 움직임 때문이었을 것이다. 실올과 색소의 결합은 느리지만 강렬한 소용돌이처럼 짜릿했다. 항아리 속을 떠돌던 색은 흰 천을 만나 비로소 온전한 자신의 자리를 얻은 듯했다. 밭에서 늙으신 할머니는 잡초나 다름없어 보이는 쪽을 못마땅해 하셨다. 나는 콩 대신 색을 수확했다. 푸른 물이 뚝뚝 떨어질 것 같은 무명을 마당에 널었다. 쪽에서 풀려난 색이 하늘로 이어졌다. 너풀거리는 천을 매만지며 할머니가 그러셨다. 참, 곱다. 내 두 손도 푸른 물이 들었다.

푸른색 무명이 쌓여갔다. 같은 나무에서 자라난 잎들도 그렇듯 천을 하나씩 떼어놓고 보면 비슷한 듯 달랐다. 푸른색은 푸른색이되 다 같은 푸른색이 아니었다. 물을 들이는 횟수에 따라서도 차이가 컸지만 무엇보다 천의 종류와 두께와 밀도, 거기에 더해 염료의 상태에 따라 색감에 미묘한 차이가 났다. 공기 중에서 햇빛과 만난 푸른색은 색이라는 단어로는 다 설명하기 어려운 또 다른 경지를 열어갔다.

그 무렵부터였을 것이다. 쪽이라는 식물에서 푸른색으로 변해가는 신비로운 경험만큼 의구심도 하나씩 늘어났다. 이름을 쓴 꼬리표라도 달지 않으면 푸른 무명더미 속에서 내 것을, 나의 푸른색을 구별할 수 있을까. 저 안에 나는 어디쯤 있는 것일까, 하는 속절없는 물음들. 근본적으로 개인의 소유물이 될 수 없는 것이 색이라지만 내가 만든 결과물에서 어떻게든 자신의 흔적을 찾고 싶은 속된 욕망은 어쩌지 못했다. 그런 질문에 막혀 우왕좌왕할 때 이런 글귀를 만났다.

> 작년 가을 내 화포花布 두루마기를 유혜보柳惠甫에게 빌려줬는데 즉시 찾아 보내줬으면 한다.
>
> _박지원, 《고추장 작은 단지를 보내니》(돌베개, 2005) 중에서

조선 시대 연암 박지원이 아들에게 보낸 편지다. 유혜보는 그와 가까웠던 유득공을 말한다. 내 관심을 끈 단어는 바로 '화포'였다. 화포라니…… 나는 눈이 번쩍 뜨였다. '진한 푸른색 바탕에 흰 꽃무늬를 넣은 무명'을 화포라 부른다고 했다. 박지원과 유득공이 살았던 당시에는 우리도 무늬를 넣은 쪽 염색이 있었다는 얘기였다. 청자나 백자를 만들던 도공이 그릇에 무늬를 새기듯 염색가가 물들인 낱낱의 천마다 이름을 주는 것과 다르지 않았다. 고요한 푸른색에 아연 생기가 피어날지도 모를 일이었다.

푸른 바탕에 새와 연꽃을 새긴 화포의 실물도 남아있었다. 제법 화려했을 조선의 거리 풍경이 눈앞에 아른거렸다. 다 어디로 사라진 것일까. 그런 화포가 세상 곳곳에 넘쳐나는 것을 모르고 있었던 것이다. 화포 위에 무늬로 남은 누군가의 흔적처럼 나도 푸른 천 위에 내 의견을 남기고 싶었다.

쪽물에서 푸른색을 건져 올리던 처음 그때처럼 가라앉았던 설렘과 흥분이 꿈틀거리기 시작했다. 세상에는 어떤 푸른색과 화포가 있는지 내 눈으로 보고 싶었다. 시야를 밖으로 돌리자 사람과 가장 가까운 곳엔 늘 푸른색이 있었다. 나라와 지역을 가리지 않고 인류가 가장 오랫동안 사랑해온 것이 쪽에서 나온 푸른색이었을지도 몰랐다. 나는 물들인 무명 하나를 챙겼다. 푸른색과, 색들이 살아있는 거리와, 사람들이 궁금했다.

2024년 여름

신상웅

1

푸른색의 바다

예열의 시간

사흘째 비가 내렸다. 오후 잠깐 빛나던 하늘은 저녁이 되면 어디선가 흐리멍덩한 구름을 불러 모았고 새벽녘이면 어김없이 빗소리가 들려왔다. 안개와 뒤섞인 잠깐 동안의 가랑비였지만 공기는 차고 습했다. 어쩌자고 여기까지 온 것일까, 이불을 걷어차기도 여러 번, 내일이면 떠날 수 있기를 매일 저녁 바랐다. 그뿐이었다. 빗소리가 들리면 잠이 더욱 달았다. 비는 멈추지 않았고 시간이 더 필요한 것인지도 몰랐다. 낯선 곳으로 발을 들이미는 데 필요한 예열의 시간 말이다. 그건 용기나 결심과는 다르다. 대책 없이 무엇인가를 기다리는 기분이랄까, 아무튼 사실을 말하자면 날씨와는 상관이 없었다. 어떤 우연의 영역에 속하는 계기가 필요했다. 웬일인지 오늘은 빗소리가 들리지 않는다. 비로소 끝인가, 날씨를 핑계 삼아 떠나야 하는가. 창문을 열었다. 웬걸, 푸른 댓잎 위로 진눈깨비가 내렸다. 이곳 구이저우貴州에서 눈 내리는 날은 아주 진귀했으므로 사람들은 두 팔을 들어 환호했고 나는 기분이 묘했다. 며칠은 더 핑곗거리가 생기기는 했다.

이곳은 중국 서남부의 변방 도시. 도심 한복판에서 아무렇지 않게 오리와 닭을 도살한다. 젖은 짐승의 털도 버리지 않고 따로 모아 말린다. 무엇에 쓰는 물건이 될까 궁금해하는 것도 잠시, 어디선가 돼지 멱따는 소리가 들려오면 그만 딱 발길을 돌리고 싶어진다. 오늘도 인도를 가로질러 핏물이 흐를 것이다. 가끔 도시라는 게 믿기지 않는다. 어둑한 골목을 돌아서면 색색의 실로 신발 깔창에 수를 놓는 여인이 있고, 그녀는 생전 처음 보는 모양의 우스꽝스러운 모자를 썼다. 노인들이 모여 있다 싶으면 여지없이 몸을 흔들며 대나무 악기를 불어젖힌다. 국수에 생마늘을 곁들이는 건 예사다. 팥소가 든 찹쌀부꾸미는 초승달을 닮았다. 도시의 거리는 생경한 문화와 일상이 뒤섞이고 과거와 현재가 가볍게 시차를 넘나든다. 이방인인 내게만 그런 것일까. 손저울을 만들어 파는 상점이 있고 대장간에서는 푸른 불꽃이 넘실거린다. 왁자지껄한 총천연색이 저마다의 춤을 추는 중이다.

잠시 한눈을 팔면 방향을 잃을 것만 같은 이 시장 골목에서 눈길을 사로잡는 곳은 은방이다. 금은방이 아니라 오로지 은으로만 만든 물건을 판다. 먼지가 풀풀 날리는, 100년은 족히 넘어 보이는 늙은 골목에서 단연 이채를 띤다. 정교한 것은 말할 것도 없고 그렇게 화려할 수가 없다. 절정에 치달은 봄날의 흰 배꽃무더기가 저렇지 싶다. 나 같이 무지한 눈에는 어떤 욕망의 폭발처럼도 보인다. 불꽃놀이다. 눈이 부시다 못해 시릴 지경이다. 새하얀 은을 두드려 꽃과 새와 작은 과일 장식을 만들어 목걸이에도 달고 팔찌에도 단다. 그중에서도 제일은 여자들이 머리에 쓰는 은관이다. 눈꽃을 가득 인 작은 꽃나무 같다. 여자들, 눈을 떼지 못한다.

레이雷는 시장에서 두부를 판다. 오늘도 구운 감자를 사서 그녀에게 간다. 가운데에 칼집을 넣고 매운 고춧가루와 혀가 얼얼해지는 뭔가를 넣었다. 나는 그녀에게 감자 한 알을 건네고 그녀는 내게 의자를 내준다. 숯불이 담긴 작은 화로를 가운데 놓고 주위를 종이상자로 두르면 아랫도리가 따듯해진다. 무릎에 담요를 더하면 끝이다. 길가의 상인들은 모두 같은 모양으로 앉아있다. 웅크린 새들 같다. 노란 왕방울이 달린 털모자를 눌러쓴 레이는 서서 손님을 기다린다. 아직 김이 나는 흰 모두부와 썰어 말린 두부와 두부 완자가 좌판에 가지런하다. 레이는 서른 종도 넘는 두부를 만든다고 자랑을 한다. 내가 아는 두부는 그냥 두부와 순두부가 전부다. 세상에 그렇게 두부의 종류가 많다는 것을 나는 여기 와서 알았다. 고춧가루를 잔뜩 올린 구운 두부를 주문하면 잘게 자른 다음 다시 고춧가루를 뿌려준다. 고춧가루 범벅이 따로 없다. 그리고 그녀와 나를 이어준 아주 특별한 두부, 피두부. 듣기로도 보기로도 처음인 두부. 피를 넣어 만든 두부라니!

우연히 이곳을 지나다가 본 것이 바로 저 피두부였다. 주먹 크기로 꼭꼭 뭉친 적갈색의 그것은 흡사 고운 된장덩이나 아니면 집에서 만든 재래식 비누이겠거니 했다. 하지만 나머지 두부와는 좌판의 구색이 어울리지 않았다. 공 모양의 그것을 가리키며 물었다. 이건 뭐니? 그녀는 분명한 발음으로 두부라고 했다. 그것도 돼지 피를 넣어 만든 것이란다. 세상에는 별의별 두부가 많다고 이야기는 들어봤지만 돼지 피로 만든 두부라니, 나는 어이가 없었다. 게다가 탄력이 좋고 단단해서 좌판에 떨어뜨리면 정말 공처럼 부드럽게 튀어 올랐다. 세상에나, 헛웃음이 나왔다. 언젠가 방송에서 본 기억이 떠올랐다. 올이 고운 비단주머니에 넣어 최대한 물기를 짜낸 두부가 있었다. 내가 아는 부드러운 두부가 아니라 새끼줄로 묶어서 팔았다는, 할머니의 할머니로부터 전해지는 전설 속 두부 말이다. 그걸 이 먼 곳에 와서 친견한다. 레이가 피두부 몇 조각을 얇게 저민다. 고소하고 짭짤한 것이 문득 치즈 같다는 생각이 든다. 여기는 구이저우성의 도시 카이리凱里다.

바사 마을은 구이저우성 오지의 먀오족苗族 마을이다. 마을의 여인들은 진하게 쪽물을 들인 푸른색 천으로 옷을 지어 입는다. 그녀들은 납염蠟染을 하는데 먼저 녹인 밀랍으로 천 위에 무늬를 그리고 쪽물을 들인 다음 밀랍을 제거하면 흰 무늬가 나타난다. 화포라고 부른다. 밀랍 대신 단풍나무 진액이나 송진을 사용하기도 한다. 이렇게 만들어진 아름다운 화포로 지은 옷은 명절이나 특별한 날에만 입는다.

_ 장효송張曉松 외, 《민초들의 노래草根絶唱》(광서사범대학출판사)

책의 사진 속 바사芭沙 마을 사내들은 어깨에 낡고 긴 총을 메고 골목을 내려가고, 검푸른 치마를 입은 여자는 시렁에 올라 수확한 벼를 넌다. 어떤 이는 정수리 부분만을 남긴 채 머리카락을 밀었다. 한껏 차려입은 아낙들의 옷차림은 더없이 화려하고 이채롭다. 카이리 시장에서 보았던 눈부신 은관이 거기에도 있었다. 나무로 지은 2층 난간에 빨래를 널듯 아무렇지도 않게 내건 푸른 쪽빛 천들…… 도대체 어떤 곳이기에 지금도 자신들이 입을 옷을 푸른색으로 물들이는 것일까. 지도를 펼친다. 카이리에서 동남부의 험준한 고개를 넘으면 산으로 둘러싸인 골짜기며 능선마다 먀오족이 모여 산다고 했다. 바사 마을은 그곳에서도 가장 아래 지역에 속했다.

카이리는 먀오족이 모여 사는 지역으로 들어가는 관문 격인 도시다. 그래서일까, 현대 도시에서는 좀체 보기 어려운 가공되지 않은 것들이 날것 그대로 도심 곳곳에서 느닷없이 출몰했다. 검은 털이 그대로인

● 사진에서 보았던 그녀들이 꽃이라도 핀 것처럼 울긋불긋 앉아있기도 했다. 그들의 옷차림을 관찰하는 것으로 하루를 보냈다.

짐승의 뒷다리를 어깨에 걸머진 남자가 인파를 거슬러 걷는가 하면 어느 부족인지 분간할 수 없는 전통 복장의 여자들이 모여 노래를 불렀다. 때론 사진에서 보았던 그녀들이 회색의 도시 모퉁이에 꽃이라도 핀 것처럼 울긋불긋 앉아있기도 했다. 그들의 옷차림을 관찰하는 것으로 하루를 보냈다. 색도 장식도 달랐지만 단체복처럼 차려입은 그녀들은 도시인과는 달랐다. 그녀들도 레이처럼 시장 길가에 자리를 잡았다. 대바구니에 담긴 이름을 알 수 없는 푸성귀와 열매들, 그리고 왠지 모를 경계의 눈빛들……. 나는 가끔씩 그녀들을 흘긋거렸다. 저들이 사는 곳은 어디일까.

레이가 근처 두부 장수에게 간다. 두부를 파는 그녀가 왜 두부 장수에게 가는 것일까. 큼큼하게 삭힌 두부를 반으로 쪼갠 다음 구운 감자처럼 또 알 수 없는 식물과 매운 고춧가루를 버무린 양념을 넣었다. 과장해서 말하면 이곳에서 음식에 고춧가루가 빠지는 경우를 나는 보지 못했다. 오죽하면 고추와 관련된 것들만 파는 가게가 따로 있을까. 쨍하게 햇살이 비치는 날보다 비 내리는 음습한 날이 많은 곳이라 했다. 그래서 식탁엔 늘 혀가 마비될 정도로 아리고 매운 음식과 독하디독한 바이주白酒가 으레 따라 오른다. 카이리 도심 뒷골목, 종류도 헤아리기 어려운 다양한 훠궈火鍋집에선 오늘도 매운 내가 진동을 한다. 레이가 두부를 반으로 나눠 건넨다. 한입 베어 먹는다. 욱, 이게 뭐지? 세상에, 두부에 돼지 피를 넣더니만 이번엔 생선 비린내가 입안을 가득 채운다. 오만상을 쓰는 나를 보며 이유도 모른 채 어색하게 웃는 레이. 나는 손으로 입을 틀어막았다. 거리의 상인들이 일제히 우리를 쳐다본다.

푸른 옷의 여인들

버스가 힘겹게 산길을 오른다. 고개는 하늘에 걸렸고 우리의 버스는 상태가 말씀이 아니시다. 벌써 폐차장에 가고도 남았을 몸체로 멀고 험한 길을 간다. 검은 매연을 마시며 차의 꽁무니를 미는 사태가 오지 않기를 바랄 뿐이다. 계절은 겨울로 접어들었지만 레이궁산雷公山의 숲은 푸르다 못해 눈이 다 침침할 지경이다. 일부러 숲의 터널을 만들었다고 우겨도 될 만큼 볕이 드물다. 어두운 동굴을 지나는 느린 봅슬레이를 탄 기분이다. 산은 높고 깊어 길이 상하좌우로 춤을 춘다. 몸도 따라 춤을 춘다. 모퉁이를 돌아서면 우거진 숲에서 사람이 산짐승처럼 튀어나온다. 버스가 사람을 피하느라 휘청인다. 이 높고 험한 고개를 넘으면 먀오족의 땅이라는 첸둥난黔東南이다. '첸'은 구이저우성의 별칭이다.

산길에서 내려다보는 풍경은 산의 파도로 넘치는 바다다. 길은 산 능선을 따라 굽이친다. 중국에서도 오지 중의 오지로 손꼽힌다는 이곳. 구절양장의 길은 산비탈 마을을 지나고 머리를 틀어 올린 여자가 쪽마루만 한 논바닥에 괭이를 박는다. 논 너머는 낭떠러지다. 버스는 앞으로 나아가지 못하고 뱀처럼 산허리를 감아 오르고 내리기를 반복한다. 한참을 돌아 올라선 산마루 앞에 다시 산을 감고 회오리치는 길이 나타난다. 지나온 길인지 나아갈 길인지 분간이 안 간다. 가파른 능선마다 검은 마을

이 신기루처럼 나타났다 사라지기도 여러 번, 드디어 저 멀리 강물이 햇살 아래 반짝인다. 한 마리 커다란 은빛 뱀 같다. 두류강都柳江이라 했다. 거대한 분지를 둘러싼 장대한 첩첩산 계곡 계곡에서 흘러내린 물줄기들이 저 강으로 모여들어 남쪽으로 빠져나간다. 산과 물의 틈을 비집고 마을들이 열매마냥 빼곡하게 들어섰다. 이제 먀오족의 땅에 발을 들인 것이다.

버스가 멈춘다. 마지막 승객이 내리자 운전사는 문을 철컥 잠근다. 자신이 문을 열어주기 전에는 아무도 들어갈 수 없다는 듯 허리춤에 야물게 열쇠고리를 채운다. 차에서 내린 승객들이 몰려가는 곳은 간이식당이다. 자석에 이끌리듯 나도 행렬의 끝자리를 차지한다. 주문을 마친 승객이 빠르게 식당 안으로 들어간다. 고개 하나를 겨우 넘어왔을 뿐인데 이곳의 계절은 불어오는 바람에 봄의 기운이 미지근하게 스며있다. 한가롭게 강가에 수두룩한 연분홍 복사꽃을 감상하는데 늘어선 승객들이 순식간에 줄어들었다. 줄어든 길이만큼 서서히 다가오는 불안과 초조. 내 순서가 코앞이다. 나는 음식 이름도 주문하는 방법도 모른다. 이걸 어쩌나. 긴장 탓에 손에 땀이 잡힌다. 흔한 메뉴판도 없는 강변 간이식당에서 예상에 없는 난관에 봉착한다.

주방 안은 수증기와 불꽃으로 달궈진 웍에서 피어난 연기로 전쟁터가 따로 없다. 버스가 정차해 있는 막간에 승객들 모두가 끼니를 채워야 한다. 순서는 다가오고 머릿속은 까맣게 정전이다. 호탕하게 주문을 내지르고 자리를 잡는 이들이 그저 부럽기만 하다. 기름때가 범벅인 국자로 웍을 탕탕 두드리며 주방장이 나를 쏘아본다. 빨리 주문을 해! 동아줄 같

● 가파른 능선마다 검은 마을이 신기루처럼 나타났다 사라지기도 여러 번, 드디어 저 멀리 강물이 햇살 아래 반짝인다. 한 마리 커다란 은빛 뱀 같다. 두류강이라 했다.

은 머리띠를 두르고도 연신 이마의 땀을 훔치는 주방장은 금쪽같은 시간을 허비하는 내게 화가 나기 직전이다. 끼니는커녕 알아듣지 못할 욕지거리로 배를 채울 판이다. 그때 주방과 가장 가까운 자리에서 음식을 입안에 쓸어 넣고 있는 사내가 눈에 들어왔다. 이곳에서 유행하는 깍두기머리를 한 뚱보 운전사다. 그가 비어 있는 옆자리를 두드린다. 구사일생의 기회는 이렇게 오기도 한다. 나는 운전사의 반쯤 빈 접시를 가리키며 호기롭게 소리친다.

"같은 거!"

버스 문은 굳게 닫혀 있다. 끼니를 마친 승객들은 저마다 뿔뿔이 흩어지고 나는 강을 따라 걸었다. 조금 걷자 다리가 나타난다. 한눈에 보아도 길거리 좌판인데 사람들이 제법 모여 웅성거린다. 노란 귤이다. 녹색 반점이 군데군데 남은 귤이 대바구니에 가득하다. 나도 몸을 비집고 자리를 잡았다. 제일 먼저 식당을 나온 운전사가 농지거리 반 흥정 반이다. 이곳에선 버스 운전사가 골목대장처럼 군다. 그가 볼일을 다 마쳐야 비로소 버스 문이 열린다. 입안에 침이 괼 만큼 싱싱한 귤보다 내 눈을 잡아끄는 것은 여인들이 입고 있는 옷이다. 푸른색보다 진해 보여도 의심의 여지없이 쪽에서 나온 색이다. 저 푸른색을 만나러 나는 이곳까지 온 것일까. 저들이 내가 찾는 먀오족일까. 눈길이 마주쳐도 피하는 기색이 없다. 오랜만에 만나는 거침없는 눈빛이다. 가슴 저 밑바닥에서 야릇한 흥분이 올라온다. 모두 같은 색 같은 차림이다. 넘쳐나는 귤만큼이나 푸른색이 흔했다.

사람과 물건이 모이면 어디든 시장이 된다. 노란 귤을 가운데 두고 승객들과 푸른 옷의 여인들이 모여 능숙한 흥정을 이어간다. 나는 슬며시 그녀들의 옷에 눈을 가까이 대본다. 검푸른 천 위에 흐릿한 자주색 빛이 어린다. 인공적인 코팅은 아니다. 저 빛을 만드는 건 무엇일까. 도시를 떠나 산을 넘은 지 겨우 반나절인데 이곳의 공기 속에는 내가 떠나온 곳에서는 맡을 수 없는 낯선 향기가 떠도는 것 같았다. 귤 한 봉지를 사들고 다리난간에 서서 강물을 내려다본다. 강물은 여자들의 옷처럼 깊고 푸르다. 긴 뗏목이 강과 함께 떠내려간다. 강물이 아니라 다리가 떠내려가는 듯 현기증이 인다. 대숲에 감싸인 마을이 오래된 사진처럼 눈 안에 머문다. 강은 길과 사이좋게 흐른다. 마치 구례를 지나 지리산 아래 화개장터 어귀에서 섬진강을 바라보는 듯하다. 낯선 곳으로 들어서는 두려움과 긴장이 잠시 사라진다. 귤을 까서 입에 넣는다. 씨가 우두둑 씹힌다.

찰나의 빛

바사 마을로 가는 교통편은 따로 없었다. 늦은 오후 택시를 탔다. 드디어 사진과 글로만 보았던 푸른색과 먀오족을 만난다. 가슴 한쪽이 뻐근해진다. 택시는 충장從江 읍내를 벗어나자 곧바로 경사가 가파른 고갯길을 오른다. 길은 아직 녹음이 짙은 삼나무 숲 사이로 이어진다. 얼마쯤 굽이진 산길을 오르자 완만한 산등성이다. 멀리 요새처럼 산의 굴곡을 따라 빼곡히 들어선 마을이 보인다. 기사가 마을과 나를 번갈아 가리키며 바사, 바사를 외친다. 마을은 산 정상에서 아래로 치마를 펼쳐놓은 듯 자리를 잡았다. 눈 아래로 굽이치는 산들을 호령하듯 비탈에 자리한 집들이 망루처럼 우뚝하다. 골목을 따라 내려갔다.

한가롭게 골목을 어슬렁거리던 개들이 낯선 이에 놀라 흰 이빨을 드러내고 으르렁거린다. 진흙을 온몸에 바른 돼지 몇 마리가 먹이를 찾는지 코로 오물을 헤치며 다가온다. 지붕보다 높이 솟은 것은 장대한 크기의 나무 시렁이다. 마을 아래로 끝없이 이어지는 논에서 수확해온 벼이삭을 저기에 말렸다. 가파른 능선에 들어선 마을이라 골목도 가파르다. 긴 대나무 끝에 짐을 매달고 골목을 오르던 여인이 놀란 눈빛으로 나를 쳐다본다. 그녀의 옷도 예외 없이 자줏빛이 감도는 진한 푸른색이다. 화포는 어디에 있을까. 특별한 날에만 입는다는 책의 설명대로 일상복으로 화포를 입지는 않는 모양이었다. 나무로 지은 집들은 2층 같고 또 3층 같다. 2층 난간에 물에 젖은 흰 무명과 방금 물들인 푸른 무명이 바람에 마르는 중이다.

'바사민속관'은 마을 중앙에 있었다. 간판은 민속관이지만 상점도 겸했다. 문 앞에 쌓인 맥주 상자와 굴비처럼 줄줄이 엮인 과자봉지들. 드나드는 사람은 보이지 않는다. 안으로 들어서자 낡은 나무판을 잇대어 만든 간이 진열대 위에 낡은 장총과 대나무로 만든 물건들이 두서없이 놓였다. 말린 짐승 가죽도 작은 요처럼 펼쳐져 벽에 걸렸다. 족제비 같고 너구리 같다. 걸음을 옮길 때마다 나무 바닥이 소리를 냈다. 먀오족 사람들로 보이는 사진 몇 장과 좁은 주름이 가득 잡힌 치마 두 벌. 진열장 유리는 때와 먼지로 얼룩져 안이 잘 보이지 않는다. 얼굴을 가까이 대자 흐릿한 유리 너머로 동그랗게 마름질한 천이 보인다. 어제 강가에서 귤을 팔던 여인들과 이곳 바사 마을에서 보았던 그 색이었다.

쪽물이 무르익으면 물 표면에 자주색 피막이 떠다닌다. 빛이 나던 금속성의 피막은 천으로 옮겨오지 않는다. 색이 아니라 빛이다. 푸른색이 진해질 대로 진해진 무명은 검은색에 가깝다. 그냥 검은색이 아니라 여름밤하늘처럼 말로 표현하기 어려운, 좀 아득한 무엇이다. 푸르다 못해 검게 물이 오른 천을 건져내면 표면에 자주색 꽃이 이끼처럼 돋아난다. 작은 폭죽이 터지듯 천을 비집고 피어오른 것들은 쪽물 위에 떠돌던 그 빛이다. 금박처럼 반짝이던 자줏빛은 천이 마르면서 사라진다. 어디서 오는지 알 수 없는 색이고 쪽 염색의 막바지에 잠깐 다녀가는 찰나의 빛이다. 그 색과 빛이 뿌연 유리 진열장 안에 놓여있다.

사내 이름은 조강趙江. 민속관 주인이다. 말과 글을 섞어 그와 대화를 시작한다.

"너 먀오족이니?"

"아니, 둥족侗族."

"여기는 먀오족 마을인데?"

"아내가 둥족이야. 먀오족과 둥족은 서로 친척이고."

"이 푸른 천은 뭐니?"

"이거? 여기선 양포亮布라고 불러."

그러니까 화포가 천 위에 남긴 무늬에서 온 이름이라면 양포는 색도 무늬도 아닌 빛에서 왔다.

"누가 만들어?"

"집집마다 다 만들어. 내 어머니도."

"네 어머니는 어디 계시는데?"

"고향집에."

"거기가 어딘데?"

"샤오황小黄이라고 여기서 멀지 않아."

"같이 갈 수 있니?"

"나는 어려워."

"너도 만들 줄 알아?"

"몰라…… 쏘리."

조강은 도시물을 좀 먹은 바사 마을의 신세대였다. 그는 가죽점퍼에 오토바이를 탄다. 그와 내가 대화 아닌 대화를 나누고 있는 중에도 총과 대나무 악기를 든 사람들이 줄지어 지나간다. 관광객이 왔다고 했다.

● 나무로 지은 집들은 2층 같고 또 3층 같다. 2층 난간에 물에 젖은 흰 무명과 방금 물들인 푸른 무명이 바람에 마르는 중이다.

그러니까 바사 마을은 이제 먼 곳에서 사람들이 제법 찾아오는, 이를테면 '먀오족 민속 마을'로 개발 중이었다. 수천 리나 떨어진 내 귀에까지 전해진 걸 보면 마을의 사정을 짐작할 수 있었다. 조강의 민속관이 그 증거다. 마을 사람 대부분이 입고 있는 양포만 해도 그동안 많은 변화를 겪은 모양이다. 부드럽고 은은한 빛의 전통적인 양포로 옷을 지어 입는 이들은 나이가 든 축이고 젊은이들은 공장에서 대량 생산된, 양포라 부르기도 좀 민망한 것들이 대부분이다. 광택이 요란하다 못해 눈이 부셨다. 시간은 가고 모든 것은 변하게 마련이라지만 괜히 서운해진다. 녹색 이끼가 낀 검은 나무 지붕 위로 동그란 위성안테나가 줄줄이 섰다. 하얀 박이 열린 것 같다.

민속관 앞은 너른 마당이다. 흙바닥을 아이들이 뛰어다닌다. 계절이 무색하게 맨발이다. 마을 안쪽의 모든 골목은 이곳으로 모여들었고 세상 밖으로의 길도 여기서 시작된다. 내 어릴 적 고향에도 이런 마당이 있었다. 집 안의 마당과 구별해 '바깥마당'이라 불렀다. 마을 대소사가 모두 거기서 치러졌다. 남 일도 내 일처럼 하고, 내키지 않아도 따라야 하는 일이 그곳에서 벌어졌다. 앞장서거나 물러서야 하는 때가 있다는 것도, 나이가 어려도 눈치껏 행동해야 하는 일이 있다는 것도 아마 그곳에서 어렴풋이 알아갔을 것이다. 번잡함과 떠들썩한 목청이 잦아들고 어둠과 함께 적막이 밀려들던 바깥마당에서 우리는 조금씩 어른이 되어갔다.

마당에서 사내들이 나무를 손질하고 있다. 윤기 나는 검은 피부에 키가 작고 다부지다. 정수리에 머리카락을 상투처럼 틀고 푸른색 옷을 입은 먀오족 사내들. 이곳에서 만난 푸른색 옷은 특별한 것이 아닌 그저 일상복에 불과했다. 푸른 옷을 입고 총을 메고 산에도 가고 괭이를 들고 들에도 간다. 일상과 노동에 늘 쪽으로 물들인 푸른색이 따라다녔다. 녹색의 대숲을 등 뒤에 두르고 선 검은 집들과 푸른 옷은 제법 잘 어울렸다. 희고 매끈한 통나무가 마당에 가득하다. 두류강을 떠내려가던 그 나무들이다. 변변한 도구도 보이지 않는다. 두 사람이 마주 잡고 써는 톱과 날이 긴 자귀가 전부다. 나이 든 사내는 나무 위에 먹줄을 튕기고 청년들은 먹줄을 따라 나무를 자르고 구멍을 뚫는다. 아이들은 주변을 떠나지 않는다. 톱에 잘려 나무토막이 떨어지자 아이들이 병아리 떼처럼 빠르게 모여든다. 발로 차거나 굴린다. 나무토막은 이내 장난감이 된다. 마당이 있어서다. 함부로 뛰어다닐 수 있는 공간에서 아이들이 자란다. 저들도 언젠가는 푸른색 옷을 입고 톱을 잡거나 자귀를 들 것이다. 텅, 텅 자귀질 소리가 바깥마당을 가득 채운다.

화포를 만나다

씩씩하고 상냥한 운전사. 달리는 택시 안에서 그녀가 명함을 건넨다. 양명월楊明月이라니, 어디서 많이 들어본 이름이다. 슬며시 웃음이 난다. 이름만큼 달처럼 환한 얼굴이다. 길은 비포장, 울퉁불퉁 산길을 따라 차는 맥락도 없이 흔들리고 나는 손잡이를 부여잡는다. 조강의 고향이라는 샤오황으로 가는 길이다. 명월 씨는 가끔 룸미러로 나를 보며 웃는다. 무엇이 그렇게 즐거운 걸까. 나이를 짐작하기 어려운 명월 씨는 여행가이드이기도 하단다. 산속 마을을 지날 때마다 친절하게 설명을 곁들이고 자기 혼자 좋아 죽는다. 나는 그저 듣는 둥 마는 둥 창밖을 쳐다보며 샤오황 마을을 그린다. 그녀는 내가 겨우 알아듣는다는 것을 까맣게 모르는 눈치다. 택시는 산을 넘어 계곡을 옆에 거느리고 계속 간다. 느닷없이 밀려오는 안개는 덤. 다리가 뻣뻣하게 굳고 엉덩이가 아파올 때쯤 드디어 차가 멈추었다. 자욱한 안개 속에 마을 입구를 알리는 출입문이 보인다.

"한 시간 기다려줄게."

마을로 들어선다. 얼마 가지 않아 명월 씨의 톤 높은 목소리가 뒤를 따라온다.

"기다려! 같이 가자."

샤오황은 바사와는 달리 구릉의 아늑한 곳에 자리를 잡았다. 다듬지 않은 돌로 기단을 쌓고 나무로 지어 올린 집들은 바사 마을과 다르지 않았다. 느린 물길이 마을 가운데를 지난다. 물길 옆으로 좁고 긴 골목이 마을 안쪽으로 나란히 이어졌고 곳곳에 푸른 천이 깃발처럼 펄럭인다. 이제 이곳 첸둥난에서 푸른색은 아무것도 아닌 모양이다. 가을걷이를 마친 겨울의 초입, 이제 쪽 염색의 계절이다. 여자들은 양지바른 곳에 모여 긴 무명실을 펼친 채 풀을 먹인다. 풀솔 대신 분홍색 머리빗으로 올을 고른다. 온 마을이 푸릇푸릇하다. 나는 가끔씩 걸음을 멈추고 얼마간 나의 쪽과 푸른색을 떠올렸다. 초겨울 샤오황의 나무통 속에서 쪽물이 익어간다. 항아리가 아닌, 나무로 만든 커다란 통. 잘 마른 삼나무를 쪼개 둥글게 이은 다음 갓 베어낸 푸른 대나무를 꼬아서 묶었다. 대나무는 쇠처럼 단단하게 통을 감싸고 나무판이 물에 불어나 틈새를 막는다. 미처 메우지 못한 틈 사이로 검푸른 쪽물이 흘러내렸다.

불편한 시선을 느끼기 시작한 건 마을에 들어서는 순간부터였다. 길을 잃은 산짐승을 보듯 마을 주민들이 나를 주시하고 있었다. 한가로운 일상을 깨뜨리고 있는 낯선 이방인. 나도 모르게 걸음이 빨라진다. 명월 씨를 재촉해 마을 입구로 되돌아가는 길에…… 바느질을 하거나 색색의 십자수라도 놓는가 싶었는데 아니었다. 삼각형의 쇠붙이가 달린 나뭇가지로 녹인 밀랍을 찍어 천 위에 무늬를 그리고 있다. 화포를 만드는 중이었다. 쇠붙이 끝에 홈이 패어 있어 밀랍을 머금었고 천 위에서 굳어 방염제 역할을 할 터였다. 무늬는 물을 들일 곳과 들이지 않을 곳을 나누는 일. 빠르게 굳는 밀랍 탓에 천 위의 무늬는 짧은 직선으로 가득하다. 그것들을 잇거나 교차시켜 기하무늬를 만들어간다. 흔한 교본조차 보이지 않는다. 검은 뿔테 안경을 코끝에 걸치고 오직 기억과 손으로만 그렸다. 검게 색이 바랜 나무 벽을 돌아서자 거기에 푸른 화포가 나부꼈다. 청명한 푸

른색 바탕에 흰 무늬가 가득했다. 발길을 재촉하다 어정거리는 내게 명월 씨가 그만 가자 눈짓을 보낸다.

샤오황 마을이 내려다보이는 고개에 잠깐 차를 멈추었다. 이렇게 떠나기가 아쉬웠다. 마을 중심에 우뚝 선 고루鼓樓가 제일 먼저 눈에 들어온다. 둥족 마을의 상징이라는 고루. 둥족은 중요한 일이 있을 때마다 마을 뒷산의 가장 큰 삼나무 아래 모였다고 한다. 우리의 당산나무가 그렇듯 이들에게도 늙은 나무는 나무 이상의 그 무엇이었다. 그래서 마을회관 노릇을 하는 고루의 모양이 삼나무와 닮았다는 것이다. 멀리서 바라본 고루는 마치 나무로 세운 탑 같았다. 삼나무를 베어 삼나무와 닮은 고루를 만들다니. 마을에서 가장 높고 장대했으며 처마를 따라 이어지는 화려한 그림도 고루에만 허락되었다. 하늘을 나는 용과 공작새, 꽃과 말과 코끼리와 기린을 그렸다. 건물 하나에 모든 정성을 다한 뒤 그 안에 동으로 만든 커다란 북을 매달았다. 북은 마을에서 가장 신성한 존재여서 고루는 북의 집이기도 했다. 마을의 중요한 대소사는 고루에 모여 의논했다. 기쁜 일이든 슬픈 일이든 시작은 저 고루에서였다고 한다. 의견이 모아지면 춤을 추었고 노래를 불렀다.

샤오황으로 오면서 눈여겨보지 않았던 게다. 고개를 돌리거나 길이 꺾어질 때마다 검은 집들의 마을이 나타났고 어김없이 고루가 있었다. 이 산과 계곡이 둥족의 땅이라는 표지다. 물가나 양지바른 곳에 자리한 마을의 모습은 어디나 비슷하지만 고루로 해서 그들이 누구인지 알 수 있다. 상징이라 불러도 그만이고 거창하게 정체성이라 해도 틀린 말은 아니지

● 검게 색이 바랜 나무 벽을 돌아서자 거기에 푸른 화포가 나부꼈다. 청명한 푸른색 바탕에 흰 무늬가 가득했다.

만 이들의 고루 앞에 서면 그런 수사와는 또 다른 감정이 몰려온다. 푸른색과 화포가 아니더라도 다시 와야 할 것만 같았다. 내겐 그렇게 강렬했다. 크기와 장대함 때문만은 아니다. 이들이 살아오는 내내 삶의 구심점이자 출발이기도 했을 고루는 스스로에 대한 자랑이자 자부심의 증거물이었다. 어떤 간절함과 지극함으로 똘똘 뭉쳐 있는 결정체와도 같아 보였다. 사람이든 마을이든 자존감이 사라진 삶은 얼마나 초라한가.

어느 늦은 저녁 우연히 다른 둥족 마을에서 고루 안에 들어간 적이 있었다. 어둠에 익숙해지자 들어올 땐 몰랐던 상황이 눈앞에 펼쳐졌다. 검푸른 옷을 입은 마을 노인들이 모닥불을 가운데 두고 둘러앉아 있었다. 낯선 이의 등장에 낮게 흐르던 웅성거림도 멈추었다. 나는 가볍게 목례를 하고 천천히 고루 안쪽 벽을 따라 걸었다. 긴 침묵이 등 뒤를 쫓아오는 것만 같았다. 다시 노인들의 부드러운 대화가 이어졌다. 고개를 들어 층층이 쌓아올린 보와 서까래 사이로 북이 걸렸던 자리를 가늠해보았다. 고루마다 걸려 있던 북은 어디로 사라진 것일까. 눈이 마주친 노인이 엉덩이를 옮겨 빈자리를 만들었다. 노인들 사이에 엉거주춤 앉아 말없이 불을 쬐던 기억. 불빛을 받은 노인들의 얼굴만 어둠 속에 둥둥 떠 있던 둥족 마을 늙은 고루 안……. 느닷없는 경적소리에 정신이 번쩍 든다. 룸미러 안 명월 씨가 생글생글 웃는다.

"훠궈 먹으러 가자!"

● 둥족 마을의 상징이라는 고루. 둥족은 중요한 일이 있을 때마다 마을 뒷산의 가장 큰 삼나무 아래 모였다고 한다. 그래서 마을회관 노릇을 하는 고루의 모양이 삼나무와 닮았다는 것이다. 멀리서 바라본 고루는 마치 나무로 세운 탑 같았다. 삼나무를 베어 삼나무와 닮은 고루를 만들다니.

보름달이 떠오른 웨량산 밤하늘의 색

조강을 따라나선다. 마당을 지나 산 아래로 이어진 마을길을 내려간다. 조강은 양손을 주머니에 찌르고 앞서간다. 골목은 어둡다. 집이 높아서다. 가파른 길을 뛰어가는 조강은 동족이 맞다. 오늘도 어미돼지가 주둥이를 연신 킁킁거리며 새끼들을 데리고 이동 중이다. 이층집 계단을 성큼성큼 올라가는 조강. 실내는 어둡다. 정수리에 머리를 틀어 올린 사내와 어린 여자아이. 조강이 사내와 인사를 나눈다. 등을 보이고 돌아선 노파는 창살도 유리도 없는 창으로 물끄러미 바깥을 쳐다보고 있다. 조강이 집에서 가져온 양포를 내려놓는다. 두 남자는 양포를 가운데 두고 이야기를 나누다 말고 번갈아 나를 쳐다본다. 노인의 목소리는 들리지 않는다.

노파가 보고 있는 창밖의 풍경을 나도 본다. 첩첩이 늘어선 먼 산들이 강물처럼 출렁인다. 옅은 쪽물을 들인 비단처럼 넘실대는 산. 그 산들을 감싸며 좁고 긴 다랑논들이 허리띠처럼 들러붙었다. 가구랄 것도 없는 방. 낡은 탁자와 벽에 걸린 흑백사진. 나무 액자에 크기도 다른 사진들이 옹기종기 섞였다. 수십 년의 시간이 사진틀 하나에 다 들어 있다. 불이 꺼진 화로 옆에 빈 그릇. 여자아이가 다가와 내 얼굴을 빤히 본다. 나는 조강에게 다가가 '자세하게'라고 쓴 쪽지를 보여주다가 노인의 얼굴을 본다. 미동도 없는 몸과 돌처럼 굳은 표정. 나는 시선을 둘 데가 없다. 어깨를 으쓱해 보이는 조강. 나는 괜히 아이의 볼을 꾹 누른다. 아이가 놀라 뒤로 물러선다.

조강이 급히 내 손을 잡아끈다. 계단을 내려오는 그의 표정이 어둡다. 작은 소리로 말한다.

"오늘은 물어볼 수가 없대."

"왜?"

"사람이 죽었어."

"……!"

무슨 일이 있는 것일까. 조강의 말은 알아들었지만 그것이 무엇을 의미하는지 이해하지 못했다. 내가 온전하게 알아들은 것은 누군가가 죽었다는 것과 등을 돌린 채 앉았던 노파는 말을 할 수 없다는 것. 누가 죽었고 왜 말을 할 수 없다는 것일까. 사내가 이층 난간에 서서 우리를 쳐다보고 있었다. 미안한 것인지 난처한 것인지 표정으론 아무것도 알 수 없었다. 등을 보인 노인은 울고 있었던 것일까. 고개를 숙인 조강과 발밑이 허공인 나. 나보다 더 난감한 조강과 또 속마음을 알 길 없는 처음 보는 사내 앞에서 나는 미안해진다.

조강이 저만치 앞서서 좁은 산길을 올라간다. 삼나무 향이 숲을 가득 채웠다. 우리는 모르는 사람들처럼 말없이 걸었다. 어디를 가는 것일까. 어색한 침묵이 흐른다. 얼마를 갔을까. 집 마당보다 작은 밭 앞에 다다르자 조강이 걸음을 멈추고 뒤를 돌아다보았다. 그가 키 작은 나무를 가리킨다. 아, 아직 푸른 쪽잎이 거기에 있었다. 잎을 만진다. 부드러운 촉감이 손끝에서 팔뚝을 지나 전해진다. 멀리서 총소리가 들렸다.

기적 같은 우연은 늘 느닷없이 찾아오는가 보다. 조강과 돌아온 민속관에 한눈에도 도시에서 온 것이 분명해 보이는 커플이 있었다. 여자는

이곳 먀오족뿐만 아니라 중국 내 소수민족과 그들의 문화에 대해 호기심 이상의 이해가 있었다. 남자는 오히려 여기까지 찾아온 내가 더 이상하다며 웃는다. 어쨌든 여행에서 행운이라는 것이 있다면 이런 경우를 두고 하는 말이리라. 나는 서둘러 내 궁금증을 풀고 싶었다. 조강에게 양포를 넘겨받았다. 양포를 가운데 두고 넷이서 둘러섰다. 내가 궁금한 것을 커플에게 물으면 그들이 나 대신 조강에게 되물었다. 여자가 조강의 대답을 내게 전했다. 그동안 답답해하던 조강이 오히려 신이 났다. 한참 동안 질문과 대답이 네 사람 사이를 오갔다. 용케도 양포에 대한 실마리가 하나씩 풀린다. 그래도 여전히 남는 의문은 바로 색과 빛이었다.

"이 색과 빛은 어디서 온 거라니?"

"보름달이 떠오른 웨량산月亮山 밤하늘의 색!"

뜻밖의 대답이었지만 생각해보니 그것만큼 적당한 비유도 없지 싶었다. 보름달이 떠오른 밤하늘에는 색과 빛이 모두 있었다. 그걸 천 위로 옮겨왔다는 말에는 어쩌면 나 같은 이방인은 짐작하기 어려운 이들만의 이야기가 있을 법도 했다. 웨량산은 며칠 전 지나온 두류강 수계의 서쪽을 가리켰다. 과장을 보태면 바사 마을의 먼 뒷산이기도 했다. 산 이름도 '달빛 산'이다. 짙푸른 쪽색 바탕에 여린 자주색을 얹고 그 위에 은은한 달빛을 입힌 것이 바로 양포라는 설명이다. 믿거나 말거나 한 얘기로 들리지만 이곳 바사의 먀오족 마을에서 그 색과 빛을 보면 반박이 어렵다. 세상에는 보름달을 배경으로 펼쳐진 짙고 푸른 밤하늘을 자신들의 옷 위에 옮겨오는 사람도 있는 것이다. 인간과 달과 하늘과 색의 아득한 거리에

● 짙푸른 쪽색 바탕에 여린 자주색을 얹고 그 위에 은은한 달빛을 입힌 것이 바로 양포라는 설명이다. 세상에는 보름달을 배경으로 펼쳐진 짙고 푸른 밤하늘을 자신들의 옷 위에 옮겨오는 사람도 있는 것이다.

나는 정신이 혼미해진다. 양포를 쓰다듬는다. 색도 색이려니와 빛을 천 위에 올려놓다니, 그저 놀랍다. 여자가 조강과의 대화를 꼼꼼히 적어 건넨다.

"여기는 무슨 일로 온 거니?"

"우리? 신혼여행."

커플은 지나는 오토바이 두 대를 잡아타고 떠났다. 다음 행선지를 물어보지 못했다. 여자가 건네준 종이를 꺼냈다.

> 밤나무와 참나무 껍질을 솥에 넣은 다음 껍질이 잠길 만큼 물을 붓고 끓인다. 한 시간 정도 지나면 껍질에서 붉은 수액이 빠져나온다. 껍질을 건져내고 쪽물을 들인 천을 넣어 붉은 물을 들인다. 천을 풀밭에 널어 햇볕에 말린다. 원하는 색이 될 때까지 여러 번 반복한다. 물을 들이는 횟수가 많아질수록 색도 진해진다. 붉은색 들이기가 끝나면 천의 한쪽 표면에 오리알 흰자위를 바르고 말린다. 마른 천을 나무통에 넣어 찐 다음 돌판 위에 놓고 나무망치로 두드린다. 흰자위를 바르고 두드리는 횟수가 많아질수록 천은 빛이 나고 단단해진다.

마치 기다렸다는 듯 마을 어딘가에서 탕, 탕, 나무방망이 소리가 들려왔다. 이전에는 흘려듣던 소리도 양포를 어떻게 만드는지 이해가 되자 달리 들렸다. 절구질 소리보다는 경쾌했고 다듬이질 소리라기에는 느렸다. 소리가 나는 곳을 찾아 걸음을 옮긴다. 조금씩 소리에 가까이 다가가고 있었다. 골목길 끝에서 두 번째 집 맨 아래 어두운 창고였다. 고개를 들이밀었다. 여자가 너른 돌판 위에 푸른 천을 올려놓고 힘차게 나무방망이로 두드리고 있다. 천을 뚫기라도 하려는 듯 방망이를 돌 위로 내리친다.

여자의 가는 허리가 휜다. 천에서 색이 스며나와 돌마저 푸른 물이 들었다. 색이 여자의 방망이에 으깨져 빛으로 변해갔다. 웨량산 밤하늘의 달빛이 이슬처럼 천 위로 내려앉고 있었다.

닭발나무

모처럼 바사 마을에 따사로운 햇살이 내린다. 왜 이곳 먀오족 사람들이 산등성이를 따라 마을을 이루었는지 이제 알겠다. 귀한 햇살 때문이다. 평지가 거의 없고 산 기울기가 가팔라 하루 동안 해를 가장 오래 받을 수 있는 곳이 바로 산등성이다. 오랜만에 볕을 받아 집도 나무도 보송보송해진다. 흰 구름이 마을 아래로 내려가 운해를 만든다. 산등성이에 사는 기분이 이렇구나 싶다. 조강이 사다리를 타고 지붕으로 올라간다. 긴 막대로 지붕 위에 떨어진 열매를 아래로 떨어뜨리면 네 살배기 아들이 대바구니로 받는다. 익숙한 솜씨다. 조강이 열매를 내게 건넨다. 생김새가 통통한 나뭇가지 같다. 달달하다.

"무슨 열매니?"

"닭발."

그러고 보니 가늘고 구불구불 굽은 것이 닭발을 닮았다. 조강이 골라준 닭발은 달다. 내가 고른 닭발은 달지 않고 떫다.

"나무 이름은 뭔데?"

조강과 아들이 나를 멀뚱히 쳐다본다. 어이없다는 표정이다.

"닭발나무!"

그렇다. 감나무에 감이 열리듯 닭발나무에는 닭발이 열린다.

어린 강아지가 늘어진 파초 잎을 뜯는다. 담장 위로만 걷던 고양이도 배를 드러내고 누웠다. 지붕 위로 닭발이 홍시처럼 툭, 툭, 떨어진다. 나도 장대를 들어 지붕 위의 닭발을 아래로 끌어내린다. 떨어진 닭발을 모아 마당에 놓인 돌절구 안에 넣는다. 마을 사람 넷이 마당으로 들어선다. 양포로 지은 옷을 입었다. 바사 마을에 도착한 첫날 보았던 민속관 사진 속 사내도 있다. 그는 이제 좀 유명인이 되었나 보다. 이곳저곳에서 그의 얼굴이 등장한다. 사내들은 키가 작았다. 총은 구식이고 키만큼 길다. 허리춤엔 화약통과 칼을 찼다. 산속에서 짐승을 잡던 먀오족 사냥꾼들이 오늘은 관광객을 위해 공연을 하러 가는 중이다. 그들이 돌절구로 가 닭발을 집는다. 한 사내가 내게 닭발을 내민다.

"먹을래?"

"아니."

"왜?"

"떫어."

사내가 당황한 표정으로 쳐다본다. 이미 늦었다. 지금은 농한기라 사냥 대신 마을의 소녀들과 공연도 하고 관광객을 상대로 공포탄을 쏘지만 눈빛만큼은 야생 그대로다. 긴 총을 양어깨에 걸치고 숲길을 걷고 있는 저들을 볼 때면 전사 같다는 생각이 든다. 그가 좀 무서워진다. 사내들이 한 손엔 총을, 한 손엔 닭발을 든 채 총총히 사라진다. 그들의 공연 파트너인 소녀들이 줄을 지어 산 쪽으로 간다. 받아먹을 걸 그랬다.

멀리서 노생蘆笙 소리가 들리는 걸 보니 오늘도 공연이 있는가 보다. 부드럽고 긴 여운을 가진 맑은 소리. 닭발을 들고 간 사내들이 몸을 흔들며 노생을 불었고 소녀들은 춤을 추었다. 동작을 따라 푸른색이 흔들리고 양포가 빛난다. 어떤 것은 눈이 부셨다. 음악도 춤도 단순하기 그지없다.

빠르지도 느리지도 않은 소리가 숲을 메운다. 간간이 사내들은 목청껏 소리를 질렀고 사진을 찍던 관광객들은 환호했다. 춤은 조금씩 조금씩 격렬해지기 시작한다. 소녀들마저 노생을 하늘을 향해 들어올리고 공연은 막바지로 숨 가쁘게 치닫는다. 한바탕 노생의 군무가 끝나자 사내들이 열을 지어 선다. 검고 긴 총을 하늘로 치켜들고 방아쇠를 당긴다. 흰 연기가 퍼지고 매캐한 화약 냄새가 코를 찌른다.

공연장에서 마을로 돌아오는 길은 여러 갈래다. 산 정상 쪽으로 난 길을 택한다. 그곳에는 바사 마을의 특별한 나무가 있다. 바로 풍향수楓香樹다. 먀오족이 자신들의 조상으로 여기는 전설 속의 치우蚩尤가 죽어서 변한 나무가 풍향수라고 한다. 단풍나무의 일종이었지만 먀오족 사람들은 '삼각풍三角楓'이라 부른다. 닭발나무 열매처럼 이파리가 셋으로 갈라져 있다. 추수를 마치면 볏짚을 꼬아 그네를 만들어 삼각풍 높은 가지에 매달았다. 소녀들은 새로 물들인 양포로 옷을 지어 입고 삼삼오오 무리를 이뤄 마을의 청년들을 기다렸다. 청년들이 나타나면 소녀들은 서둘러 그네에 올랐다. 혼자 타기도 했고 친구와 어울리기도 했다. 그네를 구르면서 소녀들은 청년들과 눈을 맞췄다. 그 알 듯 모를 듯 야릇한 시선을 '추파秋波'라고 한단다. '가을의 파도 혹은 파동'이라니 멋지지 않은가. 가슴에 담아두었던 마음을 누군가에게 은밀하게 전하는 눈빛. 우리가 아는 '추파'라는 말에는 그런 의미가 숨어 있다. 서로의 마음을 확인하면 둘만의 은밀한 장소로 가 사랑을 나누었다는 믿거나 말거나 한 이야기.

부엌에서 조강의 아내가 차려준 저녁을 먹는다. 흰 쌀밥에 고기볶

● 동작을 따라 푸른색이 흔들리고 양포가 빛난다. 어떤 것은 눈이 부셨다. 음악도 춤도 단순하기 그지없다. 빠르지도 느리지도 않은 소리가 숲을 메운다.

음과 절인 채소다. 무와 무청을 소금에 절인 것인데 고춧가루를 넣지 않은 김치 같다. 술도 한잔 곁들인다. 미주米酒라고 했다. 상점에서 파는 진한 향의 술과는 맛도 향도 다른 단순하고 솔직한 맛이다. 맛을 따라 옅은 과일 향이 다가온다. 그녀가 항아리 속에서 열매를 꺼내 보여준다. 닭발 열매처럼 처음 보는 녀석이다. 무를 집어 올리는데 아래에 작은 물고기 토막이 깔려 있다. 이것도 물고기를 넣는 식혜의 일종일까. 마을 아래 펼쳐진 논에 벼를 심고 나면 물속에 붕어며 잉어새끼를 풀어놓았다. 녀석들은 물속의 풀과 벌레를 먹으며 여름을 보낸다. 황금색으로 출렁이는 수확의 계절. 바사 마을 먀오족 사람들은 벼를 수확하기 전 모두 논으로 모여 살이 오른 물고기를 잡았다. 쌀이 주식이던 농부들에게 중요한 단백질 공급원이기도 했다. 이곳에선 붕어가 훠궈의 주재료인 경우가 많았다. 카이리 시장에서 레이와 먹던 구운 두부의 생선 비린내도 그런 사연과 멀지 않을 것이다. 멀고 먼 구이저우성 먀오족의 마을에서 삭힌 물고기를 반찬으로 흰 쌀밥을 먹는다.

축제

느리게나마 앞으로 나가던 버스가 그예 멈춰 오도 가도 못했다. 길이 그야말로 인산인해, 장날인가 했지만 그것도 아닌 모양이다. 운전사는 창문을 열어 고함을 지르고 경적을 울린다. 괜한 짓이다. 인파를 뚫고 나갈 방법은 없어 보인다. 거리를 가득 메운 사람들은 버스를 지나 일정한 방향으로 걷는다. 집단으로 춤을 추며 걸어가는 이들도 있다. 어떤 이는 버스 안이 궁금한지 창문 너머로 시선을 던진다. 동물원이 따로 없다. 어색하게 웃을 뿐 발걸음을 늦추지 않는다. 나는 창문을 연다. 화려하게 차려입은 여자들의 옷차림이 예사롭지 않다. 한껏 멋을 부린 티가 역력하다. 양포로 지어 입은 옷이 더욱 빛을 뿜고 머리에 쓴 은관은 햇살을 받아 하얗게 부서진다. 단언컨대 시장에 가는 복장은 아니다. 어딘가에서 예사롭지 않은 일이 벌어지고 있는 게 틀림없었다.

운전사는 고개를 저었다. 막혔던 길이 뚫리면 곧 출발할 것이란다. 망설일 시간이 없다. 우연히 눈앞에 다가온 기회를 그냥 보낼 수는 없는 일. 나는 짐을 챙겨 들고 내리겠다고 했다. 사람이 이렇게나 많은데 이 한 몸 비빌 곳이 없으랴 싶었다. 낯선 곳에서 무슨 일이 생기는 순간 어디선가 누군가 나타난다. 그건 그동안의 여행길에서 얻은 나만의 믿음이기도 했다. 갈등이 찾아오면 일단 저질러야 뼈아픈 후회가 없는 법. 길이 막혀

화가 난 운전사가 마지못해 차 문을 열어준다. 발바닥이 땅에 닿는 것과 동시에 의심과 갈등은 언제 그랬냐 싶게 호기심과 환희로 변해간다. 거리가, 세상이 달라 보인다. 인생은 때론 찰나다. 지나간 버스가 돌아오지 않듯 매 순간도 그렇다. 잘 가시오, 운전사 양반!

걷는 것이 아니라 사람들에 밀려 몸이 떠가는 형국이다. 저절로 웃음이 난다. 이들은 어디로 가는 것일까. 걸음을 옮길 때마다 소녀들에게서 찰랑찰랑 가볍고 맑은 소리가 들려온다. 목과 발목을 두른 은고리에서 나는 소리다. 장식은 화려하고 정결하다. 귀와 머리카락에도 색색의 실이 요란하다. 레게 머리가 따로 없다. 맘껏 멋을 부린 모습은 비슷해도 자세히 보면 색도 모양도 모두 다르다. 해맑게 웃는 소녀의 머리 위에서 눈꽃처럼 눈부신 작은 꽃들이 마치 떨잠처럼 파르르 떨린다. 카이리의 시장 구석 은방에서 여자들을 유혹하던 그것들이다. 아, 만져보고 싶은 것을 애써 참는다. 길은 모두 사람들의 차지다. 누구는 걷고 누구는 뛰고, 한 무리의 여자들은 아예 길을 메우고 춤을 춘다. 그 혼잡의 틈을 비집고 온갖 먹을거리와 또 이름도 모르는 과일 노점이 줄지어 섰다. 동네 개들도 모두 쏟아져 나왔다. 도대체 무슨 일이 벌어지고 있는 것일까.

축제였다. 아니다. 달리 표현할 말을 찾지 못했을 뿐 내가 지금껏 축제라는 이름으로 보아온 것과는 딴판이었다. 강변의 모래사장 쪽으로 사람들이 구름처럼 모여들고 있었다. 강변뿐 아니라 길 건너 산비탈에도 사람들로 빼곡한 것이 마치 야외의 거대한 원형경기장을 보는 듯했다. 가파른 산등성이를 일궈 만든 좁은 논들이 오늘은 천연의 계단이 되었다. 무

● 강변의 모래사장 쪽으로 사람들이 구름처럼 모여들고 있었다. 강변뿐 아니라 길 건너 산비탈에도 사람들로 빼곡한 것이 마치 야외의 거대한 원형경기장을 보는 듯했다. 가파른 산등성이를 일궈 만든 좁은 논들이 오늘은 천연의 계단이 되었다. ⓒAlamy

엇을 하려는 것일까. 인파에 찻길이 꽉 막혔다. 아예 가던 길을 멈추고 하릴없이 차에서 내린 사람들과 강변을 구르듯 내려가 모래밭으로 뛰어가는 사람들. 행렬은 끝이 없었고 마당과 모래밭과 강 언덕은 야릇한 열기와 흥분으로 들끓었다. 축제 같기도 또 어떤 제의와도 같아 보이는 강변에서 사람들의 시선은 모래사장의 가운데 차려진 마당으로 모였다. 그곳에 하늘 높이 솟은 푸른 깃발들이 펄럭였다.

중심을 향해 늘어선 대나무 꼭대기에서 깃발이 나부꼈다. 푸른 바탕에 흰 무늬가 선명한 깃발이 가끔씩 우우, 일어섰다. 사람들은 깃발이 흔들리는 곳을 향해 일제히 고함을 내질렀다. 깃발과 함성이 뒤섞였다. 하늘을 향해 솟구치는 깃발의 움직임과 말인지 신음인지 분간이 어려운 소리가 모여 강변은 전투를 앞둔 전장처럼 격렬한 에너지가 소용돌이쳤다. 하얀 모래톱 사이로 강물은 흐르고 푸른 깃발들이 바람 부는 대밭처럼 일렁거렸다. 거대한 나비와 태양과 물고기, 뱀 같기도 하고 용 같기도 한 무늬들과 새와 봉황을 닮은 것들이 물결처럼 눈을 어지럽혔다. 푸른 하늘과 푸른 강, 그리고 푸른 옷을 입은 사람들이 모여 사는 이 땅은 색으로 넘치는 바다였다. 꿈이지 싶었다.

차마 저 무리 속으로 뛰어들지 못하는 나는 어쩔 수 없는 이방인이었다. 누가 길을 막는 것도 아니었다. 아무 대책 없이 차에서 내릴 때의 호기심이 사라지거나 낯선 것에 대한 거부감 때문도 아니었다. 어쩌면 저 광기 어린 열기 속에 들어서는 순간 내 삶의 허약한 뼈대를 스스로 보게 될까 봐 두려웠는지 몰랐다. 나처럼 모래밭으로 뛰어가지 않은 무리에 섞여 먼발치에서 강변을 내려다본다. 저것이 축제라면 나는 축제를 경험한 적이 한 번도 없었다. 다시 깃발이 일어서자 짐승을 쫓는 사냥꾼처럼, 전쟁터를 질주하는 무사처럼 알아들을 수 없는 소리를 미친 듯이 질러댔다. 축제는 광기의 다른 말이 아닐까. 어느 한곳을 향해 무섭도록 집중하는 힘은 그것과 다를 바 없었다. 온몸이 떨렸다. 느닷없이 오줌보가 뜨겁게 부풀었다. 몸살 같은 흥분을 잊고 산 지 오래였던 것이다. 스스로가 황홀에 빠져 춤추고 노래하는 자들과 먼발치에서 바라보는 자는 처음부터 달랐던 모양이다. 열정과 흥분과 광기를 잃은 삶은 빈껍데기에 불과했다. 나는 두근거렸고, 좀 참담했다.

강변으로 몰려가는 사람들은 망부석처럼 서 있는 나를 거들떠보지 않고 아래로 내달렸다. 하나같이 무엇엔가 홀린 듯 입술은 벌어져 있었고 눈빛은 흔들렸다. 그러나 무엇에게 쫓기는 불안한 눈빛이 아니라 무엇인가를 찾아가는, 눈에서 사라지기 전에 찾아야 하는, 앞을 향한 들뜬 눈빛이었다. 빠르게 어깨나 팔꿈치를 부딪고 지나갈 뿐 누구도 옆을 보지 않았다. 나만 뒤에 남아 몸이 비틀거렸다. 나는 그저 하나의 돌이나 나무였다. 넘어질 듯 비탈을 뛰어 내려가는 사람들이 모여들어 어떤 흐름을 만들었고 마치 태풍의 눈을 향해 소용돌이치는 구름처럼 푸른 깃발들이 나부끼는 중심으로 느리게 빨려 들어가고 있었다.

고장절

시장 입구는 어둡다. 흐린 불빛 아래 서툰 글씨로 '자매집'이라 쓰여 있는 간이주점에 자리를 잡는다. 두 여자가 음식을 썰고 볶는다. 이름이 자매집일 뿐 엄마와 딸이다. 삶은 내장과 날것이 부위별로 나뉘었다. 눈에 익은 것을 골라 접시에 올린다. 엄마가 고기를 도마에 올려 칼질을 한다. 날렵하다. 가만히 보니 말로만 듣던 '벌집썰기' 신공이다. 칼집을 반만 넣는다. 나머지는 딸이 쑥쑥 썬다. 볶은 안주와 술을 가지고 천막 안으로 들어간다. 둥근 탁자와 낮은 의자가 아무렇게나 놓였다. 붉은 포장 탓에 비좁고 허름한 감옥 같다. 산길에 흔들린 몸이 좀 무겁다. 안주와 술병을 들고 나온다. 손을 놓고 앉아있던 엄마가 자기 옆자리를 두드린다. 어딜 가나 신세를 진다.

바이베이擺貝 마을은 일정에 들어 있지 않았다. 그런데 엊그제 우연히 본 강변 장면이 머릿속에서 떠나질 않는다. 그 웅성거림과 열기와 흥분의 축제가 '고장절牯臟節'의 일종이라는 것을 나중에 알았다. 이곳 먀오족의 마을에서 13년마다 열린다는 이 행사의 규모는 대단했다. 이름에서 보듯 축제이자 제례는 소와 관련이 있다. 뿔이 커다란 초승달 모양으로 생긴 검은 물소였다. 고장절을 위해 선택된 물소는 들에 나가지 않았고 후한 음식을 대접받았다. 날짜가 정해지면 마을에선 경비를 모아 준비를 서둘렀다. 이 모든 것을 주관하는 이가 바로 먀오왕苗王이었다. 오른손으로 칼을 치켜든 채 제례를 지휘하고 있는 먀오왕 뒤로 높은 대나무 장대 끝에서 푸른색 화포가 휘날렸다. 내가 강변에서 본 장면과 다르지 않았다. 마당 가운데로 들어서는 물소 한 마리. 몇 해 전 고장절이 열렸던 먀오족 마을이 바로 바이베이였다. 그날 예순아홉 마리 물소의 목이 잘렸다고 했다.

터미널이고 어디고 바이베이 마을로 가는 버스는 없었다. 자전거 인력거와 오토바이도 나중엔 택시기사마저 고개를 절레절레 흔들었다. 설사 길이 험해도 지도상으로는 한나절 정도면 다녀올 곳으로 보였지만 이유를 알기 어려웠다. 난감했다. 방법을 찾을 수 있을까. 터미널 주변을 떠나지 못하고 주문한 국수를 기다리는데 인력거 사내가 다가왔다. 요지는 이랬다. 읍내 남쪽에 시장이 있는데 그곳에 가면 바이베이로 가는 승합차가 있을지 모른다고, 자기가 그곳까지는 데려다줄 수 있다는 것이다. 드디어 한 발짝 길이 열리기 시작했다. 오늘도 뜻밖의 모험을 떠나야 하는 날인가 보다. 그의 몫으로 국수 하나를 더 시켰다.

한 시간을 넘게 기다려 마지막에 올라탄 승합차는 비좁고 날렵하다. 이곳에선 '나르는 작은 호랑이'라 부른다. 거친 길에 적합했고 빨랐다. 물웅덩이를 요리조리 잘도 피해 달린다. 나는 문과 의자 사이에 겨우 엉덩이를 걸쳤다. 제일 먼저 내려야 했기 때문이다. 넘실대는 강을 따라 산모퉁이를 돌았다. 작은 호랑이는 한참을 달려 집 한 채 없는 산자락 아래 멈췄다. 운전사가 손가락으로 산길을 가리켰다. 바이베이 마을이 아니라 마을로 올라가는 산길 입구였다. 차는 나를 두고 바람같이 떠나고 이정표에 쓰인 마을까지의 거리는 10리가 넘는다. 산길은 가팔랐다. 몇 굽이 돌지도 않았는데 숨이 턱까지 차오르고 등줄기로 땀이 흐른다. 멀리 산 정

상에서 검은 지붕들이 나타났다 사라진다. 별안간 햇살이 자취를 감추고 먹구름이 몰려왔다. 소나기다. 비를 피할 곳은 없다. 구름을 비껴간 햇살은 산 아래 강변을 밝힌다. 여전히 날씨가 변덕스러운 첸둥난의 땅이었다.

고장절을 치르는 마을들은 먀오족의 연합체였다. 그 마을들이 돌아가며 13년마다 축제를 감당했다. 조상을 기리는 제례이기도 했다. 의식은 복잡하고 까다로웠다. 소를 잡았고 찹쌀떡을 쪘고 그 위에 말린 물고기를 올렸다. 수소 뿔로 만든 잔에는 미주를 담았고 암소 뿔에는 단술을 담았다. 옆에 작은 나무의자를 놓고 새로 지어 쪽으로 물들인 푸른 옷을 올려놓았다. 조상님께 바치는 것이다. 고장절이 열리는 날이면 외지로 나갔던 사람들도 마을로 돌아왔다. 반드시 해가 지기 전에 도착해야 했다. 어둠이 내리면 마을로 들어오는 문을 닫아걸었다. 고장절이 열리는 기간에는 누구도 마을을 나갈 수 없었다. 마을에서는 참가한 모든 이들에게 고루 음식을 나누었다. 특별히 소의 내장을 먹었다. 음식을 먹을 때마다 조상을 생각했다.

걸어서 내려가기도 어려운 산비탈에 다랑논이 층층이 이어졌다. 경사면을 감아 도는 논은 그래서 눈썹 같고 초승달 같다. 어쩌면 고장절에 제물로 바쳐지는 검은 물소의 뿔을 닮은 건지도 몰랐다. 산자락의 기울기와 곡선이 논의 모양과 넓이를 결정했다. 채 한 뼘도 되지 않는 좁은 길은 이리저리 흩어져 논과 밭으로 이어진다. 우연히 사람이라도 마주치면 비껴가기조차 버거워 보이는 논길 옆으로 작은 도랑이 나란히 흐른다. 물소

● 걸어서 내려가기도 어려운 산비탈에 다랑논이 층층이 이어졌다. 경사면을 감아 도는 논은 그래서 눈썹 같고 초승달 같다. 어쩌면 고장절에 제물로 바쳐지는 검은 물소의 뿔을 닮은 건지도 몰랐다.

리가 또렷하게 들린다. 마을 뒤 높은 곳에 너른 물웅덩이를 파고 그곳으로 숲의 물과 빗물이 모여들고 그 물이 마을을 지나 호미로 판 듯 좁은 도랑으로 흘러든다. 도랑은 경사면을 따라 실핏줄처럼 연결되어 논과 논에 물을 채우며 아래로 아래로 내려간다. 벼를 베어낸 자국이 선명하다. 논바닥은 개구리가 뛰어넘을 만큼 좁았고 그것들이 위아래로 끝없이 이어진다. 높이는 아찔하다. 논둑이 벼랑이다.

어디선가 고장절이 열린 모양이다. 자매집 탁자 위 텔레비전에서는 오래전 고장절 화면을 쉴 새 없이 내보내고 있다. 구름처럼 모여든 사람들과 화려한 옷을 입은 젊은 여자들을 자주 비췄다. 며칠을 두고 치러진 과거 고장절의 면모를 소개하는 중간중간에 곧 있을 고장절 준비 과정을 보여주는 것도 빼놓지 않았다. 이미 전국에서 몰려든 방송국 카메라와 사진기자들이 분주하게 사다리를 타고 내렸다. 그들만이 아니었다. 이를 보려고 미리부터 진을 치고 있는 관람객으로 마을은 미어터졌다. 고장절을 선전하는 대형 광고판 아래에선 마치 무용단 같고 합창단 같은 무리가 춤과 노래 연습이 한창이었다. 잘 차려입은 먀오족 선남선녀를 가운데 세워두고 관람객들은 사진을 찍었다. 화면은 다시 과거의 고장절 장면으로 돌아갔다.

한 사내가 다가와 내 앞에 자리를 잡는다. 나는 텔레비전 화면에서 눈을 떼지 못한다. 사내가 짓무른 눈으로 나를 본다. 늙은 먀오왕이 소뿔로 만든 술잔을 치켜들었다. 사내는 내 손을 덥석 잡는다. 거대한 검은 물소 한 마리가 고장절이 절정인 마당으로 들어왔다. 몸 전체를 뒤덮은 것은 푸른 화포였다. 만취한 사내는 술을 따르지 못한다. 소뿔에 걸린 은고리가 반짝였다. 사내는 빈 잔을 들어 마신다. 도끼가 번쩍했고 소의 정수리에서 피가 쏟아졌다. 빈 잔을 꼭 쥐고 있는 사내. 소가 무릎을 꺾자 화면 가득 푸른 깃발이 우우 일어섰다. 사내는 고개를 꺾고 노래인지 혼잣말인지 중얼거린다. 쓰러진 소의 벌어진 입 사이로 혀가 흘러내렸다. 나는 사내의 빈 잔에 술을 따른다. 늘어진 소 혀 가운데에 긴 대꼬챙이를 꽂았다. 자신을 죽인 사람이 누구인지 조상에게 이르지 못하게 하기 위해서라고 했다. 사내는 몸을 가누지 못한다. 서른여덟 개의 소머리가 땅바닥에 놓였다. 나는 늙고 취한 사내에게 한 손을 붙들린 채 소 내장을 먹는다. 붉은 알전구가 흔들린다.

흔들리는 푸른 꽃

가벼운 발걸음으로 만두 가게에 자리를 잡는다. 레이궁산을 넘어 푸른색의 바다를 떠나왔다. 만두 두 판을 시킨다. 겨우 고개를 하나 넘어왔을 뿐인데 한 시대나 국경을 건너온 듯했다. 먀오족의 땅인 첸둥난에서의 시간은 다르게 흐르는 것처럼 보였다. 어쩌면 모든 시간은 개별적인 것인지도 모를 일이다. 오늘은 떨어지는 물소리가 10리 밖에서도 들린다는 황궈수黃果樹 폭포에 갈 생각이었다. 그곳에서 세속의 때에 찌든 눈과 귀를 우렁차게 씻어볼 요량이었다. 그런데 폭포에서 멀지 않은 곳에 있는 밀랍 화포로 이름난 마을을 알아버렸다. '납염의 고향' 시터우자이石頭寨, 부이족布依族의 마을이라 했다. 일단 출발이다. 김이 모락모락 오르는 만두가 나온다. 간장과 식초를 알맞게 섞는다. 아, 고춧가루도 잊지 말아야지. 만두를 입에 가득 넣고는 삼키지 못하고 도로 뱉는다. 생선 비린내 때문이 아니다. 방심했다. 뜨거운 고기즙이 목구멍을 태운다. 젓가락을 던지고 얼른 물을 머금는다. 놀란 직원이 달려오고 나는 눈물이 핑 돈다.

택시 기사에게 지도를 펼치고 가야 할 마을을 보여주었더니 잘 안단다. 걱정을 말란다. 그러고는 내가 내민 지도를 한동안 본다. 마을의 위치를 보는 것이 아니라 지도 속 관광지를 살피는 눈치다. 보나 마나 황궈수 폭포일 것이다. 미안하지만 그곳은 보류랍니다. 그러고도 한참이다. 물한 병을 사들고 돌아와서 기사의 어깨를 가볍게 두드린다. 요금은 왕복이고 한 시간 나를 기다려주어야 한다고 또박또박 확인한다. 첸둥난의 택시기사 명월 씨에게 배운 대로다. 사내가 들고 있던 지도를 홱 접더니 나를 쏘아본다.

"내가 먼저 오면 너는 어떻게 할 건데!"

시터우자이 마을로 가는 길은 한가로운데 기사는 표정이 굳었다. 너무 야멸차게 굴었나 괜스레 미안하다. 공기가 냉랭하다. 온통 산밖에 보이지 않던 구이저우에서 어쩐 일인지 낮은 언덕이 완만하다. 산과 들의 풍경만으로도 삶의 내용이 바뀌는 것 같다. 먀오족 마을의 척박함과는 거리가 먼 풍요로운 농촌 마을이 파노라마처럼 지나간다. 논과 밭에는 푸른 잎들이 자란다. 겨울은 이곳에 없는 계절 같다. 한참을 달려 택시는 큰길을 버리고 마을로 접어든다. 낮은 석산과 산을 둘러싼 수심 얕은 호수가 그림 같다. 조용하고 예쁘다. 벽이며 지붕이 모두 돌이다. 다리도 돌이고 문틀도 돌로 만들었다. 온통 돌로 지어진 마을이다. 마을의 이름이 마을의 모습이다.

어쩐 일인지 사람은 보이지 않고 쥐 죽은 듯 조용하다. 길옆을 따라 흐르는 냇물 소리만 시원하다. 골목을 꺾어든다. 어느새 기사가 뒤에서 따라온다. 기분이 좀 풀린 눈치다. 앞서거니 뒤서거니 마을 안으로 들어선다. 담벼락과 문짝에 쪽물을 들인 푸른 화포가 걸렸다. 내친김에 대문 안으로 들어선다. 천에 무늬를 그리고 있던 여자가 얼굴을 들었다가 이내 고개를 숙인다. 석류, 모란, 고사리, 나비, 박쥐, 까치. 소녀가 내게로 다가온다. 물들인 천과 무늬에 대해 설명을 하려는 눈치다. 그녀가 작업장 안으로 들어오란다. 탁자 위엔 밀랍으로 무늬를 그리던 천이 놓여있다. 동심원과 의미를 알 수 없는 세모와 사선들. 안개꽃 같은 점들과 작은 단풍

잎과 양치식물의 이파리들. 나는 염색을 마친 화포 대신 밀랍 무늬만 그려진 천을 고른다.

기사가 앞장서 골목을 빠져나간다. 어딘가 확성기에서 울리는 음악 소리가 요란하다. 그러면 그렇지, 마을 중앙의 너른 공터다. 마을 사람들이 다 모였나 보다. 무대 위에서 한 무리의 여자들이 음악에 맞춰 춤을 추고 있었다. 사람들의 시선이 그녀들을 따라 움직인다. 동작은 부드럽지만 움직임은 재바르다. 한껏 차려입은 모습이 공작처럼 아름답고 정갈하다. 색색의 실로 놓은 자수와 희고 정교한 무늬들. 조금 전 소녀가 그리던 무늬가 그녀들의 옷 위에 그대로다. 푸른색보다 흰색이 더 많다. 화포가 푸른 바탕에 흰 무늬라는 통념은 이곳에선 고정관념에 속한다. 이들의 화포에서 무늬는 희지 않고 푸른색이다. 흰 바탕에 푸른 점들이 꽃 같다. 여자들의 몸짓에 따라 푸른 꽃들이 춤을 춘다.

시터우자이 마을에서 얻은 납염 화포에 관한 전설 하나.

> 오래전 부이족 소녀가 있었다. 그녀는 늘 손으로 짠 무명에 푸른 쪽물을 들였다. 하루는 염색한 천을 꺼내 햇볕에 말리는데 꿀벌 한 마리가 천 위에 앉았다 날아갔다. 소녀는 평소와 다름없이 물을 들였는데 꿀벌이 앉았던 자리는 물이 들지 않고 작고 흰 점이 남았다. 소녀는 꿀벌의 밀랍 때문에 천에 물이 들지 않는다는 것을 알게 되었다.

그 일이 있고 난 뒤 납염의 기술이 발명되었다는 믿거나 말거나 이

● 한껏 차려입은 모습이 공작처럼 아름답고 정갈하다. 색색의 실로 놓은 자수와 희고 정교한 무늬들. 조금 전 소녀가 그리던 무늬가 그녀들의 옷 위에 그대로다. 푸른색보다 흰색이 더 많다.

야기.

택시 기사는 또 노래를 흥얼거린다. 어디로 갈 거냐고 묻고 싶은 눈치다. 오기 전에 에누리 없이 흥정한 게 여전히 마음에 걸린다. 여기서 황귀수 폭포까지는 먼 거리도 아니다. 예정에도 없는 '납염의 고향'도 보았겠다, 오늘만큼은 긴장에서 풀려나도 좋은 날이다. 여행이니까, 가끔은 일정과 관계없는 일탈도 좋은 것이 여행의 매력이니까. 여기까지 와서 폭포를 보지 못했다고 하면 다들 혀를 찰 것이다. 푸른색과 화포로 가득 찬 머릿속을 천둥 치듯 떨어져 내리는 폭포 소리로 씻어내고 싶기도 했다. 갑시다, 기사 양반! 창문을 내린다. 상쾌한 바람이 밀려든다. 입을 크게 벌린다. 뜨거운 만두에 덴 입안이 아직도 얼얼하다.

염장 유대포

유 노인의 공방이 있다는 골목으로 들어선다. 높고 긴 담을 마주한 골목은 한적하다. 담 너머 학교에서 들려오는 아이들 소리가 도드라진다. 발소리를 죽이고 느리게 걷는다. 한적한 골목을 배회하는 관광객처럼 무심히 발을 놓는다. 처음 푸른색과 화포를 찾아 구이저우로 들어서던 순간의 긴장감과는 또 다르다. 그때는 어느 마을을 찾아가는 길이었지만 오늘은 수십 년 화포를 만들어온 장인을, 내겐 특별한 사람을 만나러 왔기 때문이다. 그는 어떤 사람일까. 심장 박동이 조금씩 빨라진다. 어디쯤일까. 옷가게를 지나고 엿을 파는 가게 앞으로 다가가는데 바로 코앞에 앉아있는 사람이 바로 그다. 사진으로, 그것도 10여 년 전에 찍은 사진 속 유 노인을 나는 알아볼 수 있었다. 햇살이 환한 담벼락 아래 또래의 노인과 담배 연기를 뿜고 있는 그를 놓치지 않는다. '유대포화포관劉大炮花布館'이라 쓴 푸른 깃발이 나부낀다. 곧장 작업장 안으로 들어간다. 유 노인이 피우던 담배를 끄고 뒤따라 들어온다.

대문간을 지나자 하늘이 네모난 안뜰이다. 처마에 잘린 햇살이 마당 한쪽을 가로지른다. 푸른 염료가 흘러넘친 커다란 나무통 위에 나무 고무래가 놓였고 그 아래로 부메랑처럼 생긴 뭉툭하고 커다란 돌이 보인다. 물을 들이고 난 천을 마름질하는 데 쓴다. 나무방망이로 마름질하는

대신 무거운 돌 아래 천을 놓고 좌우로 굴리는 방식이다. 마당을 지나자 방을 꾸민 전시장이다. 뒤따라오던 유 노인이 형광등을 켠다. 어둠 속에서 희고 푸른 무늬들이 살아난다. 장인의 화포를 내 눈으로 본다. 기하무늬와 용무늬가 화려하다. 국화도 있고 매화도 예쁘다. 유 노인은 전시장 문 앞에서 또 담배를 문다. 골초시다. 이곳 펑황고성鳳凰古城의 풍경을 그린 화포도 있다. 어디 술집 달력에서 봤을 법한 반라의 여인을 보는 순간 웃음이 나온다. 유 노인이 다가온다. 대머리에 단단한 체구다.

유 노인이 화포를 들고 마당으로 나간다. 무슨 일일까 따라 나가는 나를 돌아보고는 안으로 들어가라고 손짓을 한다. 그러고는 하시는 말씀이 화포는 멀리서 봐야 좋단다. 나는 전시장 입구에 서고 그는 마당 가운데 선다. 두 손을 들어 화포를 펼친다. 노인은 화포 뒤로 사라지고 나는 푸르고 흰빛에 눈이 시리다. 쪽빛은 햇살 아래 가장 선명하고 푸르다는 것을 나도 경험으로 안다. 저렇게 색과 공기와 햇볕이 만나는 순간에 푸른색은 어떤 두께감을 느끼게 만든다. 노인은 그것을 보여주려 했을까. 매화가 그려진 화포를 골라 유 노인에게 건넨다. 화포 가장자리에 자신의 이름이 새겨진 붉은 도장이 눌려 있다. 화포는 한 폭의 그림이 된다.

장인이 보여주는 여러 폭의 화포를 보고 전시장 구석구석을 둘러보는 동안에도 이곳을 찾는 발길은 없었다. 생기보다는 퇴락의 기미가, 온기보다는 먼지처럼 가라앉은 적막이 건물 내부를 감싼다. 반듯하게 깔린 마당의 벽돌을 밟는 발소리가 더욱 크게 들리는 순간 유 노인이 내 어깨를 툭 친다. 옆에 딸린 방문을 열쇠로 연다. 방 안쪽에 침대가 놓여있다.

● 마당을 지나자 방을 꾸민 전시장이다. 뒤따라오던 유 노인이 형광등을 켠다. 어둠 속에서 희고 푸른 무늬들이 살아난다. 장인의 화포를 내 눈으로 본다. 기하무늬와 용무늬가 화려하다. 국화도 있고 매화도 예쁘다.

장인의 화포를 소개하는 제법 두툼한 책 한 권이 책상에 놓였고 벽에는 이곳을 방문한 유명 인사들과 외국에서 전시할 때의 사진들이 촘촘히 걸려 있다. 그리고 초상화 한 점. 염장 유대포 노인이다. 거친 먹 선에 엷은 색을 입혔다. 그가 그림 속에 앉아있다. 내 눈은 그의 손에서 멈춘다. 염장의 두 손이…… 푸르다. 자료에서 본 염장 유 노인의 스토리.

유 노인의 고향은 이곳 평황에서 좀 떨어진 시골이다. 본래 이름은 유공흠. 쪽 염색은 선대부터 내려온 가업이었다. 증조부와 부친 역시 인근에서 이름난 염장이었다. 어린 그에게 염색일은 힘에 벅찼고 가난은 대물림되었다. 그렇다고 집안에 대대로 전해지는 그들만의 염색 비법이 따로 있는 것도 아니었다. 매일같이 쪽물을 들였다. 그는 견디기 어려웠다.

유공흠은 다른 염장에게 무늬를 넣는 인염印染 화포를 배우기 시작했다. 열세 살 무렵이었다. 여러 겹의 종이를 붙여 두꺼운 화판을 만든 뒤 밑그림을 그리고 조각칼로 무늬를 새겼다. 새긴 화판에는 동백기름을 바르고 볕에 말렸다. 손바닥에 굳은살이 박이고 손끝이 갈라졌다. 마름질한 천을 펼치고 화판을 얹은 다음 콩가루와 석회를 섞어 만든 방염제를 무늬 사이로 밀어 넣었다. 천을 말리고 나서 따듯한 물에 담갔다. 온수에 돼지 피를 넣으면 방염제는 더욱 단단해졌다. 쪽물을 들였다. 물들인 천에서 방염제를 떼어내면 흰 무늬가 선명하게 나타났다.

정부와 민간이 공동으로 운영하는 인염 공장의 기술자가 되었다. 그가 만든 화포는 수공 예술품이란 이름으로 팔려나갔다. 이름도 제법 널리 알려졌다. 퇴직 후 관광지로 이름난 평황고성에 자신의 이름을 건 염색 공방을 열었다. 유공흠은 성격이 시원스럽고 솔직해서 입바른 소리를 잘했다. 그래서 사람들이 그를 '대포'라 불렀다. 공방의 이름이 '유대포인염공방'이 된 이유였다. 공방 현판은 평황의 유명 화가 황영옥黃永玉이 썼다. 방에 걸린 유 노인의 초상을 그려준 이도 그였다. 화포를 찾는 방문객도 늘어갔다. 돈이 들어왔다. 손에 늘 푸른 쪽물이 들었다.

유 노인의 화포는 하찮고 흔한 생활용품이 아니라 '예술품'으로 대접받았다. 염장 유대포의 공방으로 각지에서 전문가들이 찾아왔고 학생들도 줄을 이었다. 큰 도시로 나가 몇 차례 전시도 열었고 해외에서 초청이 오기도 했다. 유명세 탓인지 공방에 도둑이 들어 그의 화포와 초상화를 훔쳐 가는 일도 있었다. 우여곡절 끝에 초상화는 돌아왔다. 그림은 방 안 깊숙이 간직했다. 꽃과 새가 조각된 화판이 쌓였고 공방은 자리를 잡았다. 그렇게 60여 년이 흘렀다.

먀오족의 화포는 밀랍으로 무늬를 그렸지만 유 노인의 화포는 달랐다. 밀랍 대신 석회와 콩가루를 섞은 방염제로 무늬를 만들었다. 먀오족 여인들이 세상에 하나밖에 없는 무늬의 화포를 만들었다면 유 노인은 반복해서 같은 무늬를 찍어낼 수 있는, 이를테면 규격화된 다량의 화포였다. 그래서 두 화포는 무늬도 쓰임새도 전혀 달랐다. 먀오족의 화포가 처음부터 쓰임새가 정해져 있었다면 유 노인은 그럴 필요가 없었다. 그가 만든 화포는 자신만을 위한 것이 아니었다. 그의 화포를 사서 어디에 어떻게 쓰든 그건 구매자의 몫이었다. 그들의 취향에 맞춰 다양한 무늬를 만들어 푸른색을 들이면 그만이었다. 먀오족이 아직도 자신들이 쓰기 위해 푸른색과 화포를 만든다면, 한층 효율적이고 상업화된 것이 이곳 평황 유대포 노인의 화포라 보아도 무방하다. 사회적 환경과 목적이 다르니 가는 길도 달랐다.

"요즘도 염색을 하시나요?"

"이제는 찾는 사람이 별로 없어……."

"화포를 배우는 사람은요?"

"둘째 아들."

"힘드시지요?"

"……혹시 염색을 하나?"

어쩌다 공방 안으로 빼꼼 고개를 내밀고 걸음을 돌리는 사람 말고는 찾아오는 이도 없다. 장인에게 건강하시란 말을 남기고 공방을 나선다. 유 노인이 문 앞에서 다시 담배를 피워 문다. 골목은 그새 어둠이 내렸다. 밤을 밝히는 조명이 켜지고 이제는 골목의 주인공이 바뀌는 시간이다. 저무는 저녁처럼 유 노인의 공방도 퇴색의 빛이 역력하다. 관광객이 떼로 몰려간다. 밤공기가 차다. 쇼윈도에 진열된 옷들의 무늬가 어지럽다. 상점 안에서 두 손을 토시에 넣은 노인들이 나온다. 파랗고 빨갛고 노란 토시에도 꽃무늬가 찍혔다. 희고 푸른 꽃들은 이제 저렇게 자리를 옮기거나 서서히 잊히는 중이다. 누런 벽돌을 성벽처럼 쌓아 올린 늙은 고성의 골목은 이제 거기가 거기 같다. 아무 생각 없이 걷다 보면 막다른 골목이 나타나곤 한다. 나는 고성 안에서 자주 길을 잃는다.

리리, 나는 매우 즐겁습니다

잘못 찾아온 것일까, 나는 어안이 벙벙했다. 사흘 전 '유대포화포관'의 주소가 적힌 쪽지 하나만 달랑 들고 이곳 평황행 버스를 탈 때만 해도 전혀 예상하지 못했다. 소도시에서 목적지 하나 찾는 것쯤은 이제 일도 아니라고 생각했으니까. 더구나 '화포관'은 예상컨대 이곳에선 제법 유명세를 탄 곳으로 보였다. 하지만 비가 내렸고 산길은 진창이었고 버스는 평황 근처에나 갈 수 있을까 의심이 들만큼 비실거렸다. 도착도 하기 전에 돌아갈 걱정이 앞섰다. 결국 해가 졌고 온몸에 진흙을 바른 버스가 승객들을 내려놓은 곳은 터미널도 아닌 어느 황량한 주차장 구석이었다. 먼저 내린 승객들은 깃발을 든 관광가이드를 따라 저물어가는 어둠 속으로 총총히 사라졌다. 추적추적 비는 그치지 않았고 여기가 고성의 어디쯤인지 방향조차 잡을 수 없었다. 어디로 가야 하는 걸까. 낯선 땅에 나 혼자 버려진 느낌이었다. 앞이 캄캄했다.

멀리 불빛이 모여 있는 곳으로 무작정 걸음을 옮길 때 여행사 간판이 눈에 들어왔다. 보통 때 같았으면 그냥 지나쳤을 곳이었지만, 신기하게도 그곳에서 주변의 대도시로 가는 버스표를 팔고 있었다. 미리 표를 구할 수 있다면 구세주를 만난 것과 다를 바 없는 일. 그 저녁 여행사를 지키던 이가 문려, 웬리였다. 친근하게 리리라고 불렀다. 애칭이었다. 그렇게 한숨을 돌리자 다음은 숙소가 문제였다. 그녀가 어딘가로 전화를 걸었고 얼마 뒤 우산을 든 이가 뛰어왔다. 숙소에서 사람을 보낸 것이다. 하마터면 여행 무기력증에 빠질 뻔한 나는 낯선 곳에 무사히 안착할 수 있었다. 다음 날 아침 다시 여행사를 찾았을 때 리리는 아름다운 고성 지도를 선물했다. 처음 가는 도시에 내리면 늘 제일 먼저 지도를 사는 게 내겐 버릇처럼 굳어 있었다. 여행에서 돌아오면 지나온 도시의 지도가 쌓였다. 지도는 그 도시의 지리뿐 아니라 많은 것을 짐작할 수 있는 종합안내서에 해당한다. 낯선 도시의 첫날 밤은 지도를 꼼꼼히 살피는 것만으로 충분하다. 게다가 뜻밖의 장소를 발견하면 기쁨은 배가 되고 낯선 도시는 이제 탐험의 대상으로 변하곤 한다. 리리가 건넨 고성의 지도는 누군가 손으로 그린 수채화를 인쇄한 것이었다. 펑황은 지도만으로도 사람을 설레게 하는 무엇이 있었다. 일정이 며칠 늘어날 것만 같은 예감이 찾아왔다. 나는 명월씨한테 배운 대로 리리에게 말을 건넸다. 언제 같이 저녁 먹으러 갈래?

평황고성은 어느 골목이나 관광객으로 인산인해다. 중국에서 가장 아름다운 고성을 고를 때 늘 상위에 오르는 유명한 관광지이자 역사 도시다. 어떻게 이런 사실을 하나 모른 채 여기까지 왔는지 스스로 의아할 지경이다. 지리적으로는 먀오족의 땅 구이저우성과 가장 가까운 후난성湖南省 서북쪽에 자리했다. 펑황은 먀오족과 투자족土家族이라는 소수민족이 주된 구성원을 이룬다. 투자족은 말 그대로 이 지역의 토착 세력을 말한다. 절반은 먀오족의 고장인 셈이다. 오래전 이곳으로 쫓겨온 먀오족은 중원의 한족 세력에 대항해 수없이 반란을 일으켰다. 먀오족의 토벌에 참전한 군인들이 땅을 하사받고 이곳에 정착했다고 한다. 먀오족 여자들은 그들과 강제로 결혼해야 했다. 그렇게 아픈 역사를 뒤로한 채 한족의 문화가 펑황에 섞여들었다. 타강沱江으로 둘러싸인 고성 안쪽은 그야말로 웅장하고 고색창연한 저택들이 즐비하다. 첸둥난의 먀오족 마을에서 느낀 것과는 다른 의미로 과거로의 시간여행을 선사했다. 마치 오래된 작은 왕국 같았다.

밝은 갈색의 골목에 접한 벽은 높디높아서 성채가 늘어선 듯했다. 명인, 명사의 옛집이 수두룩했다. 이런 부와 권력은 어디에서 왔을까. 집안의 이름을 상표로 내건 '강탕姜糖', 그러니까 엿을 파는 가게가 유독 많았다. 나는 알이 작은 토종 군밤을 자주 사 먹었다. 검은 조약돌에 익힌 밤은 애쓰지 않아도 껍질이 저절로 벗겨진다. 그렇게 얽히고설킨 골목 여행을 하다가 걸음을 멈춘 곳이 심종문沈從文의 생가다. 그의 고향이 여기일 줄이야. 기념관으로 변모한 오래된 집은 역시나 웅장했고 옛 자취가 집안 곳곳에서 묻어났다. 그가 30대 초반이던, 얼추 100년쯤 전에 쓴 《변성邊城》이라는 소설이 있다. 소녀 취취翠翠를 사랑한 두 형제의 엇갈린 운명을 그린 작품이다. 소설의 배경은 이곳 펑황에서 멀지 않은 작은 강변 마을이다. 그는 나이 들어 중국 고대 문화연구에 매달리기도 했다. 심종문의 집안은 한족이었고 할머니는 먀오족이었다. 그의 책에 먀오족의 푸른색과 화포가 등장한다(심종문, 《중국고대복식연구中國古代服飾研究》, 상해고적출판사).

> 먀오족 여인들은 옷감에 밀랍으로 그림을 그리고 푸른색으로 물들인 화포를 입는다. 옷에는 옷깃이 따로 없고 옷을 입을 때는 머리부터 몸 전체를 씌운다. 남자들은 푸른 천으로 머리를 싸매고 여자들은 머리채를 말꼬리처럼 늘어뜨리거나 머리 위로 틀어 올린다. 나무빗으로 머리카락을 다듬는다.

> 먀오족은 춤과 노래를 좋아하고 노생을 즐겨 분다. 매년 6월을 새해

로 삼는 풍습이 있다. 매년 봄이 오면 평평하고 너른 곳을 정해 '달마당月場'으로 삼는다. 남자들은 노생을 불고 여자들은 방울을 흔들며 작은북을 치고 노래를 부르고 춤을 춘다. 이것을 '달놀이跳月'라고 부른다. 달놀이가 시작되면 청춘남녀들은 누구나 가장 화려한 복장으로 참가하며 여자들은 하얀 은으로 머리를 장식한다. 또 가슴 앞에는 정성을 다해 수를 놓은 천을 매다는 풍습이 있다. 때로는 열 개에서 스무 개를 덧대어 달기도 하는데 이는 자기가 달놀이에 참여한 횟수를 기념하기 위해서다. 이러한 풍속은 지금까지 구이저우성 먀오족이 거주하는 지역에서 여전히 전해지고 있으며 매년 성대한 축제가 열린다.

고성의 남쪽 출입구인 무지개다리에서 리리를 기다린다. 어제는 그녀가 소개하고 싶다는 펑황의 전통음식을 먹었다. 대부분 먀오족으로부터 전해진 음식이라고 했다. 그들 음식에선 매번 이름 모를 풀이나 약초향이 풍겼다. 강을 옆에 낀 아름다운 고성은 이제 중국 안에서 가장 붐비는 관광지 중 한 곳이 되어 호텔과 술집에 점령당한 지 오래다. 강 가까이에 집을 짓느라 집을 받치는 나무기둥이 대밭의 대나무처럼 촘촘하다. 강을 가로지르는 징검다리는 언제나 교통체증으로 몸살을 앓는다. 도시에서 온 사람들이 먀오족 여인의 전통 의상을 입고 '인생샷'을 찍는 것이 지금 펑황에서 유행이란다. 한 무리의 관광객을 태운 목선이 강을 따라 내려온다. 사공은 흥이 나는지 목청껏 뱃노래를 부른다. 배가 무지개다리 아래에 들어서면 강변에 정박한 배에서 푸른 화포 무늬 우산을 쓴 소녀가 나와 손을 흔든다. 심종문 소설《변성》의 주인공인 형제와 그들이 사랑한 소녀 '취취'는 저렇게 관광객을 위해 재현된다. 멀리서 리리가 손을 흔든다.

처음 보는 리리에게 용기를 내 저녁을 먹자고 한 건 그녀의 도움에 대한 고마움도 컸지만 어찌 보면 나를 위한 것이기도 했다. 외딴 곳으로 긴 시간 혼자 여행을 가본 사람이라면 공감할 것이다. 하물며 여기는 음식의 천국이라는 중국이다. 오늘은 어디서 무얼 먹나 거리를 몇 바퀴 헤매다, 창문 너머 이들의 왁자지껄한 저녁 식탁을 보면 한없이 부러워진다. 길거리 포장마차에 앉아 매운 마라탕을 안주 삼아 컵 고량주를 홀짝이는 저녁이면, 이게 무슨 꼴인가 한심스럽고 처연한 기분에 휩싸이기도 한다. 푸른색이고 화포고 다 집어치우고 당장 집으로 돌아가고 싶어지는 때가 있다. 어떤 설명할 수 없는 절박한 감정이 목젖까지 차오른다. 여행이 위험해진다. 그때 리리가 눈앞에 나타난 것이다. 비와 어둠과 텅 빈 광장에서 여행에 빨간불이 켜졌을 때 마치 기다렸다는 듯이 나타나 버스표와 잠자리를 해결해주었다. 혹시 누군가가 미리 짠 극본이 있던 것은 아닐까, 그녀는 또 나는 서로 만나게 될 운명이었던 걸까 하는 즐거운 착각이 들기도 한다. 그녀와 함께 고성 골목을 오가는 전기자동차를 탄다. 비가 내리는 스산한 저녁이 아니어도 오늘은 훠궈를 먹어야겠다.

김이 무럭무럭 오르는 탕을 가운데 두고 작은 룸에 리리와 마주 앉는다. 훠궈의 종류는 지역에 따라 도시에 따라, 아니 식당마다 다 다르다는 것이 내 경험에 기반한 억지다. 사실 훠궈라는 글자만 보면 '그릇을 불로 데우다'가 전부다. 그릇도 제각각이다. 요리의 형식을 말할 뿐 무엇을 어떻게 먹는다는, 말하자면 음식의 내용은 알려주지 않는 셈이다. 그릇과 불을 줄 테니 나머지는 당신 마음대로 하세요, 뭐 그런 의미가 아닐까 하고 혼자 웃는다. 요리사가 맘먹고 개발한 요리는 아닐 성싶다. 그래서 훠궈란 원래 태생적으로 자유에 가까운 음식처럼 보인다. 한마디로 그릇과 불이 있다면 형편에 따라 재량껏 요리할 수 있는 게 내가 만난 훠궈의 변

화무쌍한 이력이다. 여하튼 그동안 셀 수도 없을 정도의 다양한 훠궈를 먹었지만 새로운 곳에 내리면 먼저 이곳엔 어떤 훠궈가 있을까 살피는 게 일상이 되었다. 사실을 고백하자면 훠궈로 인해 일정을 변경한 적도 있었다. 다음엔 훠궈와 바이주를 쌍으로 엮어 중국을 갈팡질팡하는 여행을 하면 어떨까 하는 즐거운 상상에 빠지기도 한다. 평황에선 무엇이 나를 기다리고 있을까.

흔하게도 두 개로 나뉜 매운 빨간 탕과 부드러운 하얀 탕. 유명 관광지인 탓일까, 펑황고성에서 처음 만난 훠궈는 그동안 보았던 것들과 크게 다르지 않았다. 주재료는 오리고기다. 역시나 이름 모를 약초의 향이 강하다. 검붉은 찹쌀떡은 오리 피를 넣은 것이란다. 레이는 두부에 돼지 피를 넣더니 이번엔 찹쌀떡에 오리 피다. 보양 음식이라 불러도 될 성싶다. 맥주도 마시지 못하는 투자족 여인 리리가 추천한 지역 특산주를 주문한다. 여기 펑황도 매운 음식과 도수 높은 술은 치맥처럼 짝꿍이다. 리리보다 한참 어려 보이는 소녀가 술병을 놓고 그녀 곁에 자리를 잡는다. 어라, 이건 무슨 경우인가요. 동생이란다. 아는 동생. 뒤이어 각종 야생 버섯과 채소와 언두부와 또 다 기억하지 못하는, 훠궈란 이름으로 그릇 안에서 버무려질 기타 등등의 부재료를 실은 카트를 몰고 두 사람이 들어온다. 그녀들도 리리 옆에 앉는다. 분위기가 좀 이상하다. 손님은 둘인데 직원이 셋이라니, 나는 뜨악한 눈빛으로 리리에게 묻는다. 그녀는 별일 아니라는 듯 어깨를 움찔하고는 빨간 탕에 더 빨갛게 양념을 한 오리고기 토막을 풍덩 던진다. 끓고 있는 훠궈가 아닌 내게로 향하는 여섯 개의 눈동

● 배가 무지개다리 아래에 들어서면 강변에 정박한 배에서 푸른 화포 무늬 우산을 쓴 소녀가 나와 손을 흔든다. 심종문 소설 《변성》의 주인공인 형제와 그들이 사랑한 소녀 '취취'는 저렇게 관광객을 위해 재현된다.

자. 리리가 의미심장한 웃음을 보낸다.

그녀들은 손님이 오는 소리가 들리면 순서를 정한 듯 방을 나갔다가 이내 돌아와서 익숙하게 자리를 차지한다. 음식은 나 혼자 먹고 있는 모양새다. 그녀들이 불쑥 유명 배우 사진을 내민다. 드디어 올 것이 왔구나 하는 리리의 표정. 배우들의 이름을 한국어로 말해보란다. 나는 이제 막 말문이 트인 아이처럼 또박또박 응대한다. 까르르 웃음소리에 귀가 따가울 지경이다. 종이를 가져와 그녀들이 자신의 이름을 한자로 쓰면 나는 그 옆에 한글로 그녀들의 이름을 쓴다. 진진원陳眞援. 양소매楊小梅. 정혜程蕙. 전혀 다른 문자에 때론 비슷한 발음이 신기하기 그지없는가 보다. 이름 하나를 쓰는 데 한참이 걸린다. 완성되면 종이를 펄럭이며 뛰어나간다. 자기 이름이 쓰인 종이를 들고 저렇게 기뻐하다니. 주방모자를 쓴 남자가 들어와 술을 권하고 젊은 여사장도 궁금한지 몇 번을 들락거린다. 나는 끓는 훠궈에 날아오는 바이주를 마시랴 정신이 하나도 없다.

리리가 말리는 눈치지만 정작 기분이 달아오른 사람은 나다. 이런 즐거움이 얼마 만인가. 내가 리리를 말린다. 리리, 나는 매우 즐겁습니다. 사람의 마음처럼 여행도 변화무쌍하다. 오르막이 있으면 내리막이 기다린다. 숨이 턱까지 차오를 때면 저마다의 방식으로 힘과 안정을 얻는다. 예상치 못한 풍경이거나 우연히 만난 사람일 경우가 제일 많다. 몇 해 전 어느 소도시에서는 골목마다 간직한 우물을 찾아다니는 일로 며칠을 보내기도 했다. 하나나 둘, 때론 세 개의 구멍이 뚫린 작은 돌우물들이 그렇게 정겨울 수가 없었다. 오늘은 어느 경우에 속할까. 정혜가 종이 한 장을 더 내민다. 시골집에 있는 동생이란다. 정예程蕊. 자매의 고향은 어디일까. 이름을 써준 것에 대한 인사라며 셋이 손을 맞잡고 노래를 부른다. 숑먀오, 숑먀오, 숑먀오. 숑먀오熊猫는 중국의 귀염둥이 '판다'다. 소녀들의 양

볼이 점점 빨개진다. 청량한 고음이 이어지는데 정혜가 자꾸 박자를 놓친다.

세 소녀와 젊은 사장까지 문밖에 나와 손을 흔든다. 나는 당찬 투자족 여인 리리와 판다를 닮은 소녀들과 헤어져야 하는 것이 못마땅해진다. 버스표야 언제든 구할 수 있다. 가끔 화포관을 찾아 유대포 노인을 만나도 좋고 때론 단체 관광객들 틈에 끼어 고성 투어를 하는 것도 나쁘지 않을 것이다. 소설《변성》의 무대가 되었다는 타강 상류의 마을도 찾아보고 싶다. 늦은 오후에는 강가에 나가 버스킹을 하는 젊은 친구들의 노래를 듣고 리리의 퇴근시간에 맞춰 무지개다리로 가면 된다. 번화가를 벗어나 평황 사람들이 좋아하는 오래된 음식을 알려달라고 조를 것이다. 이번엔 내가 리리에게 의미심장한 웃음을 날린다. 그녀들을 향해 손을 흔드는데 왼손에 종이를 꼭 쥔 정혜의 눈에 눈물이 그렁그렁하다.

봄의 거리에서 몽족을 만나다

윈난성雲南省 다리大理의 거리에 봄바람이 분다. 아직 잎을 달지 않은 가지에 매달린 분홍빛 꽃봉오리와 그새 참을성 없이 성급하게 잎을 열어버린 대책 없는 꽃들이 거리의 풍경을 바꾸어가는 중이다. 미세한 계절의 변화를 눈이 아닌 몸으로 먼저 알아듣는 자들이 있어서 청춘이라 부른다. 생의 충동은 나무나 사람이나 매일반이다. 어디선가 흡사 비명과 같은 웃음소리가 날카롭게 울리고 누군가는 달아나고 누군가는 쫓는다. 쫓는 자나 달아나는 자나 모두 몸도 발걸음도 가벼운 청춘들이다. 봄은 어디서나 젊음을 환장하게 만드는 것이다. 인생 최고의 날은 언제나 순간이고 오늘일 뿐 그 갈급함이 꽃이 되고 청춘으로 눈부시다. 그래서 봄이 온다. 다리든 어디든 봄이 오는 길목은 숨 가쁘다.

천은 낡고 해져 있었지만 색과 무늬는 그대로였다. 밀랍으로 무늬를 정교하게 그린 쪽 염색 화포였다. 골동품 상점 주인은 먀오족의 천이라고 했다. 폭이 좁은 천 위에 구획을 나누고 짧은 선과 점으로 무언가를 그렸다. 의미를 짐작하기 어려운 문양들이 반복된다. 누가 사용하던 천이었을까. 무늬처럼 선명한 가위질 자국. 세 부분으로 나눠진 문양의 패턴은 쓰임새가 달라 보였다. 희게 드러난 선들은 밀랍의 농도에 따라 굵어지거나 가늘어졌다. 실은 거칠고 올은 굵었다. 당연히 무명으로 만든 화포려니 여겼다. 그런데 느낌이 달랐다. 무명보다는 좀 빳빳한, 그러면서도 천에 힘이 실리지 않고 가로로 세로로 흔들렸다. 천을 뒤집었다. 실의 보풀이 많지 않은, 목화솜을 꼬아서 만든 무명이 아닌 대마로 만든 삼베였다. 손힘으로는 잘 끊어지지 않는 실의 강도도 그랬다. 삼베로 만든 화포라니……. 색 바랜 푸른 천 뒷면에 싸락눈처럼 희끗거리는 흰 점들. 천을 통과한 밀랍의 흔적이었다.

다리 고성 근처에도 오래전부터 쪽 염색으로 이름났던 저우청周城 마을이 있다. 바이족白族의 마을답게 여자들의 옷차림이 흰색 일색이다. 골목마다 온통 알록달록 물들인 천들이 만국기처럼 펄럭인다. 이곳에서는 천을 실로 묶거나 꿰매 화포를 만든다. '찰염紮染'이라 부른다. 무늬를 만드는 가장 오래된 방법 중 하나이기도 하다. 가장 단순한 형태의 무늬에서 출발했지만 오랜 기간 기술이 쌓여 눈을 의심케 만드는 정교한 무늬도 가능했다. 여자들은 틈이 나는 대로 천을 묶고 꿰맸다. 방법은 지역마다 달라 콩이나 녹두를 천 위에 올리고 실로 묶은 다음 물을 들이기도 했다. 천 위에 콩이나 녹두만큼 작고 동그란 무늬가 고스란히 남았다. 그래서 '두화포豆花布'라 부른다. 화포의 무늬는 이제 소재를 가리지 않는다. 유 노인의 화포도 그랬고 이곳 저우청 마을의 화포도 뒤지지 않았다. 무늬만 그런 것이 아니라 색도 시대의 흐름을 따랐다.

무늬는 여전히 천에 살아남았지만 색은 그렇지 않았다. 쪽으로 푸른 물을 들이는 고된 노동에 지쳐갈 때쯤 간편한 합성염료가 발명되었다. 너무나 쉬워서 믿어지지 않을 정도였다. 색소를 풀어 천을 담그면 요술처럼 푸른 물이 들었다. 한 번 물든 색은 견고해 잘 빠지지도 않았다. 땅에 엎드려 보내던 노동은 사라졌고 색이 익기를 기다리던 지루한 시간도 필요 없었다. 식탁을 빠르게 점령해가던 화학조미료처럼 색도 그렇게 변해갔다. 바이족 여자들은 실로 천을 묶어 나비를 그리기도 했다. 화포를 처음 알았을 때 내 머릿속에 흩날리던 꽃잎들처럼 푸른 천 위로 흰 나비 떼가 일제히 한 방향으로 날아올랐다. 멀리 흰 눈을 머리에 뒤집어쓴 푸른 창산蒼山이 눈에 들어왔다.

서점 구석에 앉아 엽서를 쓴다. 봉우리가 하얀 창산 사진 뒤에 '여기는 봄이다'라고 쓰다가 눈에 들어온 얇은 책 한 권. 《몽족의 바틱H'mong Batik》이라니 이건 또 무슨 말인가. 바틱이라면 밀랍으로 천에 무늬를 그리고 염색을 한 천이나 옷을 말했다. 책은 '라오스의 직물기법A Textile Technique From Laos'이란 부제를 달고 있었다. 넘기던 페이지를 멈추었다. 먀오족의 화포와 구분이 어려울 만큼 비슷했다. 책의 서문에 쓰여 있는 내용은 더 흥미로웠다. "라오스의 몽족H'mong이 중국에서 먀오족이라 불리는 소수민족과 같은 사람들이라고 확신할 수는 없지만 유사한 점이 많다"라고 적고 있다. 구이저우의 먀오족과 라오스의 몽족은 무슨 관계가 있는 것일까. 세상에 흔치 않은 유사한 무늬의 푸른색 화포가 어째서 서로 다른 나라의, 이름이 다른 민족에게서 동일하게 나타나는 것일까?

산에 들어서니 눈 덮인 창산의 꼭대기는 보이지 않는다. 남북으로 100리를 넘게 가로질러 등줄기가 긴 공룡처럼 엎드린 창산. 능선의 동쪽, 수없이 나뉜 골짜기에서 흘러내린 눈 녹은 물은 깊은 계곡을 따라 아래로 빠르게 흐른다. 소리가 세차다. 산은 끊임없이 물을 만들어 낮은 곳으로 흘리고 저 아래 산발치에서 땅속으로 스미거나 땅 위를 흘러 들판을 적시고 호수와 몸을 섞는다. 멀리 아지랑이처럼 일렁이는 바다 같은 호수는 얼하이洱海다. 하늘에서 내려다보면 귀 모양을 닮았다고 했다. 동서의 넓이가 10리를 넘고 남북의 길이는 창산에 버금간다. 넓기도 넓어 육지 속의 바다다. 호수의 물과 하늘은 서로 한 몸인 듯 푸르다. 오래전 다리국大

理國의 터전이던 곳. 사계절 마르지 않는 물과 드넓은 대지와 호수. 창산에 올라서면 이렇게 삶의 조건을 갖춘 곳이 세상에 얼마나 될까 시샘이 일 정도다. 어떤 사람들은 저렇듯 땅과 하늘을 채운 아득한 푸른색을 자신들 곁에 두고 싶었던 것일까.

창산의 경사면은 가파르고 수량이 많아 골짜기마다 물살이 폭포처럼 거셌다. 가까이 다가가면 귀가 따가웠다. 산의 동쪽으로 미끄러진 물은 얼하이가 종착지였고 서쪽 사면을 타고 내린 물은 몇 굽이를 돌고 돌아 란창강瀾滄江에 보태졌다. 푸르게 넘실거리는 강물은 남쪽으로 방향을 잡았다. 라오스의 국경을 넘으면서 메콩강으로 명칭이 바뀌었다. 그곳 어딘가에 몽족이 살고 있을 것이다. 구이저우의 먀오족 중 일부가 그곳으로 옮겨 간 것일까. 무슨 이유로 중국에서도 오지 중의 오지라는 첸둥난을 떠나 산을 넘고 강을 건너 라오스로 떠나갔을까. 천에 남겨진 먀오족과 몽족의 무늬는 구별이 어려울 정도였다. 새로운 땅을 찾아 나선 길은 기대에 찬 선택이었을까, 아니면 자신의 땅에서 쫓겨난 막막한 걸음이었을까. 그곳에서 몽족이라는 이름을 얻고 새로운 삶을 시작했을까. 낯선 땅에 정착해서도 잊지 않고 쪽을 길러 화포를 푸르게 물들였던 것일까. 바람에 케이블카가 흔들렸다. 눈앞이 아득했다.

푸르게 넘실거리는 강물은 남쪽으로 방향을 잡았다. 라오스의 국경을 넘으면서 메콩강으로 명칭이 바뀌었다. 그곳 어딘가에 몽족이 살고 있을 것이다. 구이저우의 먀오족 중 일부가 그곳으로 옮겨 간 것일까. ⓒAlamy

2

몽족의 푸른 기억

화포보다 아름다운

잠에서 깨어난 건 내려야 할 시간을 몸이 기억해서다. 새벽이었다. 기차가 도착하는 시간에 맞춰 손님을 기다리는 '뚝뚝이'로 가 목적지를 묻고 마지막 남은 자리에 끼어 앉았을 때 그녀, 엄마가 그 안에 있었다. 딸은 보이지 않았다. 나도 모르게 눈이 감기기 전까지 모녀와 나눴던 대화는 희미했다. 그런데 딸은 어디로 간 것일까. 주위를 둘러봐도 그녀의 모습은 보이지 않았다. 새벽 공기는 추웠고 몸을 깊숙이 말아 견뎠다. 뚝뚝이가 멈춘 곳에서 한꺼번에 내렸다. 그녀가 떠나기 전 내 어깨를 서너 번 쓸어내렸다. 그제야 어젯밤의 대화 일부가 떠올랐다. 딸은 번역기를 가져와 자꾸 물었다. 글로 전해진 엄마의 말은 '혼자 다니지 마세요'였다. 새벽의 안개 속으로 그녀는 떠났고 나는 졸음이 몰려왔다. 침대에 누웠다. 그녀는 혼자인 나를 걱정했던 것일까. 프로펠러만 한 선풍기 날개 사이로 보호색으로 위장한 흰 도마뱀 한 마리가 부조처럼 매달려 있었다. 잠결에 캬캬캬캬, 우는 소리가 들렸다. 그 녀석이었다.

프래Phrae는 강과 흙벽으로 둘러싸인 고대 도시다. 과거에는 제법 높았을 도시의 성벽은 군데군데 무너져 내려 공원이며 산책로가 되었다. 늙은 나무가 병정처럼 늘어선 언덕에 불과했지만 그래도 등을 밟고 올라서면 도시의 먼 지평선이 눈에 가득 찬다. 성벽 뿌리를 따라 성 전체를 빙 둘

렸을 해자는 이제 적을 막지 못하는 좁고 긴 수영장이 되었다. 그래도 여전히 성문이 있던 터는 성 안과 밖을 이어주는 유일한 도로였다. 서울에 남대문이 있듯 이곳 프래엔 동대문이 있었고 그곳에 시장이 섰다. 새벽시장의 상인들이 빠져나간 자리는 애호박만 한 토란을 바닥에 부린 어느 가족이 차지했다. 젖먹이를 앉고 있는 여자의 푸른 앞치마도 눈여겨보았다.

이곳으로 오는 내내 몽족에 대해 생각했다. 푸른색과 화포를 찾아간 곳에서 만난 구이저우의 먀오족이 몽족의 조상이라 했고 그들이 이곳 태국과 라오스 그리고 베트남 북부 산악지대에 흩어져 살고 있다는 것이다. 이곳으로 떠나온 이유에 대해 들려오는 말이 없지는 않았지만 우선은 그들의 화포가 현재는 어떤 모습인지, 여전히 첸둥난의 여인들처럼 푸른색 물을 들이고 있는지 궁금했다. 누구는 몽족이 인류의 역사에서 가장 가혹한 고난과 핍박을 받은 민족 중 하나라고 했다. 그만큼 그들의 과거에는 상상 이상의 사연이 있는 것인지 몰랐다. 또 '몽'이라는 단어 속에는 '자유'의 의미가 내포되어 있다고 했다. 그들은 전쟁이나 핍박을 피해 이곳 남쪽 땅으로 도망을 온 것일까. 그렇다면 몽족에게 자유와 생존은 같은 의미일지도 몰랐다.

이름을 대면 알 만한 명품이 즐비한 방콕의 쇼핑몰에서 푸른 화포를 만나리라고는 예상하지 못했다. 이제 어디서든 푸른색이 먼저 눈에 들어왔다. 뭐 눈에는 뭐만 보이는 격이었다. 주인 여자는 중국계였다. 혹시나 싶어 떠나온 곳이 어디냐고 물었지만 그녀는 조상의 고향을 정확히 기억하지 못했다. 물론 구이저우의 먀오족은 아니었고 푸젠성福建省의 어디쯤이라고 했다. 화려한 색의 비단과는 따로 모아놓은 푸른 천들 사이에 화포가 보였다. 그녀가 펼쳐놓은 화포는 먀오족의 그것과도, 펑황고성의 유대포 노인의 화포와도 달랐다. 어디서 만든 화포냐고 물었다. 방콕에서 기차를 타고 북쪽으로 가야 했다. 프래에서 멀지 않은 곳이었다.

쪽 염색 공방이 있다는 곳은 시내에서 좀 떨어진 도로변이었다. 현지인에게 물을 것도 없이 길 양편으로 푸른 옷가게가 즐비했다. 푸른색의 거리라 부름직했다. 하지만 색이 내 눈에 설었다. 뒤늦게 프래에 와서 안 것이지만 이곳에서 만들어진 푸른 옷은 태국 사람들에게 오랫동안 사랑받았다. 공방을 알리는 표지판은 낡아 겨우 알아볼 만했다. 염색 공방의 주인은 나이가 지긋한 노인이었다. 푸른 천들이 높다랗게 걸려 있었고 그늘진 곳에는 발효를 기다리는 쪽 항아리들이 가득했다. 소규모 염색 공방이 아닌 작은 공장이었다. 작업장을 둘러볼 수 있느냐고 묻자 옆에서 사진을 찍던 여자에게 눈짓을 했다. 교복을 입은 학생이었다. 견학을 나왔다는 말에 나는 좀 놀랐다. 그들 중 하나가 노인의 설명을 거들었다. 구운 석회와 누런 잿물, 내가 알고 있는 방식과 다르지 않아 보였다.

제일 안쪽 건물이 무늬를 넣는 작업장이었다. 펼쳐놓은 흰 무명 위에 진한 회색으로 찍힌 밀랍 무늬가 선명했다. 여기서 만드는 화포는 먀오족의 방법과는 차이가 컸다. 적은 양의 밀랍을 녹여 손으로 하나하나 그리는 그들과는 달랐다. 대신 나무판에 무늬를 깊게 새긴 다음 밀랍을 연속해서 찍어가는, 더 효율적으로 많은 양의 화포를 만들어내는 대량화의 초기 단계에 해당했다. 일일이 손으로 그리는 것보다 간편했고 인염 화포보다 무늬가 정교했다. 그럴 리는 없겠지만 내 눈엔 마치 먀오족의 납염과 펑황고성 유대포 장인의 인염 화포의 장점을 섞은 듯했다.

뭐 그리 대단한 것도 아닌, 그렇다고 화려하거나 이목을 끌 만한 현대적인 요소도 미미한 전통의 화포 공방을 찾아온 어린 그녀들이 화포보다 더 궁금했다. 더구나 고등학생이라는 그들은 이구동성으로 염색작업을 좋아한단다. 물어 물어 이곳까지 온 나도 그렇지만 내 눈에는 그녀들

이 더 기특했다. 서로가 서로에게 호기심이 넘치니 대화는 순조로웠다. 학교에서 내준 프로젝트라는 말에 나는 말문이 막혔다. 설령 지역의 오랜 전통공예를 새로운 시각으로 현대화하려는 특화된 프로그램은 아닐지라도 어린 학생들이 이곳까지 와서 쪽 염색의 현장을 보고 실습을 받는다는 사실 자체가 그저 부러웠다. 프로젝트의 내용도 궁금했다. 우리는 저녁에 동대문 시장에서 다시 만나기로 했다.

동대문으로 가는 길에 정말 한참을 보았다. 수업을 마친 학생들이 교문을 나서고 있는데 모두 푸른색이다. 남녀를 가리지 않았다. 물론 쪽으로 염색한 것은 아니다. 요즘 세상에 그런 모습을 기대한다는 것 자체가 속없는 짓임을 모르지 않는다. 그건 상관없었다. 반바지나 치마보다 좀 옅은 파란색 윗옷이 내 눈을 의심하게 만들었다. 이건 분명 화포다. 윗옷 아래, 그러니까 우리식으로 말하면 저고리 끝동에 해당하는 곳에 참 예쁘게도 나무며 꽃, 새와 나비들이 하얗게 그려져 있다. 색도 무늬도 공장에서 만든 것이지만 내게 놀라움을 준 것은 어떻게 저것이 학생들의 교복에 의연하고 생생하게 살아남을 수 있었는가 하는 점이었다. 문양을 자세히 보려고 하면 그새 저만치 달아난다. 교복만 그런 것이 아니다. 편의점 직원도 버스표를 파는 사람도 푸른색 옷을 즐겨 입는 참 요상한 곳에서 나는 또 남모르는 즐거움에 빠져들고 있었다.

해가 떨어지자 동대문 앞은 기다렸다는 듯 밤을 준비하는 중이다. 음식점도 서고 술집도 선다. 다섯 소녀가 파라솔 아래서 손을 흔든다. 푸른색을 찾아 처음 오게 된 이국의 도시에서 이런 순간이 있을 줄은 생각

● 공방을 알리는 표지판은 낡아 겨우 알아볼 만했다. 염색 공방의 주인은 나이가 지긋한 노인이었다. 푸른 천들이 높다랗게 걸려 있었고 그늘진 곳에는 발효를 기다리는 쪽 항아리들이 가득했다. 소규모 염색 공방이 아닌 작은 공장이었다.

도 못했다. 무엇을 먹겠냐고 핀Pin이 묻는다. 너희들이 주문하면 뭐든 괜찮다고 하자 그녀가 내게 몸을 기울이며 속삭인다. 저녁은 우리가 살 거예요. 공방을 나서면서 점심을 같이 먹었다. 익숙한 태국의 음식이 종류별로 나오자 나는 맥주 한잔 생각이 간절해진다. 그때 갑자기 자리에서 일어선 건 탄Tan이다. 슬며시 식탁 아래서 푸른 가방 꾸러미를 꺼내 건넨다. 화포로 만든 작은 손가방 안에 대나무 부채 하나, 그리고 코팅이 된 종이 한 장. '프래에 온 걸 환영합니다. 미스터 신'이라고 쓴 글씨 아래 모자를 쓰고 카메라를 멘 내가 서 있다. 일러스트레이터가 꿈이라는 탄의 솜씨였다. 그 둘레로 핀과 탄 그리고 아옴Aom, 스탕Stang, 패우Phaew 다섯 소녀의 사진이 반짝이 스티커와 함께 찬란했다. 다시 프래에 올 거냐고 묻는 핀. 푸른색이 아니어도 프래는 내게 이전과는 다른 곳이 되었다는 걸 그녀들은 알까.

잃어버린 낙원

치앙마이에 도착한 날이 '선데이마켓'이 열리는 일요일이다. 보통은 이게 웬 떡이냐 싶겠지만 내겐 그리 흥미를 끄는 시장이 아니다. 어제 프래에서 유명세를 타기 전인 '비정기 벼룩시장'을 원 없이 보고 온 탓에 치앙마이의 관광용 상품 시장의 북새통 속으로 끼어들 마음은 없었다. 홀린 듯 광장으로 향하는 인파를 피해 들어간 곳이 인근의 절이었다. 아뿔싸! 절 마당도 이미 음식을 파는 노점이 점령한 지 오래다. 어떻게 이런 곳까지 내어줄 수 있을까 싶지만 때론 현실을 긍정적으로 대처하는 개방적인 태도에서 왔을 거라는 믿음이 드는 것도 사실이다. 평소 이들이 보여주는 낙천적인 성격도 한몫했을 것이다. 성과 속을 가르는 편협한 잣대로 상대를 업신여기며 배척하는 것보다야 한결 낫다. 기름 냄새와 소음이 가득한 절 마당에서 여전히 눈부신 황금탑을 경건한 걸음으로 참배하는 이들이 같은 공간에서 밤을 맞는다.

화포의 흔적을 곳곳에서 어렵지 않게 만났다. '잃어버린 낙원The Lost Heavens'이란 좀 야릇한 간판이 붙은 전시장도 그런 곳이다. 어느 부족의 우두머리나 왕실에서 입었음직한 옷과 주술사의 요란한 의상이 눈을 끌었지만 대부분의 옷은 깊고 푸른 물을 들인 것이다. 시장의 상황은 더했다. 푸른색만이 아니라 훨씬 다양해진 색들 위로 짧은 직선과 곡선으로

그려진 호박꽃과 씨앗과 기하무늬가 박혀 있었고, 아예 '인디고Indigo'란 간판을 내건 상점이 성업 중이었다. 푸른 방 같았다. 온통 블루로 가득한 상점 안을 돌아보며 이들에게 화포란 무엇일까 묻고 싶었다. 몽족의 그것보다 훨씬 다채로운 무늬로 장식된 옷가지며 생활용품들이 넘쳐나는 이곳에서 때론 화포를 까맣게 잊기도 했다. 색도 다양한 산속 여인들의 붉디붉은 무늬를 빌려 변화에 변화를 거듭하고 있는 현실 앞에서 푸른색과 화포를 찾는 선명한 이유가 있기나 한 것일까 의심스러웠다. 상점 한쪽에 무심하게 놓인 푸른 화포, 그녀들의 것이 분명했지만 이제는 그녀들만의 것도 아니었다. 화포라는 것이 원래 그런 것인지도 몰랐다.

보딘Bodin을 만난 건 그 번잡하기 이를 데 없는 시장에서다. 여동생은 자기가 만든 장신구를 팔았고 그는 놀랍게도 푸른 화포만을 취급하고 있었다. 하지만 프래에서 보았던 것처럼 나무 화판을 이용해 대량으로 생산된 게 전부였다. 때론 염색이 아닌 프린트 화포도 나타났다. 그에게 몽족을 아느냐고 물었다. 자신이 몽족이라고 했다. 예상치 못한 대답에 나는 머쓱했다. 보딘은 내가 처음 만나는 몽족 사람이었다. 자신의 조상이 중국에서 이주한 지 3대째가 된다고 했다. 그가 사는 마을은 이곳 치앙마이에서 멀지 않은 산속이었다. 그들도 치앙마이의 도시인과 별반 다를 바 없다고 했다. 하긴 벌써 살던 곳을 떠난 지 100년도 넘는 시간이 흐른 것이다.

나는 구이저우에서 보았던, 여전히 쪽을 길러 화포를 만드는 마을을 어디로 가야 볼 수 있느냐고 물었지만 돌아오는 대답은 실망스러웠다.

● 보딘을 만난 건 그 번잡하기 이를 데 없는 시장에서다. 여동생은 자기가 만든 장신구를 팔았고 그는 놀랍게도 푸른 화포만을 취급하고 있었다. 보딘은 내가 처음 만나는 몽족 사람이었다.

북쪽 산악지역으로 가면 혹 내가 찾는 몽족 마을이 있을지도 모르겠다고 했다. 그러나 나 혼자서 그곳을 찾아가기란 불가능에 가까워 보였다. 보딘은 구이저우의 먀오족과 자신의 선조가 혈연관계에 있다는 사실도 잘 알고 있었다. 하지만 그들이 중국 구이저우의 어디에서 이곳으로 왔는지는 확실치 않다고 했다. 세월도 세월이지만 이미 독하게 마음먹고 떠나온 땅을 애써 기억하리라 기대하는 것도 무리였다. 보딘은 자기가 팔고 있는 이 화포도 원래 몽족 사람들이 만들던 것과는 다른 것임을 숨기지 않았다. 그는 오래전 중국에서 태국 북부의 산악지대로 이주한 조상을 둔 평범한 몽족 사내에 불과했다.

먀오족처럼 몽족의 화포에도 곡선이 거의 없다. 이유는 간단하다. 식으면 곧바로 굳어버리는 밀랍의 성질 때문에 긴 선을 긋는 것은 불가능했다. 곡선도 어렵긴 마찬가지였다. 여러 번 이어서 그을 수도 있었지만 그래야 할 마땅한 이유는 없었다. 그들은 짧은 선으로 마치 조각난 빛을 그리듯 화포의 무늬를 그렸다. 그렇게 짧은 선만으로 그려지던 몽족의 화포는 이젠 곡선과 코끼리 문양이 들어간 전혀 새로운 화포로 변화와 진화를 거듭하는 중이다. 이걸 발전이라 해야 할지 아니면 퇴보라 불러야 할지 나는 판단이 어려웠다. 그에게 지나가는 말로 물었다. 너는 어느 나라 사람이냐고. 보딘의 얼굴에서 혼란스런 기색이 역력했다. "우리 조상은 중국을 떠나왔지만 여기 태국 땅에서도 정착하기 어려웠다. 그러니 먀오족도 아니고 태국인도 아닌 그냥 몽족이라고 부르는 것이 맞지 않겠느냐"는 대답이 돌아왔다. 내 질문이 성급하고 어리석었다. 가슴 한쪽이 쓰리다.

화포는 보였지만 정작 화포를 만든 그녀들은 보이지 않았다. 어디 먼 산속에서 물이 흘러내려 도시에 이르듯 화포는 사방에서 슬며시 고개를 내밀었지만 정작 그들의 모습은 오리무중이었다. 온 곳도 간 곳도 짐작하기 어려웠다. 무슨 게릴라들처럼 나타났다가는 바람처럼 사라졌고 그 자리에 푸른 화포가 놓여있었다. 그것이 더 견디기 어려웠다. 차라리 이제는 사라져버린 화포라면 그만 잊을 수도 있을 듯했다. 그러나 잊을 만하면 거리 어디에선가 고개를 내밀어 내 호기심에 불을 놓았다. 어쩌면 그것은 호기심이 아니라 내 마음 깊숙한 곳에 똘똘 뭉쳐 있던, 반드시 보고야 말겠다는 오기를 불러내려는 심사인지도 몰랐다.

떨어진 입맛을 돋워주고 두통이나 허리, 때로는 등짝이 아픈 데도 효험이 있다는, 길에 접한 작은 가게 구석에 자리를 잡은, 찻집도 아니고 그렇다고 노점도 아닌 이곳에 써 붙인 차의 효능에 대해 곧이곧대로 믿는 사람은 없을 것이다. 믿지 않아도 그만이다. 생강과 계피 향이 진한 찻집은 언제나 사람들의 발길이 끊이지 않는다. 단골은 미리 주문한 것을 비닐봉지에 담아 몇 개씩 가져간다. 나도 언젠가부터 단골로 취급을 받는다. 가끔은 이곳 치앙마이의 거리가 제 마을인 양 서양 노인들도 의자에 눌러붙어 있다.

벌써 1년이 넘게 매일 들른다는 저들은 스코틀랜드에서 왔다고, 그들과 별반 나이 차이도 없어 보이는 여자가 귀띔을 해준다. 사실 이곳은 약재상이다. 남편은 늘 등을 돌린 채 뭔가를 열심히 썰고 담는다. 그러니 이 간이찻집은 남편의 약재를 이용해서 벌이는 일종의 부업인 셈인데 가끔 이곳에서 자투리 시간을 때우는 내 눈에는 약재상보다 찻집이 더 붐빈다. 크기도 들쭉날쭉한 오렌지를 실은 손수레가 가게 앞에 선다. 망설임 없이 잔을 든다. 제집이라도 되는 것처럼 가게 안으로 들어가 자리를 잡는 오렌지 아저씨. 그는 '왕떠버리'라고 여자가 은밀히 흉을 본다. 그에게서 오렌지 반 봉지를 사서 그녀와 나눠 먹는다. 낡은 자전거가 서고 노인이 내린다. 이런, 빈 의자가 없다.

멕시코에서 선원으로 21년을 살다가 이리로 왔다는 남자는 생강차 한 잔을 앞에 두고 명상을 하는가 보다. 입맛에 맞지 않는지, 잔만 만지작거린다. 또 한 노인은 캐나다에서 왔다고 했다. 갑작스러운 화산 폭발로 묻혀버린 도시 폼페이의 발굴 현장에 참여한 적이 있다는 전직 고고학자란다. 모양도 색도 제각각인 반지로도 모자라 또 그만큼 형태도 재질도 다른 팔찌를 치렁치렁 매단 노인은 햇살이 지글거리는 노천의 발굴 현장에서 젊은 시간을 보낸 탓인지 병약해 보였다. 팔자가 좋은 건지 사나운 건지 알 수 없지만 매년 서너 곳을 옮겨 산다고 했다. 그는 매일 이곳으로 와 2리터짜리 병에 차를 가득 담는다. 때로 궁합이 맞는 말벗을 만나면 그 날은 땡잡은 날이다. 캐나다는 지금 영하의 날씨에다 눈까지 내린다며 일 년 내내 따뜻한 치앙마이가 얼마나 살기 좋은 곳인지 캐나다에 살아보지 않은 사람은 절대 알 수 없다며 진저리를 쳤다.

이제 생강찻집은 현지인보다 서양의 늙은이들이 더 많이 찾는 곳이 되어가는 듯했다. 그들은 대부분 이곳의 붙박이가 되었다. 카페와 식당, 밤거리의 벤치에 앉아 멍하니 차를 마시거나 쭈쭈바를 빨다가 어둠이 짙어지면 어디론가 슬금슬금 등을 돌려 사라져버리는 사람들. 그들의 처진 어깨와 뒷모습을 보며 나는 존재감 없이 떠도는 좀비가 떠올랐고 더 이상 먹이를 잡지 못하는 늙은 사자의 비애를 생각했다. 그들은 어쩌자고 이곳으로 흘러들었을까. '잃어버린 낙원'은 어디일까. 저들에게 이곳 치앙마이는 낙원일까. 몽족들도 낙원을 찾아 남쪽으로 떠나온 것일까. 보딘은 북쪽 산악지역의 오지로 가면 혹 몽족을 만난 수 있을지도 모를 거라고 했다. 치앙마이를 떠나 어디로든 가야 한다면 북쪽이었다. 그들을 만나고 못 만나고는 내 소관이 아닐 것이다. 땡그랑, 바구니 속에 동전을 던지고 일어선다.

삶은 섞인다

장날이다. 푸릇하게 마음대로 익은 과일과 붉고 노란 원색의 옷이 시장을 가득 채우고 있었다. 설렘과 흥분이 솟아나는 것은 저들 탓이 아니라 설날을 셈하고 있는 나 때문일 것이다. 태국과 라오스를 지나 베트남 북쪽 어디쯤에서 새해를 맞이할지도 몰랐다. 매살롱Mae Salong으로 가는 차 안에는 벌써 자리를 차지한 사람이 여럿이다. 양쪽에 승객이 앉고 가운데는 크지 않은 짐들 차지다. 때론 사람보다 짐이 많다. 자리가 모자라는지 청년들은 차 뒤편 난간에 서서 한 손으로 손잡이를 잡고 간다. 모양새가 전차를 모는 전사들 같다. 그게 더 어울려 보인다. 얼떨결에 차가 출발하고 나서야 차 안으로 시선이 모아진다.

머리에 검은 두건을 쓴 몸집 작은 할머니와 아직 새댁티를 벗지 못한 어린 초보 엄마와 이제 두 아이를 양쪽에 거느린 제법 관록이 묻어나는 젊은 엄마 둘과 학생들이 오늘의 동행이다. 아, 손목 안쪽에 검은 문신이 남아있는 할아버지를 빼먹었다. 울로 만든 모자를 눌러쓴 노인은 시종일관 당신의 앞쪽만을 쳐다본다. 바닥에 놓인 짐들은 옷가지가 제일 많다. 새벽시장에서 산 것이지 싶다. 마치 설빔이라도 받은 것처럼 내가 다 흐뭇하다. 그렇게 짐 보따리와 사람들이 어울려 산길을 간다. 불어오는 바람의 살결은 이미 봄이다. 간간이 분홍색과 흰색의 꽃들이 늘어선 집으

로 가는 길에 울상인 얼굴은 맨 끝에 바짝 몸을 숙이고 앉은 여자아이다.

다섯 살이나 되었을까, 차에 오를 때부터 아이의 얼굴은 시무룩해 보였다. 젊은 엄마 무릎에 앉은 사내 동생은 한 손으로 들기 버거운 노란 음료수를 간신히 부여잡고 있다. 그 옆에 저보다도 더 커 보이는 짐을 들고 짐보다 더 어두운 얼굴로 앉은 여자아이는 가는 내내 발끝만 바라본다. 이들도 새벽시장에서 돌아오는 길일까. 장날이 어른들에게만 즐거운 날은 아니다. 아이들도 그렇다. 새벽에 졸린 눈을 뜨는 건 그래서다. 눈치 없이 고집을 부려 혼쭐이 나도 장날이 아니면 얻을 수 없는 것들이 있는 것이다. 더구나 새해를 앞두고 있지 않은가. 여자아이는 무엇이 갖고 싶었을까. 표정 없이 고집스레 바닥만 내려다본다. 차가 덜컹일 때마다 아이의 몸이 움찔한다. 결국 음식물을 토한다. 차가 비틀거리거나 흔들릴 때마다 아이는 고개를 숙인다. 그래도 누구 하나 거들떠보는 이가 없다. 입가와 무릎에 토사물이 흐른다. 아이의 눈가에 기어이 눈물이 맺힌다.

매살롱도 집들이 높은 산 능선을 따라 자리를 잡았다. 마을 어디에서나 산 아래가 까마득하다. 이곳에서 몽족의 마을을 만날 수 있을까. 늦은 점심을 먹으며 들은 이야기는 내 기대를 한 방에 무너뜨렸다. 거리에서 유난히 눈에 많이 띄는 한자는 이곳이 왜 태국에서 가장 중국다운 마을이라 불리는지를 짐작하게 했다. 중국의 현대사와 관련된 사정이 있다고 한다. 중국공산당에 패한 국민당 군대의 일부가 고립되어 미얀마와 국경을 맞댄 이 지역에 마을을 이루어 살았고 그들의 지도자가 마약왕으로 불리던 쿤 사Khun Sa였다. 그러니까 매살롱은 흔히 '골든 트라이앵글'로 불

● 장날이다. 푸릇하게 마음대로 익은 과일과 붉고 노란 원색의 옷이 시장을 가득 채우고 있었다. 설렘과 흥분이 솟아나는 것은 저들 탓이 아니라 설날을 셈하고 있는 나 때문일 것이다. ⓒAlamy

리는 지역에 속했다. 이래저래 이곳은 중국과 떼려야 뗄 수 없는 관계였다. 중국 음식을 파는 식당이 길가에 즐비했다. 식당에서 음식을 나르던 청년은 자신이 아카족Aka이라 했다. 여기서 태어나 지금까지 살고 있다는 그는 이곳에 "몽족은 없다"며 처음 터를 잡은 이들은 자신과 같은 아카족이라고 했다.

깊은 산중 마을인 매살롱이 몰려오는 관광객으로 붐비게 된 이유는 여러 가지다. 공식적으로 쿤 사의 마약 조직이 사라지자 양귀비 재배에 의존해 살아가던 사람들은 생계의 위협을 받았다. 그것을 대신한 것이 정부의 지원에 의한 차와 커피 재배였다. 매살롱은 차와 커피의 산지로 이름이 나기 시작했다. 그것 때문에 관광객이 늘어나고 있는 모양이었다. 이유야 어찌 됐든 첩첩 오지에 음식점과 숙소와 외지인이 넘쳐난다. 본토인이든 대만인이든 중국계의 다수가 지역 상권의 대부분을 차지하고 있는 모양이다. 중국 남부를 떠나 이곳으로 왔는데 도로 제자리에 서 있는 기분이다. 구이저우의 먀오족 마을인 바사나 이곳 매살롱도 외지인이 찾는 관광산업에 기대어 생활의 토대가 변하고 있었다. 하긴 내 모습을 돌아보아도 자연스러운 일이었다.

매살롱의 터줏대감인 아카족에게도 많은 변화가 찾아왔다. 그들의 조상 역시 중국에서 이곳으로 이주했다고 전해진다. 아카족 여인들도 먀오족 여인들과 마찬가지로 머리에 화려한 은장식을 둘렀다. 색동의 자수를 놓았으며 일상복은 푸른 쪽색으로 물을 들였다. 화전을 일궈 농작물이나 양귀비를 심었고, 닭이며 돼지를 길렀으며, 지력이 떨어지면 계란을 깨 노른자를 살핀 다음 새로운 땅을 찾아 이동하던 산속의 다른 소수민족과 다르지 않은 삶을 이어갔다. 그러나 이제 아카족 여인들은 경사진 밭 대신 거리로 나선다. 먼 산길을 걸어 마을로 내려온 그들은 오래전 모습

그대로였다. 머리에 늘어뜨린, 동전 같고 또 납작한 방울 모양의 빛나는 은장식과 목을 친친 감은 색색의 목걸이와 붉은색으로 물들인 닭털을 머리에 꽂고서 거리와 시장을 누빈다. 발은 여전히 검은 맨발이었다. 검은 이와 거침없는 몸짓. 걸음을 옮길 때마다 머리에 둘러쓴 은장식이 흔들렸다. 찰랑찰랑, 경쾌한 소리가 사방으로 날아갔다.

산속에 복사꽃이 날렸다. 바람의 온도에 따라 먼저도 오고 나중에도 왔다. 어쨌든 봄이 오고 있었다. 바람은 장소를 가리지 않고 불었고 꽃잎은 바람에 흩날렸다. 가끔 이름 모를 흰 꽃들도 복사꽃 옆자리로 쏟아져 내렸다. 날리는 꽃잎이 거리를 건넜고 지붕을 넘었고 검푸른 찻잎 위로 떨어졌다. 그 사이로 아이들이 걸어왔다. 때로는 무리를 지어 뛰어가는 녀석들도, 혼자서 타박타박 땅을 내려다보며 걷는 아이도 꽃 같았다. 장난기가 넘치는 녀석들은 차도와 인도를 가르는 쇠파이프 위를 걸었다. 내가 다 아슬아슬했지만 산마을 아이들은 평지를 걷듯 가뿐했다. 몸이 기우뚱 흔들릴 때도 까르르 웃음을 날렸다. 꽃의 모양과 색이 모두 다르듯 아이들의 얼굴도 그랬다. 그들의 얼굴에서 이곳의 지난 역사를 고스란히 읽을 수 있었다. 아이들은 서로 웃고 떠들고 까불며 거리낌이 없었다. 순수 혈통에 대한 집착이 얼마나 지루한 관념인지 이곳 매살롱에 오면 알 수 있다.

다 늦은 오후 아이들이 무리 지어 가는 곳은 학교다. 학교는 마을의 큰길과 이웃했다. 경적과 오토바이 엔진소리에 아이들의 웃음소리가 묻힌다. 좁은 책상과 의자가 빈틈없이 빼곡하다. 책과 공책이 어수선하게 널리고 반장은 숙제를 걷는 모양이다. 맨 뒷자리, 숨을 헐떡이며 도착한 녀석은 머리를 박고 숙제를 하는가 보다. 이윽고 선생님이 등장한다. 이곳 거리에서 오토바이를 타고 거리를 누비던 청년들과 다를 바 없이 앳되다.

아이들이 모두 일어서고 반장의 구령에 맞춰 인사를 한다. 그런데 아이들이 배우는 건 중국어다. 책도, 노트에 쓰인 글자도 모두 그렇다. 산언덕에 황금색 불탑이 있고, 이슬람 모스크와 기독교 예배당과 골목마다 집집마다 작은 지성소가 이곳 매살롱에는 공존한다. 높은 산마을엔 차가운 밤공기가 어둠보다 빠르게 찾아온다. 삶이 섞이듯 문화도 서로 섞인다.

안녕하신가요

투둑, 툭, 투둑, 투두두둑. 양철지붕 위로 물이 떨어져 내리는 소리였다. 비가 오는 줄 알았다. 오래된 목조주택은 바람만 불어도 삐걱거렸다. 창문을 연다. 비가 아니라 밤새 내린 이슬이 지붕골을 따라 떨어지며 내는 소리였다. 멀리서 종소리가 울린다. 절에서 나는 것인지 모스크에서 울리는 것인지 알 수 없다. 겨우 산 능선과 나무의 실루엣이 흐릿하게 보이는 시간이다. 새벽시장으로 나선 건 혹시나 하는 기대감 때문이었다. 이곳에서 몽족을 만날 일은 없을 것만 같았다. 숙소의 주인도 어제 식당에서 만난 청년과 마찬가지로 이곳 주변에 사는 몽족은 없다고 했다. 다만 새벽시장에 가면 밤길을 걸어 물건을 팔러 오는 산사람들을 볼 수는 있다는 것이다. 그는 왜 다 사라져가는 것을 찾는지 도무지 모르겠다는 표정이었다. 대답도 시큰둥했다. 서로를 모르기는 그나 나나 마찬가지였다.

종소리 사이로 수탉의 긴 울음소리가 섞여들었다. 넓지 않은 시장 골목은 인기척으로 부산하다. 초저녁 하늘의 별처럼 듬성듬성한 가로등 불빛 아래로 검은 그림자가 어른댄다. 바구니 끈을 이마에 둘러 작은 키가 더 움츠러들었다. 추위와 어둠을 뚫고 시장으로 오는 사람들이다. 좌판의 물건은 별것 없다. 생강과 토마토, 어린애 주먹만 한 호박과 이름 모를 흰 뿌리채소, 커다란 구근들. 시장에 늘어선 사람들은 어둠 탓에 더 추워 보인다. 도끼보다 큰 칼을 휘둘러 등뼈를 자르고 썰어놓은 살코기 아래엔 피가 고인다. 흑돼지와 오골계도 판다. 시장 거리는 몇 걸음 만에 끝이 보였다. 구석 자리에 쪼그려 앉은 사내, 얼굴 표정도 보이지 않는 어둠 속에서 두 손으로 닭 한 마리를 꽉 누르고 있다. 놓치면 큰일이라도 날 듯 사내의 자세는 요지부동이다. 사내에게 붙잡힌 닭도 누르고 있는 사내도 꼼짝하지 못한다. 토마토를 산다. 단단하고 달다.

매살롱에는 다양한 문화와 시간이 공존한다. 얼굴도 다르고 복장도 제각각이다. 종교도, 집의 모양새도 다르다. 처음 이곳에 자리를 잡은 사람들은 아카족이라고 하지만 그들은 이제 색과 장식이 요란한 옷을 입어야 남들과 구분될 뿐 다른 마을의 구성원과 다를 바 없다. 누구에게나 지금 발붙이고 살아가는 현재의 삶이 떠나온 조국이나 민족을 따지는 일보다 중요한 것이다. 국가나 국경보다 종족의 공동체에 익숙한 이들에겐 특히 더 그렇다. 오늘은 중국식당에 앉아 아침을 먹는다. 메뉴는 한 가지, 중국의 길거리에서 흔한 작은 만두의 일종인 '훈둔餛飩'이다. 여기선 면에 만두를 넣어 만둣국수(훈둔면)로 먹는다. 음식은 그렇게 때와 장소와 긴밀하게 작용하며 모양을 바꾼다.

예상했던 기대가 사라지자 오히려 마음이 느긋해진다. 그 자리를 목적 없는 호기심이 대신한다. 챙겨온 색안경을 벗는 일. 어쩌면 그것이 나와 다른 문화를 있는 그대로 받아들이는 시작인지도 모른다. 안타깝게도 숙소 주인이 성의껏 그려준 지도를 나는 알아볼 수가 없다. 지나치게 단순한 탓이다. 이곳 지리에 익숙한 사람에게는 불을 보듯 환한 길일지 모르겠지만, 지도에 동그랗게 그려진 순환도로와 순환도로에서 직선으로 죽죽 내리그은 골목길이 내겐 전혀 딴 동네 같다. 아카족 마을은 그가 그린 순환도로를 따라 열매처럼 대롱대롱 달려 있다. 그게 내겐 그녀들이 머리에 쓴 은장식처럼도 보였다. 이 지도를 들고 마을을 찾아 나서는 용기가 부러울 지경이다.

순환도로를 버리자 곧 능선을 따라 마을 길이 이어진다. 길은 멀어지며 꼬리를 감춘다. 길이 어디로 안내하는지는 신과 이곳 사람들만 알 것이다. 눈앞에 보이는 일상의 풍경이 나를 위로한다. 빨래를 하고 밥을 짓고 물을 끓이고 개가 누워 잔다. 처음 보는 노인이 알은체를 하고 또 처음 보는 아이가 수줍게 인사를 한다. 이럴 때 미안한 건 오히려 내 쪽이다. 어딜 가나 평온했던 이들의 일상에 돌을 던지는 이방인. 아이들이 집으로 돌아간 텅 빈 교실을 넘겨다보다 창문 밖으로 보이는 복사꽃에 또 눈을 빼앗기고 운동장 의자에 앉아 토마토를 먹는다. 산뜻한 색으로 알록달록 치장한 이발관을 지나 대나무 발 위에서 말라가는 메주를 보곤 걸음을 멈추기도 한다. 메주는 흔한 녀석이었던 게다.

길 끝에 나무가 서 있었다. 싱싱하고 푸른 잎사귀를 단 늙은 나무가 길이 끝나는 곳에 노인처럼 서 있었다. 떡갈나무일까. 추수가 끝난 비탈진 밭에 작고 푸른 꽃들이 지천이다. 꽃밭 사이로 조붓한 오솔길이 나 있다. 나무 곁으로 다가간다. 길은 나무 앞에서 멈췄다. 아래서 계곡물 소리가 올라왔다. 나무가 있는 자리에서 몇 발자국을 앞으로 옮기면 그대로 가파른 낭떠러지다. 아카족도 먀오족과 마찬가지로 누구도 바라지 않는 낭떠러지 근처에 살았다. 나무의 밑둥치에서 조금 떨어진 오솔길이 끝나는 자리. 이곳에 누군가가 서서 오래도록 나무를 올려다보았던 것일까. 주위를 서성인 것처럼 동그랗게 맨흙이 드러났다. 나도 그 자리에 서서 나무를 올려다본다. 특별한 것도 없이 평범하게 늙은 나무가 나를 내려다본다. 거리에서, 새벽시장에서 만난 등이 굽은 아카족 여인들과 닮았다는 생각을 했다.

한자리에 서서 수백 년의 나이를 먹은 나무는 신령스러웠다. 굵고 단단한 기둥에서 뻗어나간 가지마다 푸른 잎을 달았다. 그랬다. 저 나무처럼 아카족 여인들도 비탈지고 척박한 이곳을 지켰다. 살면서 시절이 바뀌었고, 바뀐 세상에서 살아남아야만 했다. 평생 지녀온 머리의 은장식도 떼어내 팔았고 온갖 것을 만들어 사람이 모이는 곳 어디든 찾아 나섰다. 도시에서 몰려든 관광객을 향해 내키지 않는 웃음도 지을 줄 알았다. 그들은 온 힘을 다해 자신들의 삶을 살아냈던 것이다. 어쩌면 원형 그대로의 화포를 찾고자 하는 내 욕심으로 화포 이외의 것에서 눈을 돌렸을 것이다. 자신은 온몸으로 문명의 편리를 누리며 전통이 지켜지지 않는 현실을 개탄하는 꼴이었다. 당신들은 언제나 과거의 시간 속에 머물러 있으라고, 그래야만 한다며 연신 카메라를 눌러대는 몰염치와 다르지 않았다. 여행은 때로 누군가에게 모독일 수 있었다.

결국 몽족과 그녀들의 화포를 찾아 헤맨 내 발걸음도 내 안의 잣대만으로 다른 것에 눈감아버리는, 순수 혈통에 집착하는 뿌리 깊은 이기심과 닮아 있었는지 모른다. 여기는 내가 짐작조차 할 수 없는 고난의 시간 동안 그네들이 끝끝내 지켜온 삶의 터전이었고 나는 더운 여름날 시원한 바람이나 물 한 모금보다 못한 이방인이었던 것이다. 그걸 몰랐다. 먀오족을 만나고 또 이곳 몽족을 찾아 그녀들의 화포를 만난다고 나의 무엇이 달라질까. 그저 있는 그대로 보고 지나가는 것이 마땅한 뜨내기 여행객에 충실하면 될 일이었다. 그것도 조용히, 흔적 없이. 바람이 없이도 나뭇잎이 흔들렸다. 나무에게 가볍게 눈인사를 보낸다. 안녕하신가요.

● 길 끝에 나무가 서 있었다. 싱싱하고 푸른 잎사귀를 단 늙은 나무가 길이 끝나는 곳에 노인처럼 서 있었다. 떡갈나무일까. 추수가 끝난 비탈진 밭에 작고 푸른 꽃들이 지천이다. 꽃밭 사이로 조붓한 오솔길이 나 있다. 나무 곁으로 다가간다. 길은 나무 앞에서 멈췄다.

백 개의 주름이 진 치마

루앙프라방Luang Prabang을 감싸고 흐르는 새벽 강물. 메콩강이다. 강둑의 가로수가 안개 속에 흐릿하다. 강물은 어제와 같은 속도로 흐른다. 산과 강을 지나온 안개는 습기로 가득하고 시장도 안개에 갇힌 건 마찬가지다. 물건을 파는 상인들과 물건 사러 나온 사람들로 시장이 웅성거린다. 안개와 사람들의 입김이 구별되지 않는다. 사원 앞으로 삭발한 스님들이 줄지어 지나간다. 동자승들이다. 앳된 얼굴이 토마토를 닮았다. 가사도 토마토처럼 주황색이다. 가사 자락이 안개 속으로 사라진다.

옷이며 직물 제품을 파는 상점들이 거리마다 눈에 띈다. 비단의 품질이 좋다고 알려진 라오스다. 고급스러운 의류품과 정교하게 수를 놓은 옷감들이 보는 이의 눈을 잡아끌 만하다. 호기심에 상점 안으로 들어간다. 2층은 전시실이었다. 결혼식과 의례에 사용되었다는 라오스의 전통 예복과 일상복 들이 허수아비처럼 팔을 벌린 채 벽에 고정되어 있다. 치앙마이도 그렇고 이곳 라오스의 전통 의상도 참 풍부하다는 생각이 든다. 정교함을 비교해도 어느 민족의 옷에 뒤지지 않을 성싶다. 옷의 바탕은 대부분 짙은 쪽색과 검은색이다. 그 위에 장식을 더했다. 장식은 과장과 절제가 묘하게 조화를 이룬 느낌이다. 그래도 옷을 치장한 색색의 구성은 일반적인 상식을 뛰어넘는다. 생계에 필요한 농사일을 제외한 모든 시간과 정성을 옷에 쏟아놓은 것처럼 시간과 땀의 흔적이 고스란히 전해진다. 그것들 사이에 숨어 있기라도 하듯 거짓말처럼 나타나는 몽족의 화포, 그녀들의 치마가 있었다. 그건 또한 먀오족 여인들의 것이기도 했다.

어디에서 누가 만들었는지 치마의 내력에 대한 자세한 설명은 없었다. 하지만 나는 그녀들의 것임을 금방 알아챌 수 있었다. 시장 어디서나 넘쳐나던 것들과는 다른, 눈을 자극하지 않는 부드러운 푸른색과 섬세한 손길로 그려낸 화포를 잇대어 만든 치마는 그녀들의 장기이기도 했다. 짧고 뭉툭한 선으로 조심스레 그려나간 어떤 움직임이 고스란히 전해져오는 그녀들의 무늬들. 천은 거칠고 색은 그대로다. 눈을 자극하지 않는, 밖으로 내뿜는 것이 아니라 천 속에 가만히 감춘 푸른색. 여자들은 철이 들자마자 자신의 옷을 짓는 법을 익혔다. 새해가 되거나 축제가 찾아오면 한껏 멋을 내 차려입는 치마였다. 검은색에 가깝게 쪽물을 들이고 수십 개의 좁은 주름을 잡아 만든 이 치마를 '백 개의 주름이 진 치마'라고 불렀다. 치마에 얽힌 전설 같은 이야기가 없을 수 없다(Jane Mallinson, Ly Hang, *H'mong Batik*, University of Washington Press,1997).

부부와 어린 딸이 살았다. 어느 날 아내는 남편에게 제물로 쓸 암소 한 마리가 필요하다고 했다. 하지만 늦게 일어난 남편이 우시장에 도착했을 때는 불행하게도 소가 한 마리도 남아있지 않았다. 화가 난 남편은 집으로 돌아와 자신을 깨우지 않은 아내의 목에 밧줄을 감고 때렸다. 그러자 아내는 암소로 변했다. 남편은 암소를 우리에 가두었다.

남자는 다른 여자와 결혼을 했다. 그녀는 남자의 딸보다 어린 여자애를 데리고 왔다. 첫째 딸은 집안일을 도맡았고 가족들의 옷도 만들었다. 그녀는 사려가 깊었고 바느질 솜씨도 좋았다. 어느 날 새엄마가 첫째 딸이 일하는 모습을 몰래 훔쳐봤다. 암소로 변했던 여자가 자신의 딸을 위해 바느질을 하고 있었다. 새엄마는 첫째 딸이 총명하고 성실하다는 칭찬을 듣는 것이 못마땅했다. 그녀의 딸은 첫째보다 못했다.

새엄마는 꾀병을 앓았다. 그녀는 남편에게 암소를 제물로 바쳐야만 나을 수 있다며 고집을 부렸다. 그녀는 마을의 주술사와 미리 계략을 꾸몄고, 남편이 그를 찾아가 의견을 묻자 주술사는 암소를 제물로 바쳐야 한다고 했다. 남편은 첫 번째 아내를 제물로 바치고 싶지 않아 고민에 빠졌다. 결국 그는 마을의 신인 큰 바위로 가 계시를 기다렸다. 새엄마가 이것을 알고는 몰래 큰 바위 뒤에 숨었다. 남편이 큰 바위 앞에 엎드려 대답을 기다리자 바위 뒤에 숨은 그녀는 목소리를 바꿔 암소를 죽이라고 말했다.

암소로 변한 첫 번째 아내는 마을을 지키는 정령으로부터 이 이야기를 들었다. 그녀는 남편에게 죽임을 당하는 것이 두려웠다. 그녀는 딸에게 남편과 새엄마가 주는 어떤 고기도 먹지 말라고 일렀다. 그리고는 딸에게 냇가로 가 물을 길어오게 한 다음 마당 가득 뿌리라고 말했다. 딸은 마당에 물을 뿌렸고 엄마는 바닥에 미끄러져 스스로 목숨을 끊었다. 아버지와 새엄마는 죽은 암소의 머리와 다리, 꼬리를 떼어내 부엌 시렁 위에 걸었다. 암소로 변해 죽은 엄마의 혼령은 자신의 딸이 그녀를 찾아올 때를 위해 언제나 그곳에 있었다.

새해 축제가 시작되었다. 주위의 모든 마을에서 사람들이 모여들었다. 젊은 남녀들에게는 서로의 짝을 찾는 기회이기도 했다. 새엄마는 자신의 딸만 데리고 축제에 갔다. 그곳에서 딸에게 어울리는 멋진 사윗감을 만날지도 모를 일이었다. 첫째 딸은 집에 혼자 남아 청소를 하고 쥐로부터 쌀을 지켰다. 그녀는 너무 분하고 속상해서 부엌에 앉아 울었다. 그러자 부엌 시렁 위에 걸린 암소 머리가 딸에게 말했다.

"가축우리에 가면 그곳에 새로 수를 놓은 치마와 옷 한 벌이 있단다."

첫째 딸은 서둘러 새 옷을 입고 축제장으로 뛰어갔다. 그녀는 무척 행복했다. 잘생기고 멋진 청년들이 그녀를 몰래 쳐다봤다. 새 옷을 입고 있어서 그녀가 누구인지 알아보지 못했지만 모두 그녀가 아름답다고 여겼다. 첫째 날은 해가 넘어가기 전에 집으로 뛰어 돌아왔다. 한 청년이 마을까지 쫓아와 이리저리 헤맸지만 그녀를 찾을 수 없었다. 그가 본 것은 쥐를 쫓고 있는 더럽고 작은 소녀뿐이었다.

둘째 날도 첫째 딸은 새해 축제에 참가했고 잘생기고 멋진 그 청년이 그녀 주위를 맴돌았다. 해가 지려 하자 그녀는 축제장을 떠나 집으로 갔다. 미리 짐작하고 있던 청년은 그녀를 뒤쫓았다. 집에 도착해서 그녀의 발자국을 살폈고 드디어 그녀를 찾아냈다. 청년은 그녀에게 청혼을 했다. 이른 본 새엄마는 무척 화가 났다. 새엄마는 청년이 자신의 딸과 결혼하기를 바랐다. 어떻게 하면 좋을까 고민하기 시작했다. 맛있는 음식을 만들어 딸과 청년에게만 주었고 의붓딸에게는 늘 먹던 것을 주었다. 청년은 몰래 그녀의 음식을 자신의 것과 바꾸었다.

밤이 되자 새엄마는 청년에게 그녀의 집에서 자고 갈 것을 권했다. 자기의 딸과 자는 것도 허락했다. 청년은 새엄마의 딸이 잠들기를 기다렸다가 몰래 첫째 딸을 깨워 도망쳤다. 새엄마가 아무도 모르게 방으로 들어갔다. 그녀는 청년이 첫째 딸과 달아난 사실을 알지 못한 채 혼자 잠들어 있는 딸의 눈에 밀랍을 발랐다. 아침이 되자 새엄마는 방문을 열었다. 그런데 청년과 의붓딸의 모습이 보이지 않았고 잠에서 깨어난 자기의 딸이 말했다.
"엄마, 눈이 떠지질 않아요."

새엄마는 뜨거운 물로 딸의 눈썹 위 굳은 밀랍을 녹였다. 딸은 뜨겁고 고통스러워 울부짖었다. 새엄마는 화가 머리끝까지 났다. 그녀는 겨우 눈을 뜬 딸에게 두 연놈을 쫓아가라며 악을 썼다. 찾아내는 즉시 죽이라고 말하고는 새 옷 한 벌을 주었다.
"그 여자를 찾아내야 해. 새 옷을 주려고 언니를 찾아다녔다고 해라. 이 옷을 그 아이의 헌 옷과 바꿔야 한다. 이 새 치마를 입으면 곧 죽을 것이다."

딸은 두 사람 뒤를 쫓았고 마침내 그들을 찾아냈다. 형부와 어린 조카는 강으로 물고기를 잡으러 나가고 집에는 의붓언니 혼자 있었다. 그녀는 엄마가 일러준 대로 가져간 옷을 의붓언니에게 입으라고 했다. 그녀가 준 새 치마를 입은 첫째 딸은 곧 숨이 멎었다. 그녀는 서둘러 죽은 의붓언니를 마을 뒷산에 묻었다. 형부와 조카가 돌아왔다.
"처제가 어쩐 일이야?"
"나는 당신의 아내이지 처제가 아니에요"

그러자 아이가 말했다.
"내 엄마는 어디 계시나요? 엄마는 머리카락이 길어요. 당신 머리는 너무 짧아요."

형부가 언니를 찾으러 밖으로 나가자 그녀는 조카에게 엄마가 아빠를 어떻게 행복하게 해주었냐고 물었다. 긴 머리카락을 펼쳐 베개처럼 만들어 피곤한 아빠가 쉴 수 있도록 했다고 아이가 대답했다. 그녀가 다시 물었다.
"어떻게 하면 네 엄마처럼 긴 머리카락을 가질 수 있겠니?"
아이는 큰 항아리에 물을 데워 머리를 감은 다음 빗질을 하면 된다고 말했다. 그녀가 아이가 알려준 대로 머리를 감으려고 항아리 안으로 몸을 굽히자 아이는 그녀를 항아리 안으로 밀어 넣고는 뚜껑을 닫아 버렸다.

아이는 엄마가 그리워 엄마가 묻힌 곳으로 갔다. 엄마의 무덤에서 나무가 자라나 있었다. 하루는 마을의 노인이 땔감으로 쓰려고 나무를 잘랐다. 그러자 연기가 피어오르고 그 속에서 엄마가 몸을 일으켰다. 아이는 엄마를 보자 너무나 기뻤다. 그녀는 아들과 함께 집으로 돌아왔다. 그러나 아들이 이복동생을 항아리 안으로 밀어 넣었다는 사실을 몰랐던 그녀는 무심코 항아리 뚜껑을 열었다. 그러자 이복동생의 영혼이 검은 새가 되어 항아리 밖으로 날아올랐다.

세 사람은 집에서 나와 힘껏 달아났지만 검은 새가 그들을 끝까지 쫓아왔다. 앞은 깊은 낭떠러지였다. 검은 새가 따라오며 거센 비바람을

156

일으켰다. 도망갈 힘도 남아있지 않았다. 그들은 지치고 절망했다. 아내가 탄식하며 말했다.

"이렇게 고난이 많은 걸 보니 이번 생에 우리는 좋은 운을 타고나지 못했나 봐요."

세 사람은 손을 잡고 절벽 아래로 뛰어내렸다. 그러자 아들은 작고 예쁜 꿀벌로 변했고 엄마는 벌집으로, 아빠는 천을 만드는 대마가 되었다. 꿀벌은 잉잉대며 매일 벌집을 찾아갔다. 꿀벌이 된 아들은 엄마가 만든 밀랍을 찍어 대마로 짠 천 위에 그림을 그렸다. 그렇게 세 사람은 헤어지지 않고 영원히 함께 살게 되었다.

가로수가 늙었다는 것은 도시도 그만큼 늙었다는 이야기다. 메콩강 언덕에 자리를 잡은 루앙프라방이 그랬다. 둑을 내려가 강물로 간다. 꼬박 이틀을 저 강물 위에 있었다. 태국에서 강을 건너면 라오스였다. 그곳에서 배를 타고 메콩강을 따라 내려오면 루앙프라방에 도착했다. 황토색 강물이 두 나라를 가르는 국경이다. 티베트에서 발원한 이 강은 중국에서는 란창강으로, 국경을 지나면 메콩강으로 이름을 바꿨다. 이름이 바뀌듯 강물의 색도 달라졌다. 강물의 색은 땅의 색이기도 하다. 사방이 수천 미터 급의 산악지역이다 보니 먼 거리를 이동하는 가장 유용한 수단은 저 강물이었을 것이다. 아카족이든 먀오족이든 남쪽의 태국이나 라오스 또는 베트남으로 길을 잡았다면 강을 택했을 것이다. 강물에 절망과 희망을

● 황토색 강물이 두 나라를 가르는 국경이다. 티베트에서 발원한 이 강은 중국에서는 란창강으로, 국경을 지나면 메콩강으로 이름을 바꿨다. 이름이 바뀌듯 강물의 색도 달라졌다. 강물의 색은 땅의 색이기도 하다.

싣고 떠나온 자들은 끝을 알 수 없는 물 위에서 무슨 생각을 했을까. 그들은 어디쯤에서 배에서 내려 산속으로 흩어졌을까. 흩어져 어느 땅에 몸을 부렸을까.

외국인 관광객을 잔뜩 실은 배가 강변 마을에 들어서면 남루하고 가난한 아이들이 모래언덕을 구르듯 달려 내려왔다. 양손에는 그동안 흔하게 보았던 그렇고 그런 팔찌들이 가득했다. 유명 스타라도 나타난 양 일제히 아이들을 향하는 카메라들. 돈을 꺼내 흔들자 첨벙첨벙 강물로 뛰어드는 사내아이들. 키 작은 여자아이들도 뒤를 따랐다. 또다시 터지는 카메라 세례. 배는 느리게 몸을 틀어 물살을 탔다. 끝까지 카메라 뷰파인더에서 눈을 떼지 못하는 사람들. 배는 그렇게 강 마을 아이들을 떠났다. 입술을 꼭 다문 여자아이는 허벅지까지 물에 잠겨 있었다. 짐승의 꼬리를 잘라 만든 열쇠고리가 허리춤에서 흔들렸다.

낯선 이들과 춤을

갈림길을 앞에 두고 잠시 망설인다. 지도를 꺼내어 보지만 그렇다고 딱히 선택을 위한 정보는 없다. 길은 둘로 갈라지는데 지도 위의 길은 하나다. 그려지지 않은 길로 핸들을 꺾는다. 한참을 달려도 오가는 사람이 없는 한적한 시골길, 이 길은 왜 지도에서 사라진 것일까. 속도를 올린다. 바람의 쾌감이 온몸으로 짜릿하게 전해져 온다. 그려낸 듯 가파른 산봉우리 아래 좁고 긴 들판을 가로질러 달린다. 가을걷이를 끝낸 논이 보이고 심은 지 얼마 안 된 벼 이삭이 연초록이다. 낯선 땅에서 계절을 잃는 일은 이제 다반사다. 몸의 속도만큼 풍경의 속도도 빨라진다. 달리다가 그만 돌에 미끄러져 덜컹한다. 질주는 본능이고 운전은 초보다. 좁고 굽이진 황톳길을 나 혼자 느리게 간다. 나무로 지은 작은 오두막에 앉아 잠시 숨을 고른다. 지난 계절 동안 어느 농부가 다리쉼을 하던 자리겠지. 멀리 벼를 수확한 논을 따라 그 땅에서 키워낸 곡식을 채웠던 곳간들이 망루처럼 서 있다. 땅에 박힌 기둥이 삐뚜름하다. 풍경도 제자리를 찾는다.

들을 지나고 언덕으로 난 작은 고개를 넘는다. 자갈보다 큰 돌들이 깔린 길에서 오토바이는 이리저리 제멋대로다. 냇물 위로 난 좁은 나무다리를 지날 때면 목덜미와 등에서 진땀이 흐른다. 이래저래 기계치의 고난이다. 허리도 아프고 팔뚝도 떨린다. 내리막길인 것이 그나마 다행이라면

다행이다. 그래도 키 작은 나무를 가로수 삼아 홀로 호젓한 산길을 달리는 기분은 무엇과 바꾸기 어렵겠다. 카르스트 지형의 가파른 산들이 중첩되어 이어지는 풍경은 육지의 하롱베이와 다름없다. 수묵화 같은 풍경들이 끝없이 나타나고 사라진다. 작은 굽이를 돌 때다.

"사바이 디?"

갑자기 눈앞에 나타난 사내가 웃으며 인사를 한다. 미숙한 운전 탓에 인사도 건네지 못하고 비척비척 그 앞을 지나친다. 사내는 제 갈 길을 가고 나는 속도를 줄인다. 황토 먼지를 비행운처럼 매달고 맞은편에서 무언가가 달려온다. 작은 점이 점점 커진다. 나와 같은 오토바이족이다. 작은 가방을 어깨에 멘 중년의 사내다. 그도 뜨내기다. 와락 반가운 마음이 드는 것도 잠깐, 순식간에 서로를 비껴간다. 그 짧은 사이, 그가 지도의 길에서 벗어난 자들끼리의 은밀한 신호인 양 희미한 웃음과 함께 핸들을 잡았던 왼손을 가볍게 들었다가 내린다. 나는 오토바이를 세우고 먼지 속에 멀어져가는 사내의 뒷모습을 물끄러미 쳐다본다. 사내의 운전 솜씨가 마냥 부럽다.

길은 언제나 마을로 이어졌고 또 언제나처럼 음악이 울렸다. 그런데 오늘은 좀 요란하다. 느낌이 온다. 무슨 일인가 벌어지고 있는 게 틀림없다. 천천히 브레이크를 밟는다. 아니나 다를까, 마을과 도로 사이의 잔디밭은 이미 흥이 넘친다. 푸른 차양 아래 사방으로 식탁이 길게 놓이고 술과 음식 접시가 탁자를 가득 메웠다. 음식을 보자 참았던 허기가 꿈틀댄다. 노래에 맞춰 춤판이 한창이다. 마을 사람들이 다 모였다. 사람들만

● 한참을 달려도 오가는 사람이 없는 한적한 시골길, 이 길은 왜 지도에서 사라진 것일까. 속도를 올린다. 바람의 쾌감이 온몸으로 짜릿하게 전해져 온다. 그려낸 듯 가파른 산봉우리 아래 좁고 긴 들판을 가로질러 달린다. ⓒAlamy

이 아니다. 살아있는 것은 죄다 몰려와 한몫 잡으려고 걸음이 바쁘다. 아이들도 그렇고 개들도 그렇고 닭들도 그렇다. 나도 저 틈에 끼어야만 한다. 이건 땡잡은 경우가 분명한데, 이럴 땐 내 쪽에서 먼저 서두르는 것은 성급한 짓이다. 그러다간 눈총을 맞아 즉사할 수도 있다. 그저 느리게 오토바이에서 내린 다음 말없이 서서 최대한 호기심 어린 눈빛으로 잔칫집을 쳐다보면 된다. 그리곤 인내심을 가지고 기다리면 어디선가 신호가 잡힌다. 호감의 신호라 판단되면 사람 좋게 웃어주면 그만이다. 입맛을 다신다. 사내 몇이 다가온다. 됐다.

눈동자를 위아래로 굴리며 내 주위를 한 바퀴 돌더니 팔꿈치를 툭 친다. 같이 들어가자는 것이다. 벌써 취기들이 오른 눈치다. 결혼식이었다. 청년이 의자 하나를 비워준다. 유독 차림이 돋보이는 선남선녀들은 신랑과 신부의 절친들이 분명하다. 나도 그 틈바구니에 자리를 확보한다. 내 몫의 음식을 따로 차려준다. 나를 이끌어 온 사내가 작은 대나무 잔에 맑은 술을 따른다. 독하다. 햇살이 쨍한 대낮에 낮술이다. 오! 하는 탄성과 함께 술잔들이 여기저기서 날아온다. '원샷'을 하면 위험한데 분위기 탓에 그만 선을 넘었다. 돌이키기엔 이미 늦었다. 사내들에 이어 춤을 추던 마을 여자들이 다가와 자기들 맘대로 술을 따르고는 어쩌는지 보려고 자리를 떠나지 않는다. 그녀들에게서 독한 술 향기가 날아온다. 목젖을 사정없이 강타하는 이 술은 '라오라오Lao Lao'다. 도수가 높은 증류주, 구이저우 바사 마을 조강의 집에서 저녁마다 홀짝거리던 것과 구분이 안 된다. 남녀를 불문하고 취한 얼굴이다. 그래도 누구 하나 말리는 기색이 없다. 어른들뿐 아니라 아이들도 술을 마신 듯 얼굴이 붉다. 어색함은 이제 말끔하게 사라졌다. 독한 술 때문만은 아니다. 연거푸 서너 잔을 넘긴다. 정수리에서 김이 난다.

잔칫집 분위기를 이끄는 사회자도 있다. 옆에 놓인 커다란 앰프가 유독 눈에 띄는 물건이다. 노래는 그놈에게서 쉴 새 없이 흘러나온다. 요즘 유행하는 노래인가 보다. 사회자의 진행에 따라 술판과 춤판이 뒤바뀐다. 사회자 맘이다. 양복을 차려입은 청년 하나가 아예 내 옆자리를 차고 앉아 떠나질 않는다. 그도 신랑의 친구. 초등학교 선생이라는 청년은 벌써 몇 번째 '선생'을 강조한다. 나에게 어디서 왔느냐고 묻는다. 그가 통역을 자처한다. 코리아. 못 알아듣는 눈치다. 신랑과 신부를 가리키는 손끝이 흐느적거린다. 까오리! 그제야 격한 반응이 온다. 처음인 듯 다시 악수를 청하고 난리다. '까오리'는 '고려'의 중국식 발음이다. 이곳에서 한국은 코리아가 아니라 까오리다. 중년의 사내가 내 쪽으로 다가온다. 술 취한 청년들이 몸을 비척이며 일어선다. 누가 봐도 신랑의 아버지다. 그러니까 오늘의 혼주 되시겠다. 사내가 또 술을 권한다. 아…… 이건 사양이 불가능이다. 얼른 비우고 혼주에게 예를 갖춰 술을 따른다. 대나무 잔이 오고 간다. 혼주가 멀찍이 안쪽을 향해 소리친다. 여기 음식 더 가져와! 내겐 그렇게 들린다.

다시 흥겨운 춤이 시작된다. 음주와 가무가 빠지는 결혼식은 세상에 없다. 노래가 울려 퍼지자 남자들은 이리저리 짝을 찾아 비틀거리고 여자들은 마음에 드는 짝이 아니면 꿈쩍도 않는다. 고개를 돌리지 않는 것만도 다행이다. 두 사람의 마음은 두 사람만이 안다. 그렇게 사양과 가벼운 실랑이가 일고 웃음과 박수 소리가 요란하다. 짝을 맞춘 남녀 커플은 둥그렇게 원을 그린다. 햇살은 따갑고 독한 술기운이 오른 짝들은 춤 삼매경이다. 음악은 가볍고 경쾌하다. 빠른 템포와는 어울리지 않게 몸동작은 조용하다. 대신 손가락의 움직임이 묘하게 자극적이고 화려하다. 본 적이 있었다. 캄보디아 압살라 춤이 대표적이다. 손목을 한껏 꺾고 미세하게 손끝의 방향을 바꿔가며 추는 춤, 나이트클럽에서도 저랬다. 춤의 중심은 여자다. 남자들은 여자들의 춤을 돋보이게 하는 역할이다. 큰 원을 따라 돌며 여성의 춤을 보조한다. 느리고 투박한 남자들의 움직임에 비해 여성들은 그렇지 않다. 동작이 격렬하진 않지만 춤사위는 육감적이고 도발적이다. 꼭 맞는 비단옷에 몸매가 고스란히 드러난다.

이미 취한 신랑의 친구들과 새처럼 앉아서 옷매무시만 만지던 신부의 친구들이 춤판으로 몰려간다. 나도 손목을 붙잡힌 채 끌려간다. 원을 그린 마을 사람들을 뚫고 안으로 들어간다. 주인공은 아니지만 오늘만큼은 이들도 귀빈이다. 몇몇은 짝을 맞춰 원을 그리고 술에 다리가 저절로 풀린 '선생'은 개다리춤을 섞어 디스코도 뭣도 아닌 춤을 선보인다. 내 짝은 이 마을에 사는 신랑의 친척이란다. 키 작은 그녀가 손을 들어 집이 있는 쪽을 가리킨다. 내 손을 잡고 빙글빙글 돌더니 다시 멀찍이 떨어져 예의 그 화려한 손동작을 선보인다. 그리고는 다시 재빨리 돌아와 강렬한 눈빛과 위태로운 몸짓으로, 마치 탱고를 추듯 빠르게 혹은 느리게 속도를 조절해가며 나를 이끈다. 나는 고장 난 목각인형처럼 뻣뻣하게 서서 삐걱거린다. 그래도 열심히 그들과 그녀들을 따라 뺑뺑이를 돈다. 밥값과 술값이다. 취기가 오른 몸이 박자를 놓치고 휘청한다. 처녀들이 까르르 웃는다. 어디 취기 때문만이었을까. 옅게 풍겨오는 여인들의 향기도 아찔하고 차양을 통과한 푸른 햇살에 눈이 부시다. 현기증이 난다.

북 위에서 개구리가 울다

황금빛 탑 주위를 몇 바퀴 돌아도 노인의 비질 소리는 오늘도 여전하다. 느리지도 빠르지도 않다. 인부들은 어제와 마찬가지로 대웅전 지붕에 올라 기와를 인다. 돌무지 사이로 삐죽 솟아난 코스모스와 언덕 아래서 탑을 향해 올라오는 앳된 중의 가사도 같은 색이다. 나는 신심도 없이 탑을 돈다. 멀리 도심의 키 큰 나무들도 안개를 뚫고 탑처럼 솟아올랐다. 도시가 하나의 커다란 사원이다. 이곳 사람들은 골목에도, 집 대문 앞에도 작은 불단을 모신다. 막 피어나려는 연꽃을 올리고 눈을 마주치는 사람들은 누구나 공손하게 인사를 한다. 처음 보는 아이에게 귤 몇 알을 내민다. 아이가 두 손을 모으고 고맙다고 한다. 가운데 탑은 아득히 높다. 가까이 가면 오히려 멀어진다. 네 귀퉁이에도 작고 앙증맞은 탑들이 있다. 탑신이 낮아서 한눈에 들어온다. 여전히 눈부신 황금의 처마 위에 누군가 놓고 간 찰밥 몇 덩이가 놓여있다.

딱히 무슨 목적이 있어서 찾았던 건 아니다. 어제는 대낮부터 하얗게 불태웠으니 오늘은 걸으며 심신을 달래자는 요량으로 나선 길에 마을 입구 팻말이 있었고 목적 없이 내친걸음이었다. 냇물보다는 너른, 강물보다는 좁은 물을 건넜고 마을 안쪽은 한산한 오후였고 길과 골목은 조용했다. 아이들이 돌아간 텅 빈 교정과 운동장 가장자리에 분홍색 복사꽃이 한창이다. 어딜 가나 복사꽃이다. 길과 골목과 마당이 구분되지 않아 늘 걸음이 망설여지는, 이 나라 어디에서나 흔하게 만나게 되는 그런 곳이다. 그런 길을 따라가면 으레 만나는 구멍가게. 노부부가 물끄러미 쳐다봤다. 가게 안으로 들어가 맥주를 들고 나왔다. 아무도 말리지 않았다. 바깥노인은 무료했었나 보다. 하던 일을 멈추고 내게 자꾸 말을 붙인다. 어차피 알아듣지 못할 말이었으니 귀를 기울이는 시늉이 어렵지는 않다. 간간이 어색한 웃음으로 화답하며 맥주를 마신다. 내가 잘못 들었나 싶었다. 노인의 입에서 '몽'이라는 단어가 흘러나왔다.

"몽족이시라구요?"

나는 맥주를 마시다 말고 놀라 눈을 떴다.

"나는 라오스 사람이 아니고 몽족이야."

나는 그렇게 물었고 그렇게 들었다. 눈주름이 깊은 노인은 나무를 다듬던 칼을 거두고 안으로 들어갔다. 잠시 뒤 긴 목관악기를 가지고 나온다. 나는 저것을 본 적이 있었다. 갈대나 가는 대나무를 엮어 만든다는 노생이라는 악기, 구이저우의 먀오족 마을 바사에서 처음 본 것과 같았다. 자줏빛 양포를 입고 낡은 총을 든 먀오족의 사내들이 소녀들과 몸을 흔들며 불던 악기가 저것이었다. 노인이 취구에 입을 가져다 댄다. 소리가 운다. 그 소리, 바사 마을 뒷산의 삼각풍 숲을 채우던 그 소리다. 높지 않은, 부드럽고 긴 여운을 가진 노생 소리가 나를 또 먹먹하게 한다.

찾는 사람이 많지 않은지 루앙남사 박물관 매표소 안은 텅 비어 있었다. 책상에 놓인 입장권을 만지작거리고 있을 때 여직원이 뛰어왔다. 전시실 내부는 어두웠다. 흔한 조명등 하나 비추고 있지 않았다. 여자가 전시실 문을 열고 구석으로 가 스위치를 올렸다. 불빛이 흐려 어둠을 물리치지는 못했지만 혼자서 보기가 민망했다. 어둠에 눈이 익자 물건들이 하나둘 나타나기 시작했다. 박물관이 아니라 오래전 문을 닫은 골동품 가게 안에 혼자 서 있는 기분이었다. 두 사람의 발소리가 어두운 복도를 따라 선명하게 퍼져나갔다.

전시물 중에는 이들의 전통 의상이 유독 많았다. 좀 귀중한 유물이나 버릇없는 누군가에 의해 손이 탈 만한 물건은 유리 진열장 안에 놓였고 무쇠나 나무로 만든 민속품과 농기구 들은 선반 위나 벽에 기대어놓았다. 논을 갈던 쟁기도 있었다. 낫과 대나무로 만든 망태와 수차도 한자리를 차지했다. 들에서 제 몫을 해야 할 물건들이어선지 전시장 흐린 불빛 아래에선 생기가 없어 보였다. 화려한 옷을 입고 표정 없이 서 있는 마네킹도 무료해 보이는 건 마찬가지였다. 머리에 쓴 두건이며 즐겨 사용하던 문양들이 종족별로 서로 다른 옷인데도 분간이 어려웠다. 그저 푸른색에만 눈이 갔다. 햇살이 드는 창문 아래서 매표소 여자가 뜨개질을 했다.

깨진 토기가 늘어선 유리 진열장 옆에 동으로 만든 북이 여럿 놓여 있었다. 그리 크지 않은 원형의 북이었다. 북 표면을 따라 돋을새김을 한 가는 실선이 파문을 그리며 부드럽게 퍼져나갔다. 창문으로 새어 들어온 햇살에 구릿빛 무늬가 도드라졌다. 원과 원 사이를 채우거나 이어주는 건 정교하게 반복되는 빗살무늬의 일종이었고 때로는 물고기며 새가 줄을 지었다. 나는 또 몽족 화포의 흰 무늬를 떠올렸다. 심심치 않게 등장하는 코끼리와 도마뱀도 보였다. 북의 가운데에는 누가 보아도 강렬한 햇살을 쏘아대는 태양이 자리했다. 그리고…… 북의 맨 바깥쪽 가장자리를 따라 늘어선 것은 다름 아닌 개구리였다. 저놈들은 어째서 북의 가장자리를 따라 늘어서 있는 것일까. 개구리들은 표정과 동작도 조금씩 달랐다. 앞다리를 내민 녀석과 목을 쳐든 것도 있었으며 곧 울기라도 할 듯 입을 한껏 벌린 놈들이라니. 등에 새끼를 업은 개구리는 두꺼비처럼 컸다. 평평한

동북 위에 유난히 도드라져 보이게 개구리를 만든 것은 무슨 이유에서였을까.

택시 기사 양명월과 찾았던 구이저우의 둥족 마을 샤오황에는 마을의 북을 보관하던 고루가 있었다. 샤오황만이 아니라 둥족 마을의 상징이기도 했다. 마을의 가운데에 가장 높다란 건물인 고루의 주인은 다름 아닌 저 동북이었다. 실물을 볼 기회는 없었지만 조강의 민속관에 있던 사진 속 동북에도 저 앙증맞은 개구리가 있었다. 그때도 내 눈엔 동북보다 개구리가 눈에 먼저 들어왔었다. 왜 개구리를 북 위에 만들어 올린 것일까. 그 뒤로 잊었던 개구리가 다시 내 눈앞에 나타난 것이다. 생각해보니 치앙마이의 광장에 들어선 좌판에도, 기념품을 파는 가게 안에도 어김없이 개구리가 있었다. 나무로 만든 개구리는 크기도 제각각이었다. 속을 파내어 목탁처럼 소리를 냈다. 개구리들은 저마다 막대 하나씩을 재갈처럼 입에 물고 있었는데 아이러니하게도 그 막대로 목에서 등으로 난 돌기를 긁어내리면 우는 소리가 났다. 작은 놈들은 소리가 어렸고 큰 놈들은 제법 울음이 컸다. 돌이켜 생각하니 개구리는 여기저기 화포처럼 흔했을 텐데 눈여겨보지 않았던 탓이다.

치앙마이의 생강찻집 옆에 골동품 가게가 있었다. 나무로 조각한 개구리였는데 한눈에도 거리의 기념품과는 자태부터가 달랐다. 우선 살아있는 듯 생기가 넘쳤다. 표정과 모양이 정교했고 단단한 나무에선 윤기가 흘렀다. 내 눈에는 어떤 범상치 않은 기품이 엿보였다. 기품이 넘치는 개구리라니, 남들은 웃겠지만 나는 제법 심각했다. 참외만 한 놈부터

● 북 표면을 따라 돋을새김을 한 가는 실선이 파문을 그리며 부드럽게 퍼져나갔다. 창문으로 새어 들어온 햇살에 구릿빛 무늬가 도드라졌다. 북의 가운데에는 누가 보아도 강렬한 햇살을 쏘아대는 태양이 자리했다. 그리고…… 북의 맨 바깥쪽 가장자리를 따라 늘어선 것은 다름 아닌 개구리였다.

수박만 한 녀석까지 다양했다. 조각을 한 뒤 화려한 색채를 올렸던 듯 개구리 등짝엔 금박의 흔적이 역력했다. 주인에게 개구리가 왜 이렇게 많은 것인지 물었다. 자신이 없는 표정이었지만 '비'라고 했다. 개구리와 비라면 어울리는 한 쌍이다. 개구리가 울어야 비가 내리고 비가 내려야 벼농사를 지을 수 있다. 성심껏 만든 개구리를 마을의 사당에 모신다고도 했다. 그러니까 이곳에서 개구리는 그저 논에서 시끄럽게 울어대는 천한 녀석들이 아니었던 것. 비를 주관하는 신령스러운 존재로 대접받는 모양이다. 구이저우나 여기 라오스의 사람들에게도 신성한 물건임이 분명한 북 위에 저렇게 천연덕스럽게 앉아있는 걸 보면 이들에게 개구리는 내 상상 이상의 존재가 분명해 보였다. 어쩌면 개구리를 모셔놓고 기우제를 지낼지도 모를 일이었다.

직원은 여전히 창문을 등진 채 뜨개질을 하고 있다. 어디서 그런 용기가 난 것인지 모르겠다. 그녀에게 미안하지만 북을 쳐볼 수 있겠느냐고 물었다. 그녀는 어딘가로 가서 작은 북채를 내왔다. 나는 북 옆에 쪼그려 앉아 가만히 두드렸다. 한 번, 두 번, 세 번, 북소리가 은은하게 퍼졌다. 여자가 내 손에서 북채를 가져간다. 개구리를 피해 귀를 북 표면에 대고는 북을 세게 내리친다. 둥, 둥, 둥, 둥…… 북소리가 심장처럼 살아서 뛰는 것 같다. 소리와 함께 북 표면의 가는 실선들이 떨렸다. 가장자리에 동그랗게 늘어선 개구리들이 와글와글 울기 시작했다.

몽족의 디아스포라

무앙싱Muang Sing은 사방이 산으로 둘러싸인 분지다. 솥 안에 앉은 듯 아늑했고 들은 넓다. 거리는 한산하고 얼마쯤 걸으면 포장도로 끝이 보인다. 바둑판 모양으로 반듯하게 나뉜 길들은 식민지 시절의 유물이라고 했다. 상점보다 은행이 유독 많다. 해가 지고 있다. 황금빛 햇살에 황토색 먼지가 인다. 사람들이 그 길을 오간다. 결국 이곳까지 온 것이다. 오는 동안 알게 된 것이지만 몽족은 이곳 라오스든 어디든 한 곳에 모여 집단을 이루고 살지 않았다. 중국과 국경을 이룬 세 나라의 북쪽 산악지역에 흩뿌린 볍씨들처럼 여기저기에 흩어져 마을을 만들었다. 그래야만 했던 이유와 저간의 사정에 대해 알려지지 않은 어두운 역사가 있었다. 무앙싱 분지 저 끝에, 병풍처럼 막아선 산맥 뒤를 흐르는 메콩강을 거슬러 올라가면 중국 땅이었다. 먀오족이든 누구든 저 강을 따라 남쪽으로 이주했다면 이곳 무앙싱 주변은 그들의 첫 도착지로 볼 수 있었다. 하지만 푸른색과 화포에 대한 기대는 이곳에서 만난 현실 앞에서 멈춰야 했다.

나를 이곳으로 이끈 책《몽족의 바틱H'mong Batik》중 일부분이다. '바틱'은 '밀랍염색'이나 '화포'로 읽었다.

몽족은 18세기에 중국을 떠나 라오스로 왔다. 그들은 산악지대의 작은 마을에 흩어져 살았다. 산비탈의 땅을 개간해 농사를 지었다. 다랑이를 만들어 벼를 심었고 화전을 일궈 옥수수와 호박, 오이와 겨자, 양귀비를 키웠다. 지력이 떨어지면 새로운 곳으로 옮겨갔다. 돼지와 닭 그리고 드물게 소를 키우기도 했다. 현금이 되는 작물은 아편이었다. 산 아랫마을로 내려가 은과 바꾸었다. 아편을 통한 무역은 외부와의 유일한 접촉이었다. 오직 남자의 일이었다. 여성의 장신구를 포함해서 모든 은은 가장의 재산으로 간주되었다.

몽족은 남성 중심의 가부장 사회였다. 농사와 집안의 중요한 일은 남자의 몫이었다. 가족의 구성원들은 가장의 지휘에 따라 모두 농사일에 매달렸다. 몽족 여자는 결혼과 동시에 남편의 가족으로 편입되었고 그 뒤로는 친정 식구를 거의 볼 수 없었다. 낮 동안의 농사일이 끝나도 여자들은 쉬지 못했다. 해가 지면 남자들의 일은 끝나지만 이들의 일은 끝이 없었다. 여자는 숙련된 일꾼으로 키워졌고 결혼한 여자는 그녀의 남편과 부모에게 순종해야 했다. 좋은 성품과 일솜씨는 몽족 여자들에게 가장 가치 있는 덕목이었다.

몽족 여자의 일생에서 자유로운 선택은 한 번뿐이었다. 누구와 결혼할 것인지는 그녀들의 결정에 달려 있었다. 새해 축제는 미혼의 젊은 남녀들이 서로 만나고 사랑할 수 있도록 허락된 공식적인 구애의 시간이었다. 화려하게 장식된 옷을 차려입고 축제가 열리는 곳으로 가서 배우자를 물색했다. 그녀들의 의상은 중국이나 동남아시아의 다른 민족들과는 확연하게 구별되었다. 그녀들이 입었던 의상뿐만 아니라 추상적인 자수 문양과 화려한 장식 그리고 무늬를 넣어 물들인 화포 때문이었다. 저녁이 되면 아름답게 치장한 소녀들이 모여 있는 곳으로 청년들이 찾아와 구애를 했다. 청년의 구애를 소녀가 받아들이면 자연스레 결혼으로 이어졌다.

가족의 의복을 책임져야 하는 여자들은 어려서부터 대마를 기르고 실을 잣는 기술과 천을 짜고 옷을 장식하는 방법을 익혔다. 가장 정성을 들이는 옷은 자신들이 입을 치마였다. 치마는 혼수품이기도 했다. 혼수품으로 가져간 치마의 개수는 친정의 부와 지위의 상징이었다. 결혼 전에 만든 치마는 친정 부모의 소유였다. 결혼을 하면 여자는 부모의 옷을 지었다. 혼수품으로 자신에게 준 치마에 대한 답례로 여겼다. 부모의 옷을 지을 때는 돌아가신 조상의 옷에서 천의 일부를 떼어내 만들었다. 부모가 돌아가셨을 때 입을 옷이었다.

몽족 소녀들은 그녀의 어머니나 다른 여자 친척들로부터 무늬를 베끼거나 십자수 놓는 것을 배웠다. 일감은 크지 않아 어디든 가지고 다닐 수 있었다. 소녀들은 친구와 이야기하면서도 십자수를 놓았고 집안일을 돕는 중에도 바느질을 했다. 서로의 솜씨를 배웠고 자랑했다. 웃고 떠들면서 가장 아름다운 옷을 입고 미래의 배우자를 만날 기대에 부풀었다. 일 년 내내 새해 축제를 기다렸다.

몽족 소녀들이 자라면서 배우는 마지막 기술은 화포를 만드는 밀랍 염색이었다. 기술이 섬세해 배우기가 어려웠다. 자수보다 더 많은 관심과 참을성과 응용 기술이 필요했다. 다른 장식과는 다르게 신속하게 움직여야 하는 일이라 시간이 허락하는 범위 안에서 고도의 집중력이 요구되었다. 다른 기술보다 변수가 많았고 특별한 장비도 필요했다. 옷감과 밀랍, 밀랍을 녹이는 화구와 무늬를 그리는 펜, 그리고 염색에 필요한 물건들이 따로 있었다. 복잡한 무늬와 그것을 기억하는 능력, 그리고 무늬를 그리는 데 필요한 집중력 때문에 화포를 그리고 쪽물을 들이는 작업은 힘들고 외로운 일이었다.

몽족 여인들은 축제에 필요한 새 치마뿐 아니라 매일매일의 농사일에 적합한 옷도 입어야 했다. 어린 딸들은 장식에 필요한 십자수나 놓을 수 있었지 천을 재단해 옷을 짓거나 좁은 주름을 접어 치마를 만들기에는 아직 어렸다. 딸의 치마도 만들어야 하는 몽족 여인에게는 늘 시간이 부족했다. 그래서 마을이나 인근 지역의 솜씨 좋은 이들이 만든 화포나 완성된 치마를 사기도 했다. 배우는 것에 흥미가 있는 여자는 자기만의 섬세하고 아름다운 무늬도 가지고 있었다. 그들은 화포나 치마를 팔아 생계를 꾸리기도 했다. 하지만 대부분의 몽족 여자들은 스스로 만들어 입는 것을 당연하게 여겼다.

의상은 일상생활과 잘 어울렸다. 고산지대의 변화무쌍한 날씨에도 쉽게 적응할 수 있었다. 머리를 감은 장식은 머리카락이 얼굴을 가리는 것을 막았다. 윗옷은 아기에게 젖을 먹이기 쉽게 만들었고 좁은 소매는 들에서 씨 뿌리고 수확하는 일에 유용했다. 주름을 잡아 만든 치마는 왼쪽이 트여 있었다. 가는 띠는 허리를 두 번 두르고 나서 뒤에서 매듭을 묶었다. 허리띠에서 내려온 작은 앞치마가 아래를 덮었다. 행전은 숲의 덤불이나 산길의 돌들로부터 다리를 보호했다. 두발은 중국 상인이 마을을 방문하거나 시장에서 신발을 사서 신을 수 있었던 축제 때를 제외하고는 맨발이었다.

일의 종류와 나이에 따라 옷에 쓰인 재료가 달랐을 뿐 소년들과 소녀들은 같은 스타일의 옷을 입었다. 하지만 머리띠는 달랐다. 아기와 어린아이들은 자수를 놓은 것을, 소년들과 소녀들은 장식이 다른 화려한 모자를 썼다. 아기들은 포대기에 싸여 엄마나 소녀 등에 업혔다. 이 포대기는 몽족 여자들의 치마 이외에 섬세하고 기하학적인 화려한 무늬로 만드는 유일한 물건이기도 했다. 가장 소중한 것에 정성을 들인 화포를 사용했다.

치마를 만드는 일은 매우 까다롭고 개인적인 취향이 강했다. 치마를 만들 때 가장 정성을 들인 부분은 좁게 접은 주름과 화포와 자수로 만든 문양이었다. 외부 세계와의 교류가 늘어남에 따라 다양한 색의 자수용 실이 마을로 들어왔고 화포의 문양도 점차 다채로워졌다. 마음에 드는 치마를 만들기 위해서는 비용이 점점 늘어갔다. 아름다운 치마는 몽족 여자로서는 포기할 수 없는 일이었다. 치마를 다 만들고 나면 주름이 앞뒤로 부드럽게 늘어지도록 조심스럽게 입었다. 입고 나서 몸을 빙그르르 돌리면 맨 아랫단부터 치마가 사방으로 고르게 퍼졌다.

화포의 밑그림은 손으로 짠 삼베나 시장에서 사온 무명에 그렸다. 삼베보다는 무명이 여러 가지 면에서 나았다. 무명은 표면이 매끄러워 밑그림을 그리기가 쉬웠고 밀랍으로 무늬를 그리기에도 편리했다. 무늬도 무명이 삼베보다 깨끗하고 선명했다. 만들어진 치마의 무게도 가벼워서 입고 다니기에도 편했다. 그러나 우기에 비에 젖은 무명 치마는 무거웠다. 무명은 삼베보다 비용이 많이 들었기 때문에 무명 화포는 치마 아랫부분에만 사용되었다. 1970년대까지 라오스에서 무명으로만 치마를 만드는 일은 매우 드문 경우에 속했다.

무늬의 소재는 몽족의 일상생활에서 나왔다. 호박꽃과 고양이 발자국, 또는 동전과 이빨 모양의 산들과 달팽이 등껍질과 비슷해 보이는 기하무늬를 천에 그렸다. 어려서는 어머니나 친척 여인들에게 배운 무늬를 정확하게 따라 그렸지만 밀랍을 다루고 그리는 기술이 익숙해지면 자신만의 무늬를 만들기도 했다. 쪽으로 푸른색을 염색하는 과정은 치마에 밀랍으로 그림을 그리는 것만큼 오랜 시간이 걸렸다. 염료는 대부분 각자 집에서 만들었지만 이웃집이나 시장에서 사다가 쓰기도 했다.

집집마다 염색에 필요한 커다란 나무통을 가지고 있었다. 쪽이 알맞게 자라면 베어 나무통 안에 물과 함께 넣고 쪽물을 우려냈다. 우려낸 쪽물에 석회를 넣어 힘차게 저었다. 석회는 쪽 염색에서 없어서는 안 되는 중요한 것이었다. 그래서 몽족 여자들은 석회석을 '염색을 돕는 돌'이라고 불렀다. 특별한 곳에서만 구할 수 있는 희고 푸른빛이 도는 돌을 불 속에 넣어 흰색이 될 때까지 구웠다. 뜨겁게 달궈진 돌을 찬 물 속에 집어넣으면 가루처럼 부서지고 녹아 가라앉았다. 석회가루는 건져내 굵은 대나무 통에 넣어 보관했다.

리 항Ly Hang은 쪽물이 담긴 항아리에 몸을 기울이고 바닥까지 닿도록 석회가루를 젓던 어린 시절의 기억이 즐겁지만은 않았다. 석회를 넣고 한참을 저으면 물색은 탁해지고 천천히 거품이 일었다. 리 항은 석회를 넣고 젓는 일이 힘들었다. 석회는 쪽물로부터 색을 끌어내 아름답고 짙은 푸른색으로 바꾸었다. 며칠이 지나면 염료는 항아리 아래에 가라앉았다. 리 항의 어머니는 이것을 "색이 항아리 아래서 잠을 잔다"라고 했다. 항아리 바닥에 가라앉은 염료는 곧바로 사용하거나 석회가루와 마찬가지로 대나무 통에 넣어 건조시켰다. 대나무는 코끼리 다리보다 굵어서 '코끼리 대나무'라고 불렀다. 리 항의 손과 팔뚝에는 늘 푸른 쪽물이 들어 있었다. 그녀는 몸 이곳저곳에 물든 쪽물을 삼베에 흙을 발라 벅벅 문질렀지만 쉽게 지워지지 않았다.

밀랍으로 무늬를 그린 천을 익은 쪽물이 가득한 통에 넣어 물을 들였다. 리 항도 어머니 옆에서 염색을 보고 배웠다. 물을 들일 때는 밀랍이 천에서 떨어져 나가지 않도록 조심해야 했다. 천 여러 개를 한꺼번에 염색하기도 했다. 그런 다음 천을 햇볕 아래 조심스럽게 펴고 살펴본 다음 밀랍이 떨어지지 않게 말렸다. 다시 담그기를 반복해서 천의 밝은 부분이 모두 사라지고 완전히 진하게 될 때까지 계속했다. 어머니는 이웃 여자들과 여럿이 모여 염색을 했고 보통 사나흘을 넘기기도 했다. 충분히 진하게 물이 들면 햇볕에 닷새에서 열흘 동안 말렸다. 그래야 색이 쉽게 변하지 않는다고 했다.

물을 끓여 밀랍을 녹인 다음 두벌 염색을 하는 경우도 있었다. 그러면 흰 문양이 밝은 하늘색으로 변했다. 하지만 리 항의 어머니는 좀 더 복잡한 과정을 거쳐 두벌 염색을 했다. 밀랍을 제거한 흰 부분의

가장자리를 따라 두 개의 가는 선으로 밀랍 그림을 그리고 다시 쪽물을 들였다. 두 번째 그린 밀랍을 제거하면 어두운 청색 바탕 위에 흰색과 하늘색의 무늬가 나타났다. 푸른색이 한층 다채로워지는 방법이었다. 이런 경우에는 아주 섬세한 능력이 필요했다. 시간과 정성이 많이 들었고 특별한 예술적 감성을 필요로 하는 힘겨운 작업이었다.

책의 저자 중 한 사람인 리 항은 현재 미국에 살고 있다. 그녀는 몽족 중에서도 푸른 몽족Blue H'mong이라고 했다. 리 항은 피난민의 신분으로 미국으로 건너온 몽족 여성들을 모아 수공예조합을 만들었으며 몽족의 전통 무늬를 넣은 옷을 새롭게 디자인해 시장에 선보이고 있다고 소개하고 있다. 책은 몽족의 간단한 역사와 바틱의 기법 그리고 몽족 여성들이 현지에서 그녀들의 전통 복장을 최근에 어떻게 발전시키고 있는지를 설명하고 있을 뿐 왜 몽족과 그녀들이 낯선 미국으로 가야 했는지에 대해서는 아무런 언급이 없었다. 더구나 피난민의 신분이라고 했다. 그들에 대해 모르는 것이 너무 많다. 무앙싱의 거리나 시장 모퉁이에도 구이저우 첸둥난에서 보았던 그녀들이 있었다. 한눈에도 평지의 도시가 아닌 어디 먼 곳에서 온 사람들. 그들이 몽족인지 아니면 내가 알지 못하는 어느 소수민족의 여자들인지도 몰랐다. 마치 순간의 환영처럼 잠깐 나타났다가 어디론가 사라지는 여인들. 대체 몽족들에게 무슨 일이 있었던 것일까…….

● 무앙싱의 거리나 시장 모퉁이에도 구이저우 첸둥난에서 보았던 그녀들이 있었다. 한눈에도 평지의 도시가 아닌 어디 먼 곳에서 온 사람들. 그들이 몽족인지 아니면 내가 알지 못하는 어느 소수민족의 여자들인지도 몰랐다. 마치 순간의 환영처럼 잠깐 나타났다가 어디론가 사라지는 여인들. ⓒAlamy

가려움

사내는 내가 숙소 2층으로 올라갈 때 난간에 엎드려 사진을 찍고 있었다. 눈인사를 건넸다. 석양이 그의 대머리를 비췄다. 나는 손을 가볍게 흔든 뒤 방으로 들어가 풋잠을 잤다. 잠에서 깨어나니 밖은 이미 어둠이 고이기 시작했고 들판이 보이는 식당에 앉아 저녁과 맥주를 주문했다. 등을 보이고 앉아있던 남자가 고개를 돌렸다. 사진을 찍던 그였다. 그가 내 자리로 건너왔다. 쏘아보는 눈동자를 가졌다. 함께 맥주를 마셨다. 노란 솜털이 가득한 팔뚝이며 얼굴이 마치 바닷가를 다녀온 양 불그레했다. 레오Leo는 그의 애칭이다. 밀림의 왕자 레오. 그는 점심 무렵에도 이 식당에 혼자 앉아 시간을 보내고 있었고 들과 이어진 길을 걷는 나를 보았다고 했다.

"나는 몽족을 찾아 이곳으로 왔어."

"몽족은 왜?"

"바틱이라고 알아? 푸른 염색?"

"……모르겠는데."

"무앙싱에서 어딜 갔었어?"

"……여행사."

"어때?"

"비슷해. 지저분한 곳에서 자고, 미지근한 맥주 마시고, 그리고…….”

“아편?”

이곳에 오기 전에 들은 말이 있었다. 무앙싱은 잘 알려진 관광지가 아니었다. 여행사의 가이드를 동반하고 산속 소수민족 마을로 이어지는 루트를 따라 걷는 트레킹이 거의 유일했다. 그런데 숙박을 하는 마을에서 은밀한 거래가 있다고 했다. 이곳을 일부러 찾는 여행자들 사이에서는 공공연한 비밀이었다. 레오는 더 이상 말이 없었다. 하긴 대마나 마약을 구분조차 못하는 내게 더 알려줄 말도 없었을 것이다. 내가 먼저 침묵을 깼다. 무슨 이유로 라오스에 오게 되었고, 왜 이곳 무앙싱에 있는지를 그에게 푸념하듯 늘어놓았다. 푸른 쪽 염색에 대해, 화포에 대해, 그리고 중국의 먀오족과 이곳 라오스의 몽족의 관계에 대해서도……. 그리고 네가 아편을 찾아 여기에 왔듯이 나는 몽족의 화포를 보려고 왔다고, 그게 무슨 차이가 있느냐고 하자 레오는 알 듯 모를 듯 야릇한 미소를 지었다. 레오가 말을 이었다.

“네가 찾는 것이 어느 곳엔가 있을 수 있겠지. 하지만 너 혼자서는 그곳에 가지 않는 것이 좋아. 가이드가 아니면 갈 수도 없고 또 위험해. 어쩌면 내가 묵었던 마을보다 더 깊숙한 곳으로 가야 찾을 수 있을 거야. 그리고 이제는 그곳에 사는 사람들도 여기와 다르지 않아. 모두 시장에서 산 평범한 옷을 입는다고. 또 모르지, 내가 알아보지 못했을 수도 있으니까. 어쨌든 내 말은 거기에 너 혼자서는 가지 않는 게 좋겠다는 거야.”

레오는 차앙마이에서 만난 몽족 남자 보딘과 같은 말을 했다.

“어쨌든 나는 몽족과 그녀들의 화포를 보았으면 좋겠어.”

“원한다면 그래야지. 그런데 꼭 여기여야만 해? 태국에도 있잖아.”

“……난 태국이 아닌 라오스의 몽족을 보고 싶어.”

"젠장!"

레오가 가방을 연다. 보이차를 우리는 다구가 들어 있다. 신기한 자로군. 새 신발도 몇 켤레 보인다. 참 알 수 없는 자로군. 이 오지까지 미니 스피커를 가지고 다니는 백팩커라니. 그가 노트북을 꺼낸다. 레오의 직업은 웹디자이너. 인터넷으로 주문을 받고 작업을 마치면 다시 인터넷으로 보낸단다. 나는 알 듯 모를 듯했다. 아무튼 그는 움직이면서 일을 하는 중이고 당분간 집으로 돌아갈 계획은 없단다. 부러운 인생이다. 인터넷을 뒤져 뭔가를 찾는 레오. 그가 노트북을 통째로 건네며 말한다.

"봐. 라오스의 몽족. 맥주 더 마실래?"

레오가 방을 나가고 나는 그가 찾은 문서를 살폈다. 화포에 대한 내용은 없었다. 대신 《몽족의 바틱》을 쓴 몽족 여인 리 항이 왜 현재 미국에 살게 되었는지를 짐작할 수 있는 쓰라린 몽족의 근대사가 있었다. 전쟁이었다.

제2차 세계대전 이후 라오스는 고난의 역사였다. 프랑스가 물러난 인도차이나에 새로 발을 들인 나라는 미국이었다. 라오스와 베트남도 마찬가지였다. 두 나라는 남과 북으로 나뉘어 내전 중이었다. 북부 산악지역은 공산군이 점령하고 있었다. 알다시피 미국은 라오스 왕정과 호찌민이 이끄는 북베트남에 대항하던 남베트남을 지원했다. 베트남에서 미국은 고전을 면치 못했다. 북부 라오스에서 베트남으로 이어지던 지역이 문제였다. 흔히 '호찌민 루트'라 불리던 곳이었다. 그곳을 통해 베트남으로 무기가 유입되었다. 미국은 이곳에 무차별 폭격을 가하고 비밀리에 특수부대를 들여보냈다. 그곳 산악지대를 중심으로 몽족이 모여 살았다. 미국은 그들을 필요로 했다. 호전적이며 험준한 산에 익숙한 몽족 남자들을 훈련시켜 라오스 공산군과 북베트남군에 대항하는 작전이었다.

미국은 베트남에서 패해 철수했다. 라오스와 베트남 모두에 공산 정부가 들어섰다. 미국의 원조를 받던 몽족들은 산속에 버려졌다. 몽족에게 비극이 시작되었다. 미국의 지원을 받아 자신들에게 대항하던 몽족을 새로 들어선 공산 정부가 가만 놔둘 리 없었다. 그들에 대한 보복이 잇달았다. 몽족은 목숨을 건 피난길에 올랐다. 메콩강을 건너 태국의 난민수용소로 도망가거나 정부군이 찾지 못하는 더 험한 산속으로 들어갔다. 그렇게 뿔뿔이 흩어지거나 죽임을 당했다. 대부분 남자들이었다. 이때 죽은 몽족이 수십만이 넘었다. 난민수용소에 머물던 피난민들은 이후 미국이나 캐나다, 혹은 프랑스로 건너갔다.

비극이었다. 몽족이 무슨 이유로 중국 땅에서 이곳으로 이주했는지는 확실하지 않았다. 한족 정부가 부과하는 무거운 세금을 감당할 수 없었다고도 했고, 척박한 땅을 떠나 생존에 유리한 곳을 찾아 남쪽으로 왔다는 말도 들렸다. 그것이 몽족만의 경우도 아니었다. 떠나온 곳은 저마다 달랐지만 평지가 아닌 험준한 산악지대에 사는 대부분의 소수민족이 같은 처지였다. 자신의 땅에서 쫓겨나거나 떠나온 자들의 삶이 순탄할 리 없었다. 떠나온 자들은 새로 도착한 곳에서도 뿌리를 내리기 쉽지 않았다. 어느 날 갑자기 자신들의 터전으로 밀려들어온 이주민을 환영할 토착 민족이 있었을까. 그런 그들이 또다시 쫓기는 신세가 되어 죽거나 머나먼 대륙으로 뿔뿔이 흩어졌다. 쫓겨 내려온 곳에서 다시 쫓기는 신세, 몽족이 그랬다.

레오가 방문을 열고 들어서며 물었다.

"뭘 좀 찾았어?"

"……모르겠어."

여행사에 들어서서도 몽족 마을로 갈지 말지를 고민했다. 가서 무엇을 보게 될지 알 수 없었고 자신도 없었다. 그동안 몽족 마을을 두 군데 들렀고 노생 소리를 들었고 숱한 곳에서 화포를 만났다. 그러면 됐지 싶었다. 내 흔들리는 눈빛을 읽은 여행사 직원이 새로운 제안을 했다. 몽족 마을에 갈 수도 있지만 그곳에서 쪽 염색을 볼 수 있는 확률이 거의 없다며 대신 란텐족Lanten 마을을 추천했다. 그곳에선 내가 원하는 것을 볼 수 있을 거라고 그는 확신했다. 그의 말에는 몽족이 아닌 푸른 쪽 염색에 방점이 찍혀 있었다. 원한다면 란텐족 마을에서 돌아오는 길에 몽족의 마을에 잠깐 들를 수도 있다고 했다. 그러니까 차를 빌리는 값은 몽족이 아니라 쪽 염색을 보여주는 조건이었다. 레오가 어깨를 으쓱했다. 그래, 가자!

길은 가는 내내 덜컹거렸다. 먼지가 날렸고 밀림을 지나듯 바나나 농장이 끝이 없었다. 중간에 내려 점심을 먹었다. 운전사는 찹쌀밥과 반찬 한 개가 전부였다. 한참을 달려 란텐족 마을에 닿았다. 계단식 산비탈에 마을이 위태로웠다. 처음 찾았던 먀오족 마을 바사와 닮아 보여 잠시 걸음을 멈추기도 했다. 하긴 비탈에 자리 잡은 마을이 어디 여기뿐일까. 마을 가운데로 난 길을 따라 들어갔다. 얼마 가지 않아 볕에 마르고 있는 천이 눈에 들어왔다. 짙푸른 쪽색이었다. 도시의 공방이 아닌 가정집에서 물을 들이는 광경은 처음이었지만 설렘도 흥분도 일지 않았다. 푸른 염색

● 마을 가운데로 난 길을 따라 들어갔다. 얼마 가지 않아 볕에 마르고 있는 천이 눈에 들어왔다. 짙푸른 쪽색이었다. 도시의 공방이 아닌 가정집에서 물을 들이는 광경은 처음이었지만 설렘도 흥분도 일지 않았다. 푸른 염색이 남아있는 것이 반갑기는 했다. 무슨 일인지 몽족의 화포와 유사한 것들이 보이기도 했지만 그뿐이었다.

이 남아있는 것이 반갑기는 했다. 무슨 일인지 몽족의 화포와 유사한 것들이 보이기도 했지만 그뿐이었다. 드문 경우지만 간혹 마을을 찾는 외지인도 있다고, 얼마 전 일본인 부부가 이곳을 다녀갔다고 운전사가 귀띔을 했다. 그녀들은 물들인 천을 팔았고 대나무로 만든 종이도 권했다. 이들의 조상도 중국의 어느 곳에서 이곳으로 왔을 것이라고 했다. 천 대신 종이 몇 장을 샀다.

서둘러 마을을 빠져나와 들른 몽족 마을은 오히려 편안했다. 아니, 결혼식이 열렸던 마을이나 노생 소리를 들었던 마을이나 내 눈에는 그곳이 그곳 같았다. 내가 몽족의 고단한 과거의 시간에 대해 듣지 못했다면 오히려 좋았을지도 모르겠다는 생각이 들었다. 이곳 몽족의 마을은 내가 처음 찾아간 구이저우의 먀오족 마을들보다 아늑했고 부드러웠고 무엇보다 햇볕이 잘 들었다. 산길이 가파르지도, 사흘이 멀다고 비를 뿌리지도 않을 것 같았다. 이들이 비열한 전쟁의 희생물이 되어 또다시 쫓기는 신세가 되지 않았다면 남쪽으로 온 것은 잘한 선택이라고, 이들과 아무 상관도 없는 내게 스스로 위로를 보냈다. 숙소로 돌아온 레오는 어둡기 전에 떠났다. 나는 혼자 남았다. 그날 저녁 나는 많이 취했다.

타려던 버스도, 그다음 버스도 출발하지 않았다. 이유는 간단했다. 승객이 차지 않아서였다. 늘 정해진 시간이 되면 출발하는 버스에 익숙한 나는 당황했다. 어제 미리 예매표를 구하던 내게 매표소 직원이 그랬다. 내일 오라고, 상황은 내일이 되어야 아는 것이라고. 나는 그의 말을 이렇게 이해했다. "내일 그 버스를 타야 하는 사람은 너뿐이 아니라고. 꼭 타야 한다면 남들보다 일찍 와서 표를 사." 그럴지도 몰랐다. 미리 표를 예매하는 것은 공정하지 않은 일이었다. 적어도 이들은 그렇게 생각하는 것 같았다. 이곳을 떠나야 할 이유가 그들보다 내가 더 절박하다고 말할 자신은 없었다. 그러나 오늘은 이유가 달랐다. 좌석은 남았지만 출발해도 되는 적정 수의 승객이 모자랐다. 누군가 그 자리를 채워야 떠날 수 있는 것이다. 언제가 될지 누구도 알 수 없었다.

승객이 차고 운전사는 힘차게 시동을 건다. 버스가 서고 사람이 내리고 지붕 위에 짐을 싣는지 한참을 길가에 서 있다. 나는 왜 이곳 무앙싱이 몽족의 고향일 거라고, 이곳에선 당연히 푸른 천과 화포를 볼 수 있을 거라고 내 멋대로 확신했을까. 알 수 없었다. 늙은 개 한 마리가 담벼락 아래 앉아있었다. 가려운지 힘껏 고개를 돌려 꼬리와 엉덩이 주위를 이빨로 잘근잘근 씹어댄다. 짧고 격렬한 동작을 반복하지만 성에 차지 않는지 이번에 반대쪽으로 빠르게 고개를 비튼다. 몸이 활처럼 둥글게 휜다. 목덜미와 등 여기저기에 털이 듬성듬성 빠진 늙은 개는 발악하듯 몸을 뒤챈다. 몸 이곳저곳을 흙바닥에 문지르지만 가려움은 더해가는 모양이었다. 가려움의 자리까지 이빨도 몸부림도 가 닿지 않았다. 나도 그럴까, 나도 손이 닿지 않는 가려운 곳이 있을까. 미친듯이 격렬하게 긁어도 사그라들지 않는 가려운 곳이. 버스가 고약한 소리를 내며 몸체를 부르르 떨었다.

움직이는 분홍빛 복사꽃 숲

서둘러 터미널에 나온 것은 변화무쌍한 교통상황에 발 빠르게 대처하려는 나름의 대책이었다. 이곳 사람들처럼 부지런히 터미널로 가 버스표를 사는 것이 최선이었다. 사람은 보이지 않고 짐 보따리만 잔뜩 쌓인 승차장과 어디 먼 길을 나서려는 한 무리의 가족이 나보다 먼저 도착해 있다. 일없이 어슬렁거리던 말라빠진 개들이 코를 킁킁거리며 다가온다. 흰 분필로 쓴 노선별 시간표가 초등학교 칠판 같다. 오늘은 국경을 넘어 베트남의 디엔비엔푸Dien Bien Phu로 갈 것이다. 출발시간은 아직 여유가 있다. 시원한 물도 한 병 사고 가벼운 마음으로 매표구에 행선지를 말한다. 그런데 버스표가 없단다. 버스표가 없다니! 다시 한 번 목적지를 또박또박 말해보지만 매표원은 작은 유리 창구를 닫고 나와 버스로 올라가버린다. 큰일이다. 그녀를 쫓아간다.

버스 안은 벌써 승객으로 만원이다. 차 안을 기웃거려 보지만 발 디딜 틈이 없다. 언제는 사람 수가 모자라서 못 가고 오늘은 표가 없단다. 다음 차는 네 시간 뒤에나 있었다. 지붕 위에도 짐을 묶는 중이다. 이들은 대체 언제 와서 표를 끊고 버스에 올랐단 말인가. 그럴 수만 있다면 지붕에라도 올라타서 가고 싶은 심정이다. 버스 기사와 검표를 마치고 차에서 내리는 매표원을 번갈아 쳐다보지만 둘 다 눈길도 주지 않는다. 매정한

자들이로군. 매표소로 향하는 여자를 또 줄레줄레 따라가보지만 여자는 돌아서서 "없어"라고 말하고는 싱긋 웃기까지 한다. 야속한 자로군. 진정 방법이 없다는 말인가. 물을 벌컥벌컥 마신다. 그놈의 비루먹은 개가 또 다시 다가온다. 들고 있는 튀김 때문이다. 물병을 들어 녀석의 이마를 갈긴다. 저리 가! 내 처지가 저놈들보다 나을 게 없다. 그때 누군가 어깨를 가볍게 톡톡 두드린다. 아…… 눈길도 주지 않던 버스 기사다.

기사가 내 자리를 가리킨다. 맨 앞자리 좌석과 좌석 사이 통로다. 접이식 간이 의자가 놓였다. 옆자리 의자 밑에 배낭을 구겨 넣고는 차 안을 둘러본다. 차 안의 승객은 어림잡아도 평균연령이 이십 대를 조금 넘겠다. 내가 평균을 까먹었다. 이제야 옆자리 사람들이 보인다. 젊은 부부와 어린 여자아이이다. 사내와 어깨가 가끔 부딪친다. 그는 사람 좋은 웃음을 짓고 나는 안도의 한숨을 내쉰다. 에어컨은 없다. 활짝 열어젖힌 창문으로 바람이 간혹 거세다. 길은 성난 소 등에 탄 것 같다. 엉덩이로 길바닥의 요철이 고스란히 전해진다. 물을 마시려 의자에 몸을 기댄다. 순간 등받이가 훽 하고 뒤로 넘어간다. 물이 얼굴을 정통으로 때린다.

오래도록 비가 내리지 않았는지 흙길은 먼지투성이다. 아니나 다를까 커다란 트럭이 맞은편에서 달려오자 먼지가 누런 구름같이 뭉게뭉게 일어난다. 버스가 멈추고 먼지가 가라앉기를 기다린다. 먼지를 마시며 길을 간다. 네 시간을 기다렸어도 이 길을 지나가야 했을 것이다. 한시라도 빨리 이 먼지를 마시는 게 그나마 다행이라면 다행이다. 꽃가루 같은 먼지가 사내의 머리카락과 콧등에도 살포시 내려앉았다. 나도 그럴 것이다. 고정되지 않은 등받이는 자꾸만 뒤로 넘어가는 중이다. 차라리 몸을 앞으로 숙인다. 길가 나무와 풀들도 먼지를 더께로 뒤집어써 제 색을 잃은 지 오래다. 여자아이는 까무잡잡한 엄마 목을 끌어안고 물끄러미 나를 본다.

볼이 복숭아처럼 붉다. 나는 머리를 무릎에 파묻는다. 붉은 복숭아와 붉은 볼. 시간을 견디는 중이다.

버스 안은 생기 가득한 웃음소리로 왁자지껄하다. 누런 먼지로 한 끼 식사라도 나눠 먹은 사이처럼 스스럼이 없다. 나도 좌석 등받이를 한 손으로 붙잡고 좁은 창문을 바라다본다. 짐작하기 어려운 시절의 풍경이 말없이 지나간다. 모내기를 하는 농부의 등이 보이고 쟁기를 끄는 활처럼 휜 물소의 뿔도 보인다. 가난해도 평화로울 수 있을까. 평화는 어디서 오는지 풍경은 말이 없다. 운전사가 카세트 볼륨을 높인다. 얼마 전 결혼식장 춤판에서 독한 술에 취해 듣던 그 노래다. 소녀들도 소년들도 노래를 따라 부른다. 등 뒤의 남자는 아예 눈을 감고 목청을 돋운다. 국경을 넘는 버스가 노래방처럼 들썩인다. 차가 덜컹이면 노랫소리도 덜컹인다. 나도 노래를 흥얼거린다. 생면부지의 사람들과 노래로 하나가 되어간다.

필립Phillip은 예순이 넘은 프랑스인이다. 숙소에는 그와 나 단 둘이었다. 농부라는 말에 우리는 신속히 가까워졌다. 프랑스 남부 툴루즈에서 올리브와 오렌지를 기른다고 했다. 나는 막 라오스에서 베트남으로 왔는데 그는 며칠 이곳에 머물다 라오스로 간다고 했다. 우리는 근처 식당으로 들어가 국수를 시켰다. 그의 의견은 묻지도 않고 곤달걀을 고명으로 올린 쌀국수를 주문했다. 그는 채식주의자라고 했다. 잘게 찢은 닭고기를 옆으로 밀어가며 면을 들어 올린다. 옆자리 베트남 청년들이 우리에게 다가와 술을 따르고 돌아간다. 뜬금없다. 필립과 나는 간간이 서로의 여행에 대해 묻는다. 청년 하나가 또 왔다. 술을 권하는데 냄새만으로도 짐작

● 비 내리는 새벽 거리에 꽃시장이 섰다. 복사꽃이다. 채 걷히지 않은 어둠과 안개 탓에 거리는 분홍색 점묘화 같다. 어린 가지에서 등걸에 푸른 이끼가 낀 고목까지 곧 팔려나갈 나무가 새벽의 안개 낀 거리에 나앉아 있었다.

이 간다. 라오스의 독주 '라오라오'를 베트남에서 마실 줄은 몰랐다. 설이 다가오고 있어서였을까, 술 인심 하나는 좋았다. 필립은 내 이야기를 듣다가 자신이 사는 툴루즈도 쪽 염색으로 이름이 났었고 그것으로 부를 쌓은 도시라고 했다. 식당 입구에 활짝 핀 꽃나무가 서 있었다. 그는 크리스마스트리 같다며 웃었다. 밑동이 잘린 복사나무였다.

비 내리는 새벽 거리에 꽃시장이 섰다. 복사꽃이다. 채 걷히지 않은 어둠과 안개 탓에 거리는 분홍색 점묘화 같다. 어제 식당에서 본 그 꽃나무들이 길 양편으로 늘어선 것이 여느 묘목 시장과는 달라도 한참 달랐다. 어린 가지에서 등걸에 푸른 이끼가 낀 고목까지 곧 팔려나갈 나무가 새벽의 안개 낀 거리에 나앉아 있었다. 가까이 보면 꽃잎은 색도 크기도 모양도 제각각이다. 밤새 나무를 지키고 있었는지 허름한 천막에서 사내가 나와 시든 꽃잎을 떼어낸다. 뿌리째 파내 가져온 것도 있다. 설이 다가오는 지금이 제철인가 보다. 집집마다 상점마다 복사꽃을 산다. 꽃나무를 파는 어른들은 그나마 나았다. 차가 있으면 차에 실었고 오토바이가 있으면 뒷자리에 실었다. 자전거도 있었고 수레도 있었다.

아이들은 이른 새벽부터 산길을 내려와 꽃나무를 팔러 도시로 왔다. 그게 새해를 맞는 돈벌이였다. 이곳 아이들에게 설은 그랬다. 안개가 좀 걷히자 이제 막 피어나는 꽃과 이미 흐드러지게 피어 오늘 안에 팔지 못하면 낭패를 볼지도 모를 나무를 들고 이동하는 행렬들이 장관이다 못해 내겐 낯설기 그지없는 광경이다. 안개 탓이었겠지만 나무들이 공중에 둥둥 떠가는 듯했다. 사내아이들은 여자아이들보다 흥정에 서툴렀다. 여자아이들이 가게 문을 열고 안으로 들어가면 사내아이들은 가게 앞에 나무를 내려놓고 주인이 나오기를 기다린다. 문이 열리자 우르르 모여드는 복사꽃들. 아이들 손엔 지폐 몇 장이 쥐어졌고 친절한 주인을 만나 팔린

나무는 문 앞에 보초처럼 서서 꽃을 피웠다. 꽃나무를 판 아이는 집으로 돌아가지 않았다. 아직 팔지 못한 나무를 나누어 들고 도시의 골목을 기웃거린다. 안개 속을 어린 게릴라들처럼 쪼르르 몰려갔다 서기를 반복한다. 움직이는 분홍빛 복사꽃 숲.

거리의 승냥이들

"너를 끝까지 따라갈 거야!"

스토커도 아니고 그렇다고 느닷없이 이별의 말을 내뱉는 연인끼리의 대화는 더더욱 아니다. 사파Sapa는 벌써 여러 날째 안개에 푹 파묻혔다. 발끝도 보이지 않는 거리에서 오늘도 분주하게 쏘다니는 이들이 있다. 다름 아닌 몽족의 여인들이다. 그녀들이 이 깊은 산비탈의 도시 사파 거리의 주인공이다. 도시를 병풍처럼 둘러싼 산이 그들의 마을이다. 이곳은 몽족의 땅. 매일 어둠이 가시지 않은 산길을 걸어 사파의 거리로 온다고 했다. 그녀들은 거리 곳곳에 무리를 지어서 어슬렁거린다. 처음엔 그저 산마을에서 시장에 물건을 팔러 온 사람들이겠거니 여겼다. 그런데 그게 아니었다. 그녀들은 주로 고급 호텔이나 이름난 식당 앞에서 진을 쳤고 그곳에서 나오는 외국인 관광객을 기다렸다. 마치 먹잇감을 노리는 승냥이들처럼 입구에 앉아 나오는 자들과 거리를 오가는 자들을 예의주시했다. 그러다 먹잇감이 나타나면 지체 없이 달려들었다. 등에 업은 어린아이는 그들에 대한 협박용이자 연민을 구하는 데 필요한 장치였다. 영리한 소녀는 베개로 대신했다.

자기들끼리는 무슨 규칙이 있어 보였다. 먹잇감의 국적과 연령과 성별, 그리고 노련한 장사꾼만이 파악할 수 있는 성공 가능성까지 예상하고 순서를 배치하고 있는 듯도 했다. 집요했다. 곁에 착 달라붙어 상대방이 말할 틈을 주지 않는다. 물론 자기가 가지고 있는 상품을 소개하는 동안만이다. 침묵도 견디기 어려워진 상대가 아주 짧은 대답이라도 하면 바로 이때다 싶어 갖은 질문 공세를 퍼붓는다. 순서는 대략 일정하다. 어느 나라서 왔느냐, 이름이 뭐냐, 어딜 가느냐, 내가 안내해줄 수 있다 등등. 상대방이 싫은 내색을 보여도 개의치 않는다. 그 정도쯤이야 하는 표정이다. 어떨 땐 오히려 조금씩 화가 오르기를 기다리기도 한다. 기분이 좋아서든 아니면 귀찮아서 떼어내고 싶어서든 먹잇감에게서 빨리 반응이 오면 일단 문이 열린 것이다. 그들이 바라는 바다. 돈을 받고 손에 쥔 물건을 건네주면 그것으로 끝. 새로운 먹잇감을 찾아 뒤도 돌아보지 않는다.

이곳저곳을 옮겨 다니는 승냥이가 나이 어린 쪽이라면 나이 지긋한 이들은 번화한 거리에 자리를 잡고 앉아서 영업을 한다. 나이가 나이인지라 드세지는 않지만 그녀들의 무기는 노련미다. 아무나 물어서 기운을 빼지 않는다. 적재적소에 필요한 만큼의 힘을 기울인다. 연륜에서 묻어나는 여유로움도 지녔다. 자질구레하게 잔챙이를 물고 늘어지는 젊은 승냥이들과는 차원이 다르다. 고정된 자리를 차지하고 있으니 보여줄 수 있는 물건의 품격에서도 현격하게 차이가 난다. 고작 조잡한 팔찌 정도가 아니다. 그녀들은 값이 나가는 큰 미끼를 펼쳐놓고 큰 먹잇감이 나타나기를 느긋하게 기다린다. 조급하게 지나는 길손들을 탐색하는 대신 이마에 헤드랜턴을 밝히고 조용히 실을 잣거나 수를 놓는다. 제집인 듯 고요하다. 나도 한참을 어슬렁거리며 그녀들의 큰 수완을 보고 싶었지만 기회가 오질 않는다. 그녀들의 눈은 정확하다. 난 그저 잔챙이에 불과하다.

하루에도 몇 차례 거리를 나선다. 딱히 할 일이 없어서다. 안개 때문이다. 방을 나서 숙소 주인의 어린 두 딸이 줄넘기하는 것을 세어보거나 일꾼들이 무거운 난 화분 나르는 것을 참견하기도 한다. 주인 남자는 오토바이를 타지 않을 거냐고 묻는다. 이 안개와 추위에 오토바이가 웬 말인가. 길바닥은 질척이고 미끄럽다. 그도 안개 탓에 그냥 떠보는 말일 것이다. 대꾸할 마음도 없다. 타고 싶으면 댁이나 타시지요. 어디로 갈까나. 반기는 곳은 없고 잘못 눈이 마주쳤다가는 그 야차 같은 승냥이들이나 만나기 십상이다. 볼 것 많고 넓은 도시에 몸 둘 곳이 마땅찮다. 정말 빌어먹을 안개다. 안개는 파도처럼 부드럽게 물결을 일으켜 순식간에 거리의 모습을 바꾼다. 흔하디흔한 거리의 점포들 중 하나가 마사지 숍이다. 웬일인지 그 앞에서 화롯불이 타오른다. 손가락이 곱아오는 중인데 곁불이라도 쬐면 금상첨화다 싶어 얼른 자리를 잡고 앉는다.

마사지 아가씨가 말을 건다. "너 한국 사람인 거 다 알아." 불 쬐러 왔다가 점쟁이를 만나다니. "다 티가 나." 대답 대신 내 모양새를 살핀다. 뭐가 다르다는 건지. "나 한국 팝핀댄스Poppin Dance 좋아해." 이건 또 무슨 뚱딴지같은 소린가. 갑자기 장난기가 발동한다. "지금 보여줄 수 있어? 여기서?" 어이없는 얼굴로 웃는 마사지 아가씨. 불을 쬐다 말고 몸을 일으키더니 골반을 털고 어깨와 손목의 관절을 로봇처럼 꺾어 가게 안으로 쑥 들어간다. 어이없이 당해버린 것 같은 이 기분은 뭔가. 어느새 빈자리를 비집고 다가온 검은 그림자, 노련한 승냥이다. 그녀도 손이 시렸나 보다. 말없이 쪼그리고 앉아 손을 녹인다. 활활 타오르는 불길 속으로 순식간에 손을 넣었다 빼는 여자. 역시 노련하군. 손등엔 주름이 가득하고 손가락 끝엔 알 수 없는 붉은 물이 들었다. 내가 손가락 끝을 만지작거려도 전혀 개의치 않는다. 나는 처음으로 '그녀들'의 손을 만진다.

"나 몽족이야."

진즉에 알고 있었다. 그랬는데, 그녀가 내 옆에 자리를 잡고 앉을 때부터 알고 있었는데 막상 그녀의 입에서 그 소리가 나오자 나는 어쩐 일인지 귀가 멍해졌다. 그녀들을 찾아, 그녀들의 푸른색과 화포를 보려고 여기까지 오기는 했는데, 이렇게 코앞에서 마주보며 말을 주고받을 줄은 생각도 못했다. 젊은 아가씨의 느닷없는 팝핀을 보고도 당황하지 않았는데 늙은 몽족 여인 앞에서 나는 어쩔 줄 모른다. 새벽부터 저녁까지 거리의 삶이 그녀들의 일상이다. 햇살이 사라진 습한 거리는 추위가 뼛속까지 스민다. 종일 이 거리에서 먹잇감을 기다리려면 따뜻한 오리털 파카가 제격이지만 그녀들은 울긋불긋 어머니로부터 입어온 옷을 포기하기 어렵다. 그래야 무엇 하나라도 더 팔리기 때문이다. 그녀가 나무를 흔들어 불길을 돋우고 낡은 초록색 신발을 벗어 언 발을 녹인다. 얼굴을 마주한 그녀는 더 이상 노련하고 교활한 늙은 승냥이가 아니었다. 주위 어디서나 흔히 볼 수 있는, 눈빛이 부드럽고 미소가 환한 중년의 아낙일 뿐. 안개 속에서 연인에게 속삭이듯 달콤한 목소리가 들린다.

"헤이! 쇼핑?"

오늘은 할머니와 손녀가 한 조를 이뤘다. 먹잇감은 키가 큰 금발의 여자 둘이다. 키가 커서 걸음이 빠르다. 뒤에서 종종걸음을 치는 할머니와 서너 걸음 뒤처져 머뭇거리는 손녀. 할머니는 손녀에게 이 거리에서 살아남는 법을 전수하는 중이다. 그렇게라도 하지 않으면 아직 삶보다 부끄러움이 앞서는 어린 손녀는 도시의 천덕꾸러기가 될 것이 자명하니까. 여전히 내키지 않는 철없는 어린 것. 끌려가는 소걸음이다. 얘야, 세상은 그리 호락호락한 게 아니란다. 이 거리에서 살아남는다는 것이 어떤 것인지 노인은 똑똑히 알고 있다. 우선 살아남아야 하는 것이다. 살기 위해 이 먼 곳으로 떠나온 그녀들이었다. 걸음이 점점 빨라지는 금발들과 뛰듯이 뒤를 쫓는 하늘색 장화 두 켤레.

갑자기 방향을 틀어 레스토랑으로 쏙 들어가버리는 금발들. 먹잇감을 눈앞에서 놓쳐버린 두 여인. 발걸음이 꼬인다. 어쩔 것인가. 손녀가 할머니의 소매를 잡아끈다. 늙은 승냥이는 유리창 안을 살핀다. 저 안으로 들어가는 것은 반칙이다. 금발들은 느긋하게 식사를 즐길 것이다. 쩝, 내가 입맛을 다신다. 승냥이들은 악착같지만 그만큼 돌아서야 하는 순간을 본능적으로 안다. 그건 포기가 아니다. 굴속으로 들어가버린 먹잇감을 기다리느니 새 먹잇감을 찾는 게 낫다. 늙은 승냥이가 검지를 퉁기며 몸을 돌린다. 이유는 모르겠다. 그냥 엄지로 검지 끝을 지그시 눌렀다가 가볍게 퉁겨낸다. 버릇인 모양이다.

무거워진 안개 입자는 비가 되어 떨어진다. 그녀들이 뛰어온다. 꽃사슴과 왕언니, 그리고 얼굴이 눈에 익지 않은 여자 둘이다. 모두 몽족이다. 그녀들도 이 거리의 주연이다. 꽃사슴은 피부는 비록 거칠고 주름이 많지만 커다란 눈망울에 앞이마가 예쁘게 튀어나와 내가 붙인 별명이다. 왕언니는 말 그대로 왕언니다. 나이도 제일 많고 늘 당당한 눈빛으로 사람을 쏘아본다. 화가 난 것은 아니다. 쏘아보는 것이 습관이다. 머리에 두른 새빨간 터번과 등까지 내린 은장식이 그녀의 권위를 나타내는 증표다. 기분이 좋을 때 보여주는 소탈한 웃음은 보너스. 두 여자 모두 웃을 땐 반짝이는 금니가 비친다. 비가 그치길 기다리는 모양이다. 모처럼 그녀들과 그녀들의 일터인 거리를 바라보며 나란히 앉는다. 찹쌀떡을 꺼낸다. 일단 왕언니에게 상납을 하고 아직은 낯선 두 여인에게 건넨 다음 마지막으로 꽃사슴과 내가 먹는다. 떡을 든 꽃사슴의 표정이 오늘따라 어둡다.

● 새벽부터 저녁까지 거리의 삶이 그녀들의 일상이다. 햇살이 사라진 습한 거리는 추위가 뼛속까지 스민다. 종일 이 거리에서 먹잇감을 기다리려면 따뜻한 오리털 파카가 제격이지만 그녀들은 울긋불긋 어머니로부터 입어온 옷을 포기하기 어렵다.

오늘 아침 늙은 언니가 죽었다고 했다. 어젯밤에도 여기에 함께 있었는데 아침에 일어나지 못했다. 자다가 죽었다고 전화를 받았다. 한 달도 더 넘게 아프다고 했는데 금방 죽을 줄은 몰랐다. 마음이 아프다며 가슴팍 언저리를 수없이 손바닥으로 비비는 꽃사슴. 결국 손으로 눈물을 찍어내고야 만다. 일흔이 넘었다고 했다. 나도 그 몽족 여인을 이 거리에서 만났을까. 꽃사슴은 찹쌀떡 하나를 다 먹지 못하고 남긴다. 자꾸 가슴을 쓰는 꽃사슴……. 죽은 이의 집은 멀다고 했다. 아직 이슬비가 그치지 않았는데 자리에서 일어나는 두 여인. 왕언니 얼굴에도 수심이 가득하다. 걸어서 세 시간이 넘게 걸리는 망자의 집에 어둡기 전에 도착하려면 서둘러야 했다. 대나무 망태를 걸머진 채 머리에서 허리까지 비닐을 두르고 떠날 채비를 한다. 비가 들이치지 않도록 꼭꼭 여민 다음 비닐 한구석을 새처럼 입으로 문다. 비 오는 거리로 나서는 두 승냥이. 늙은 몽족 여인은 '백 개의 주름 진 치마'를 입고 이 세상을 떠날 것이다. 꽃사슴과 왕언니도 떠날 채비를 한다. 그녀들도 집에 들렀다 그곳으로 간다고 했다.

그녀들이 떠난 거리는 그저 쓸쓸하다. 누구에겐 집요하고 귀찮은 장사꾼에 불과하겠지만 그들이야말로 이 거리의 진정한 주인이다. 예전에도 그랬고 지금도 그렇다. 식민지 시절 프랑스 식민정부는 이 높은 산언덕에 더위를 피할 여름 휴양지를 만들었다. 이곳에 사람들이, 마을이 없을 리 없었다. 쫓겨난 사람들은 누구였을까. 몽족이었을까. 반세기가 지나 사람들은 다시 휴양지로 몰려왔고, 와서 그들의 오래되고 낡은 마을을 찾았고 '컬러풀'한 시장 풍경에 환호했다. '컬러풀'은 그녀들, 승냥이들에게서 나왔다. 그녀들이 사라지면 거리는 꽃이 시든 나무처럼 생기를 잃을 것이다. 며칠 동안 거리에 나타나지 않을 것만 같다. 승냥이가 가고 없는 거리에 또다시 분홍 복사꽃이 떼를 지어 지나간다. 설이 한 발짝씩 다가

오고 있었다. 나는 이제 팝핀결에게로 가 함께 저녁을 먹자고 조를 것이며 그런 다음 라오라오를 한 잔 마시고 그녀에게 댄스 한 구절을 배워도 볼 것이다.

몽족의 꽃들, 시장을 물들이다

박하Bac Ha로 가는 길. 평소에도 빈자리가 없는 버스는 초만원이다. 설을 코앞에 둔 민족대이동이 시작된 것이다. 출발시간도 오늘은 마음대로다. 기다릴 틈도 없이 승객이 자리를 메운다. 반짝이는 선물을 한 아름 안고 가는 사람들의 표정은 벌써 집에 다 간 얼굴이다. 웃고 웃고 또 웃는다. 나도 저 마음을 조금은 안다. 집 떠나 일 년에 한 번 찾아오는 들뜬 마음을 어떻게 감출 수 있을까. 대화가 끊이질 않는다. 과장되게 때론 어색하게 지난 이야기를 풀어내고 있을 것이다. 누군가 내리면 누군가 오른다. 선물은 조심스레 안고 내리고 짐은 창문으로 건네진다. 힘겨운 버스가 겨우 움직인다. 조금만 덜컹거려도 여기저기서 터지는 비명들, 즐거운 비명들. 발에 밟히는 새 구두와 구겨지는 새 옷. 설을 쇠러 모두 집으로 가는 길이다.

설을 앞둔 시장은 매일이 장날이지만 오늘은 그중에서도 가장 큰 대목장이다. 새벽부터 거리는 '산에서 내려온 사람들'로 인산인해다. 그들은 모두 시장으로 향한다. 무언가를 팔아 돈을 만들고 그것으로 사야 할 것이 있다. 이곳 박하의 시장은 두말할 것도 없이 몽족, 그들이 주인이다. 색도 다양한 붉은 옷을 아낌없이 차려입고 시장을 물들인다. 알록달록 총천연색이라는 말로는 이 진풍경을 다 담아내지 못한다. 시장에 들어서면 절정의 단풍나무 숲을 거니는 환영에 빠진다. 이것을 보려고 사람들이 오고 이걸 보여주고 싶어 한달음에 달려온다. 달려와 아는 얼굴을 만나고 손을 마주잡고 웃고 맵시를 뽐낸다. 인사를 나누고 필요한 것을 천천히 둘러보지만 오늘은 여유를 부려도 된다. 장은 설날 전까지 계속된다.

장 구경도 장 구경이지만 시작은 일단 음식부터다. 이곳의 먹거리도 내 기억 속의 시장과 다르지 않다. 김이 무럭무럭 오르는 삶은 돼지고기야 그렇다 쳐도 그것과 떼려야 뗄 수 없는 순대가 참 신기할 정도다. 당면이나 찹쌀이 아닌 잡다한 부위를 모아 다진 고기와 채소에 선지를 섞어 만든 일명 '피순대'다. 돼지를 잡는 날이면 저렇게 남은 고기를 모두 넣은 순대와 내장을 삶는 것이 사실상 마무리에 속한다. 살아있는 생명을 죽여야 내가 사는 일이라면 알뜰하게 남김없이 먹어야 한다는 생각은 어디나 다르지 않다. 버리는 것이 없다. 박하의 돼지국밥은 밥 대신 국수를 넣어 먹는다. 몽족의 면은 베트남 여느 도시의 쌀국수와는 색부터가 다르다. 뽀얀 흰색이 아닌 도토리색이다. 찰기보다는 부드러운 것이 먼저다. 막 자리를 잡는 젊은 몽족 부부. 그들 앞에도 음식이 가득하다. 시장에 오면 없던 시장기도 생기는 법이다. 저들은 산마을 집에서 무엇을 가지고 왔을까. 국수가 나오기 전에 앞에 놓이는 건 삶은 돼지 혀다. 알 만한 사람은 안다는 특급 부위다. 술이 빠질 리 없다. 마주 앉은 그들의 볼에 이내 홍조가 돈다. 오늘은 특별한 날이니까.

박하의 시장에는 오늘 같은 명절에 유독 찾는 사람이 많은 특별한 품목이 있다. 술이다. 집에서 만든 독한 가양주다. 라오스 잔칫집에서 주는 대로 마시다가 골로 갈 뻔한 술 라오라오와 유사하다. 말하자면 몽족의 전통 증류주인 셈인데 이들만큼은 이 술을 '라오라오'라고 부르지 않는다. 몇 번을 묻고 자세히 귀를 기울였지만 내 혀는 그 소리를 흉내조차 못 낸다. 발음조차 불가능한 난해한 술이다. 이들도 평소에 즐겨 마시는지 식당 어디를 가나 작은 술병이 놓여있다. 한두 잔 정도는 계산을 하지 않는 눈치다. 여기도 술을 마시다 눈이 마주치면 초대를 하거나 다가와 술을 권한다. 술 권하는 사회다. 낮부터 취하지 않으려면 눈길을 조심해야 한다. 몽족 여자들이 만드는 술은 독하고 위험하다. 산속 집에서 술을 익혀 시장으로 나온다. 이 술을 팔아 설을 쇤다.

시장에서 술을 만들어 파는 팡Fang도 몽족이다. 불이 붙을 정도로 도수가 센 술을 그녀도 가끔 마신다. 고객을 기다리다 지루해지면 그러는 것 같다. 그녀는 매일 닷 되들이 통 네 개에 술을 담아 시장으로 가져온다. 설을 앞둔 지금이 가장 잘 팔리는 때다. 하지만 그녀의 판매 성적은 늘 처진다. 술을 사는 사람들은 예외 없이 나이가 든 남자들인데 그들이 나이 든 여자를 선호하기 때문이다. 술맛은 아무래도 연륜과 비례하기 마련이다. 내 혀는 그리 예민하지 않아 팡의 술도 문제없다. 내가 술통을 가리키면 그녀가 뚜껑에 술을 따라준다. 일종의 시음이다. 오늘은 다섯 종류를 맛본다. 그중 하나를 고르고 손가락을 꼽아가며 값을 셈하는데 그녀의 반응이 영 신통치가 않다. 내가 너무 값을 후려쳤나 걱정이 앞서는데 그게 아니다. 내가 집어 든 것이 하필이면 잠시 자리를 비운 옆 사람의 것이다. 이런…… 체면을 한껏 구긴다. 오늘은 어쩔 수 없이 두 병을 산다. 얼굴이 풀어지는 팡. 술에선 쌀이나 옥수수 향이 난다. 팡도 뚜껑에 따라 한 잔 마신다. 붉은 볼에 복사꽃이 번진다.

마치 색색의 꽃물결 같은 박하의 시장에서 으뜸은 단연 옷 시장이다. 설 대목의 의류점은 그저 황홀하다. 어디에서 이런 색의 폭풍을 만날 수 있을까. 내가 물들이는 푸른색은 명함도 내밀기 부끄럽다. 색은 온통 푸르거나 붉다. 그래서 그녀들을 옷의 색으로 구분하는데, '블루 몽족Blue

H'mong'과 '플라워 몽족Flower H'mong'으로 부른다고 했다. 물론 그게 몽족의 전부는 아니다. 중국에서 라오스로 건너온 소수민족들이 어떤 계기를 통해 서서히 분화되었을 것이라 짐작할 뿐이다. 그런 구분이 우선은 여인들의 옷 색깔에서 비롯되었다는 것을 박하 시장에 오면 단박에 알 수 있다. 장신구 구역도 따로 있다. 그러니 이 환상의 골목은 당연히 여인들의 차지다. 남자들의 옷은 이곳에선 뒷전이다. 그저 눈치를 보고 뒤를 쭈뼛거리며 따라다니는 처지다. 색만으로도 시장 구경은 신이 나는데 이곳에도 내가 아는 그녀들의 옷은 이제 사라지고 없다. 그저 나름 '핫'한 요즘 옷이다. 하나가 사라지거나 변하여 또 다른 것이 생겨난다.

변화의 끝을 오늘 박하의 시장에서 만난다. 변화라는 말로는 모자란다. 이런 걸 두고 개벽이라 부를 것이다. 야광색의 천으로 옷을 만들고 더없이 화려해진 장신구로 치장을 한다 해도 그녀들의 옷의 형태는 크게 변한 것이 없었다. 그런데 아주 센 놈이 등장했다. 어디 무대 위의 댄서가 입어도 됨직한 야시시한 옷이 시장에 선을 보였다. 목 라인이 가슴골이 드러나도록 깊이 패고 잘록한 허리가 고스란히 드러난다. 밑동은 짧아 옆구리의 맨살이 보일 지경이다. 하지만 이 새로운 의상의 압권은 목에서 어깨로, 다시 허리에서 엉덩이를 지나 더욱 짧아진 치마를 장식한 스팽글이다. 하늘색과 핑크색이 번갈아 달린 반투명의 플라스틱이지만 젊은 몽족 여인들은 이미 이 새롭고 특별한 디자인에 홀딱 빠져드는 중이다.

삶은 돼지 혀를 먹던 젊은 몽족 커플을 이곳에서 만났다. 젊은 아내는 이 옷이 몹시 맘에 드는 눈치다. 벌써 여러 차례 종류별로 옷을 갈아입는 중이다. 내친김에 새로 나온 모자도 써보고 반짝이 옷에 어울리는 허리띠는 옷집 여자가 직접 골라준다. 타깃이 누군지는 불을 보듯 뻔하다. 전신거울에 자신을 비춰보는 얼굴에 함박웃음이 피어난다. '백 개의 주름

진 치마' 아래에 푸른 화포 대신 투명한 스팽글이 대롱거린다. 색과 장식의 화려함에 대한 이 지극한 사랑은 어디서 온 것일까. 아내는 옷을 입고 남편을 쳐다본다. 얼이 빠진 표정의 젊은 남편이 나를 본다. 도움을 요청하는 것인지 아니면 무슨 말이라도 해달라는 건지 알 수가 없다. 나는 커플을 향해 엄지를 들어 올리곤 얼른 자리를 피한다.

한바탕 떠들썩하던 시장의 열기도 한풀 가라앉았다. 술을 팔던 팡도 돌아가고 없다. 그녀는 내일도 이리로 올 것이며 나는 그녀의 술을 마수걸이할 예정이다. 시장의 상인들이 빠져나간 자리엔 어디고 야간 포장마차가 채비를 서두른다. 옷 보따리를 머리에 인 남자들이 시장 입구로 종종걸음을 치는데 느닷없는 광경이 펼쳐진다. 눈으로 보고도 믿기 어려운 차림의 두 여인이 느긋하고 우아한 걸음걸이로 시장에 들어서고 있다. 그냥 붉은색이 아니다. 온통 빨간색의 옷에 셀 수 없이 많은 투명 구슬을 매달았다. 색을 모은 투명한 구슬에 흔들림을 더하자 새로운 차원의 세계가 눈을 압도한다. 화려한 것이라면 누구에게도 뒤지지 않을 몽족 여인들도 두 여인을 보고는 벌어진 입을 다물지 못한다. 모든 시선이 그녀들에게로 모인다. 놀라움과 부러움과 찬탄과 시샘이 동시에 담긴 눈빛들이 일제히 한곳으로 쏟아진다.

젊은 그녀들은 어쩌자고 저런 강렬한 차림으로 어수선한 파장의 시간에 파란을 일으키는 것일까. 두 여인은 쏟아지는 시선을 즐기는 듯했다. 핸드폰과 사진기가 몰려들고 그녀들의 느린 걸음과 당당한 시선은 변함이 없다. 무슨 패션쇼의 피날레를 장식하는 모델처럼 동작은 느렸지

● 색은 온통 푸르거나 붉다. 그래서 그녀들을 옷의 색으로 구분하는데, '블루 몽족'과 '플라워 몽족'으로 부른다고 했다. 그런 구분이 우선은 여인들의 옷 색깔에서 비롯되었다는 것을 박하 시장에 오면 단박에 알 수 있다. 장신구 구역도 따로 있다. 그러니 이 환상의 골목은 당연히 여인들의 차지다.

만 자신감은 충만했다. 내 시선은 그녀들이 머리에 쓰고 있는 은빛 화관을 따라 움직였다. 화관 끝에 매달린 떨잠이 눈부시게 흔들렸다. 첸둥난의 강변, 열기와 광기에 휩싸인 축제의 현장에서 본 것들이었다. 한껏 치켜든 새의 날개를 닮은 은장식을 이마에 달았는데, 휘어진 뿔 끝에 은 고리를 달고 축제의 한가운데로 느리게 등장하던 검은 물소를 떠올렸다. 먀오족의 마을에 13년마다 고장절이 돌아오면 등에 푸른 화포를 두르고 마당으로 들어서던 검은 물소……. 붉게 타오르는 꽃 같은 여인들이 느리게 박하의 시장을 빠져나가고 있었다.

'오차우'

아침이면 나무 태우는 향기가 방 안으로 스며들었다. 늘 가까운 거리를 걸었고 시장으로 가 국수를 먹고 나서 복사꽃 홍정을 훔쳐보았다. 복사나무를 어깨에 메고 새벽같이 시장으로 오는 사람들도 줄어들었다. 집마다 꽃나무가 세워졌어도 새해가 다가오는 기미는 희미했다. 알록달록 포장지에 싸인 물건들이 길거리로 나와 새 주인을 기다렸다. 가로수 아래 할머니는 새해랑은 아무 상관도 없다는 얼굴로 오늘도 고구마와 옥수수와 계란을 굽는다. 밤은 느리게 다가왔다. 절 앞 작은 공터에서 북소리가 울린다. 수염이 난 노인과 청년들이 있었다. 북소리에 맞춰 사자탈을 쓴 젊은이가 춤을 추었고 그 앞에서 곤봉을 든 청년은 자주 넘어졌다. 청년들의 솜씨가 못마땅한 노인들이 북채를 빼앗아 둥둥거렸지만 박자만 엇나갔다. 먼지가 일었고 바라는 깨져 쟁쟁거렸다. 밑동이 잘린 복사나무들도 꽃을 피웠다. 내일이 설이었다.

쟈Zha가 찾아왔다. 그녀는 내가 묵고 있는 숙소의 직원이다. 박하에 온 첫날 숙소를 찾아 두리번거리던 나를 잡아챈 것도 그녀였다. 그녀는 능숙하게 손님을 끌고 맞이하고 보내는 일로 분주해 보였다. 몽족 여인의 옷을 입고 일했다. 그녀가 감기에 걸린 사실을 전해 들었고 나는 가져온 감기약과 해열제를 그녀에게 주었다. 그녀는 내게 차를 마실 뜨거운 물이 어디에 있는지, 보온병 뚜껑을 열지 않고 뜨거운 물이 들었는지 아닌지를 구분하는 방법을 일러주었다. 얼굴이 마주치면 그녀는 늘 웃거나 말을 걸었다. 나는 밀린 빨래를 부탁했고 그녀는 다음 날 뽀송뽀송하게 마른 옷가지를 돌려주었다. 나는 '땡큐'라고 말했고 그녀는 '오차우O'Chau'라고 말했다. '고맙다'는 몽족의 말이었다. 헬멧을 쓴 그녀가 물었다.

"우리 집에 갈래?"

쟈의 오토바이에 실려 간 그녀의 집은 멀지 않았다. 좀 외진 평범한 산간 마을이었다. 그녀가 남편과 함께 사는 집이라며 문을 연다. 아, 그녀가 유부녀일 수도 있을 거란 생각은 하지 못했다. 신혼의 부부답게 집도 새집이다. 세간은 간소했다. 침실과 응접실과 부엌이 나란히 이어진다. 옆집에 삼촌이 살았고 그녀의 어린 아들이 거기서 걸어 나왔다. 이름 모를 붉은 꽃나무와 시장에서 흔히 본 몽족의 수공예품들. 숙모가 파는 것들이라고 쟈가 말했다. 삼촌과 친척 사내들이 내가 들어서자 좀 어리둥절해 했고 곧 뜨거운 차를 내왔다. 나는 차를 마셨고 그들은 멈췄던 이야기를 이었다. 쟈는 몽족 말이라고 했다. 오늘 만든 거라며 찹쌀떡을 내왔다. 손바닥만 하고 납작했다. 안에는 소금으로 살짝 간을 한 콩고물이 들어 있었다. 송편 같고 만두 같았다. 오늘은 명절이니까. 개울이 가까운 비탈을 내려가면 부모님이 사는 곳이라고 했다. 마당을 들어서면서도 나는 그렇게만 알았다.

마당에서 우리를 기다리고 있는 사람은 그녀의 엄마가 아닌 시어머니였다. 그녀의 말에 주의를 기울이지 않은 내 실수였다. 집으로 가자는 말에 나는 으레 그녀와 부모님이 같이 사는 집이겠거니 했다. 너무나 자신 있게 초대를 하는 그녀의 태도 때문에 설마 시댁일 줄은 생각도 못했다. 지엄한 시댁으로 낯선 이방인을 초대하는 맹랑한 새댁이라니, 참 낯설었다. 어쨌거나 나는 그녀의 시댁 마당으로 들어섰다. 목이 검은 오리 두 마리가 지나갔고 맨발의 시어머니는 나와 눈을 마주치지도 못했다. 시장을 붉게 물들이던 몽족의 옷을 그녀도 입었다. 나무와 흙으로 지은 무채색의 집에서 그녀와 쟈만이 유독 '컬러풀'했다. 고양이 두 마리가 집 뒤쪽에서 뛰어나와 울타리 사이로 사라졌다. 어느새 부엌으로 사라진 쟈의 시어머니.

쟈의 시아버지, 그녀가 아버지라 소개한 남자가 말없이 손을 내민다. 크게 쌍꺼풀이 진 눈빛에 선함을 담았다. 손님도 있다. 얼결에 악수를 나눈다. 친구라고 했다. 바닥은 매끄럽고 단단하게 다져진 황토다. 방 가운데 작은 제단이 놓였고 벽을 따라 가족사진이 걸렸는데 그중 가장 눈에 띄는 것은 단연 쟈의 웨딩사진이다. 순백의 드레스를 입은 그녀와 턱시도를 차려입은 신랑. 신랑은 아직 보이지 않는다. 쟈를 불러 그녀의 아버지에게 의례적인 감사의 인사를 전하고 의자에 앉는다. 아, 또다시 찾아오는 침묵의 시간. 그녀의 아버지가 서둘러 옆방으로 자리를 옮긴다.

떡 벌어지게 차린 음식상이 우리를 맞는다. 돼지고기를 볶거나 굽거나 삶은 것이다. 엄마표 검붉은 피순대도 한 접시 올랐다. 어색한 침묵을 쉽게 허무는 방법은 어디나 비슷한 모양이다. 노랗게 색이 우러난 술통을 내오는 쟈의 아버지, 아니 시아버지. 한 잔씩 따라 나와 친구 앞에 놓는다. 술은 향기롭고 달고 독하고 맛있다. 쟈의 아버지는 몽족이 아닌 비엣족Viet이라고 했다. 술잔을 홀랑 털어 마시면 곧장 손을 내밀어 악수를 청한다. 그들의 습관 같다. 마실 때마다 그런다. 시장에서 팔던 술과는 차원이 다르다. 같은 조건이라면 술맛은 시간이 좌우한다. 오래 묵은 술일까. 통 안을 보니 꽃이 핀 양귀비가 뿌리째 들어 있다. 양귀비가 술맛에 무슨 짓을 한 것인지 도통 알 수 없는 야릇한 맛과 향기다. 시간 이외의 다

른 것도 섞였을 것이다. 기본적으로 여타의 약초술과는 비교 불가의 수준이다. 단연코 최고다. 술이 몇 잔 들어가자 본색을 드러내는 친구. 내 안경을 쓰더니 노래를 부른다. 무슨 일인가 얼굴을 내미는 엄마와 자. 웃고 사라진다. 어디선가 들려오는 돼지 멱따는 소리. 자의 젊은 남편도 돼지를 잡으러 갔다고 한다. 마을의 노인이 찾아오고 친구의 노래는 끝나지 않는다. 한눈을 팔다 보면 내 접시에 늘 음식이 담겨 있었다. 자의 아버지가 그랬다.

자의 남편 냐Nha가 돌아오고 그를 따라 신혼집으로 자리를 옮긴다. 아랫집에서 보이지 않던 자는 먼저 돌아와 음식을 준비하고 있었다. 마을 돼지를 잡느라 늦었다고, 미안하다고 자가 대신 말한다. 푸른 군복 군데군데 붉은 핏자국이 보인다. 그녀의 잘생긴 연하의 남편은 벌꿀술을 좋아한다고 했다. 벌집과 흰 애벌레가 병 속에 있다. 부엌에 있는 자를 본다. 땡잡은 자. 양귀비에 벌꿀에 입과 몸이 호강이다. 그가 마을에서 얻어온 돼지 수육을 썰어놓고 술을 따른다. 자가 다가온다. 내가 남편과 술잔을 들자 그녀가 내게 아주 조금만 마시란다. 안주를 먹고 한참을 기다린다. 자가 내 얼굴을 만지며 요리조리 살핀다. 새댁, 이게 무슨 짓이오. 빙그레 웃는 남편을 보자 의문이 더해간다. 도대체 나한테 왜들 이러시나. 자가 일어서며 웃는다.

"다행이야. 벌꿀 알레르기는 없어."

자의 뒤를 따라 산길을 오른다. 말을 보여준다고 했다. 말라버린 삭정이들 사이로 푸른 보라색 꽃이 피었다. 잠깐 올라왔을 뿐인데 산세가

● 몽족이 먀오족의 후손이란 걸 자의 친구들은 알고 있었다. '먀오'와 '고양이'를 부르는 소리가 같았다. 그녀는 이 나라에서 어쩔 수 없는 소수민족의 한 사람이었고 자는 도시의 생활에 적응하지 못했다. 그녀가 야생마처럼 풀을 뜯는 어린 갈색 말을 가리켰다. 자와 남편의 말이었다. 그녀가 포대기를 풀어 아들을 내게 건넸다. 자가 말에게 가려고 능숙하게 비탈을 올라가고 있었다.

그림처럼 아름답다. 쟈는 어려서 집을 떠나 도시에서 살았다고 했다. 그곳에서 직업을 구했고 남들과 다르지 않은 평범한 생활이었다. 또래의 친구들이 생겼지만 사이가 틀어지면 그녀를 '고양이'라 부르며 놀렸다고 쟈가 화난 얼굴로 말했다. 몽족이 먀오족의 후손이란 걸 쟈의 친구들은 알고 있었다. '먀오'와 '고양이'를 부르는 소리가 같았다. 그녀는 이 나라에서 어쩔 수 없는 소수민족의 한 사람이었고 쟈는 도시의 생활에 적응하지 못했다. 도시에서 모은 돈과 은행에서 돈을 빌려 말을 샀다고 한다. 암벽으로 이뤄진 산의 기울기는 가팔랐다. 그 틈을 비집고 작디작은 경작지가 제비집처럼 자리를 틀었다. 그녀가 야생마처럼 풀을 뜯는 어린 갈색 말을 가리켰다. 쟈와 남편의 말이었다. 그녀가 포대기를 풀어 아들을 내게 건넸다. 쟈가 말에게 가려고 능숙하게 비탈을 올라갔다.

"며칠은 문 여는 식당이 없을 거야."

쟈가 종이봉지를 내밀었다. 구운 감자 몇 알과 찹쌀떡이 들어 있었다.

국경을 넘는 일

설날 아침 박하를 떠나려던 계획은 무산되었다. 식당이나 상점만 문을 닫은 게 아니었다. 버스 운전사도 모두 집으로 돌아가고 없었다. 이곳의 명절은 길었다. 아무 곳에도 갈 수 없었다. 그저 오토바이만 왕왕거리며 벌떼처럼 도로를 메웠다. 어젯밤에도 늦게까지 가가호호를 방문해서 요란을 떠는 풍각쟁이들이 있었다. 며칠 전 보았던, 사자춤을 추던 패거리였다. 그들은 낡은 사자머리를 열심히 흔들어대며 문을 두드렸다. 들기에 무거운 북은 자전거에 매달았다. 바라는 여전히 앵앵거렸다.

숙소는 텅 비었고 키 작은 여주인마저 언제부턴가 보이지 않았다. 숙소엔 어린 청년과 나만 남았다. 새벽부터 요란한 확성기 소리에 부아가 치밀었지만 새해 아침이었다. 표 나게 차려입은, 도시에서 온 자들이 아침부터 부산을 떨었다. 이 거리의 주인인 붉은 꽃들이 잠시 비운 틈을 타 도시의 흰 꽃들이 거리를 채웠다. 며칠 못 갈 것이다. 새해 첫날 친척 집으로 인사를 가는 것이라고, 설에도 돌아갈 집이 없다는 청년이 설이 되었어도 집으로 돌아갈 생각이 없는 내게 알려주었다. 열일곱 청년의 집은 여기서 멀지 않다고 했다. 나이에 어울리지 않게 쓸쓸한 웃음을 짓는 그에게 이유를 물어보고 싶었지만 설날 아침에 어울리는 질문은 아니었다. 그와 둘이 라면을 끓여 먹었다. 양파를 많이 넣어 매웠다.

다음 날도 버스는 움직이지 않았다. 꼭 떠나야 할 이유는 없었지만 문제는 끼니였다. 거리는 여전히 시끄러웠고 오늘은 뭔가 좀 특별한 행사라도 열리나 귀를 기울이고 눈을 떠보지만 소득이 없었다. 이곳 박하도 도시의 명절 풍경과 다르지 않았다. 좀 더 먼, 깊은 마을로 갔어야 했을까…… 늦은 후회가 몰려왔다. 그때 방문을 두드리는 소리가 들렸다. 뜻밖에도 쟈와 냐였다. 찹쌀떡과 삶은 돼지고기와 브로콜리를 싸들고 왔다. 두 사람이 나를 이리저리 유람시켰다. 근처의 친척 집에도 가고 또 음식을 먹고 술을 대접받았다. 풍족한 새해여서 누구에게나 친절했다. 남자들은 물담배를 권했고 나는 연기를 너무 많이 들이마셔 기침을 해댔다. 눈물이 쑥 빠졌다. 박하를 떠나 하장Ha Giang으로 갈 방법이 없느냐고 연기로 눈물이 그렁그렁한 채 쟈에게 물었다.

쟈가 내 등과 허벅지를 당겨 냐에게 밀착시켰다. 그래야 운전이 쉽다고 했다. 아들을 업고 선 그녀에게 눈인사를 했다. '오차우, 쟈'. 냐의 등에 새끼원숭이처럼 들러붙었다. 그가 가끔 시동을 끄고 길가에서 담배를 물었다. 끊었던 담배가 그리울 만큼 산의 거대한 능선이 장막처럼 펼쳐지곤 했다. 솟아오른 산들은 깊고 웅장하다. 산의 가슴께를 지나는 실낱같은 길이 있고 그 길을 따라 아무렇게나 뿌려진 볍씨 같은 집들이 아슬아슬하게 보였다. 저곳도 몽족의 마을이냐고 냐에게 묻지 않았다. 반나절을 달려 우리는 삼거리에 도착했다. 둘 다 먼지투성이였다. 그가 더했다. 냐는 차가 지날 때마다 불러 세웠다. 하장으로 가는 길목이었다. 흥정을 마친 냐가 돌아왔다. 운전자가 따라 내렸다. 두 사람은 길가에 서서 담배를 한 대씩 나눠 피웠다. 그러고도 한참을 더 서 있었다. 나는 냐에게 고맙다는 말도 미안하다는 말도 하지 못했다. 그가 헬멧을 눌러썼다. 밤이 돼서야 쟈의 곁으로 돌아갈 것이다.

하장을 거쳐 이곳 까오방Cao Bằng으로 오는 길은 깊고 높았다. 높고 깊은 산속이어서 여전히 분홍빛 복사꽃이 화사했다. 툭툭 불거진 낙타 등처럼, 때로는 사나운 짐승의 거대한 아랫니처럼 솟아오른 석회암의 산들이 만들어내는 풍경은 압도적이었다. 저곳 어딘가에 몽족의 마을이 있고 그곳에 또 다른 쟈와 냐가 살고 있을 것만 같았다. 산들을 보다가 나는 잠시 엉뚱한 생각이 들었다. 바로 석회였다. 석회암을 불에 구워 만드는 것이 석회였고 석회가 없으면 쪽 염색은 불가능했다. 그래서 몽족의 여자들은 석회암을 '염색을 도와주는 돌'이라고 불렀다. 그녀들은 석회를 저 산에서 구했을까. 그것으로 물을 들였을까. 그들이 사는 곳 가까이엔 늘 석회암 산이 있었다. 아무래도 우연이었을 것이다.

까오방의 밤거리에서도 사자들이 춤을 추었다. 한 마리가 아닌, 빨간 사자와 노란 사자 두 마리였다. 얼굴의 반을 차지한 입을 딱딱 부딪쳐 가며 몸을 흔들고 맴을 돌았다. 북소리는 박하보다 가벼웠고 바라 대신 심벌즈를 두드렸다. 봉춤을 추는 자는 없었고 중년의 대머리 가면을 쓴 자가 행렬을 이끌었다. 사람들이 즐거워하며 손뼉을 쳤고 돈을 주었다. 가면을 벗자 어린아이 얼굴이었다. 아이들이 사라지자 어른들은 술집으로 되돌아갔다. 소리로 옮겨지지 않던, 몽족 여인들이 만드는 그 술을 여기서도 팔았다. 집에서 만든 것이 아니라 공장에서 생산된 병술이었다. 도수는 낮아졌고 맛은 부드러웠다. 하지만 달랐다. 거칠고 다듬어지지 않은, 그녀들의 술 이름처럼 말로 표현하기 어려운 뭔가가 부족했다. 혀끝에 닿기도 전에 먼저 찾아오는 짜릿한 긴장감도 한참 모자랐다. 절정의 가을 단풍 숲 같던 박하의 시장이 그리울 것만 같았다. 다시 팡을 만나면 물어보고 싶었다. 그녀가 만든 술에는 무엇을 넣은 것이냐고. 내일이면 국경을 넘을 것이다. 몽족이 떠나온 땅이었다.

절정의 가을 단풍 숲 같던 박하의 시장이 그리울 것만 같았다. 다시 팡을 만나면 물어보고 싶었다.
그녀가 만든 술에는 무엇을 넣은 것이냐고. 내일이면 국경을 넘을 것이다. 몽족이 떠나온 땅이었다.

3

화포의 그림자

전통이 살아가는 길

사람들에게 '가장 좋아하는 색'이 무엇이냐고 물으면 늘 윗자리를 차지하는 색이 '블루'라고 한다. 그렇다면 그 이유는 무엇일까. 인간이 가지고 있는 본능적인 반응일까, 아니면 우리가 주위에서 가장 쉽게, 자주 볼 수 있는 색이라서? 혹시 사람이 실제로 소유할 수 있는 색 중에서 가장 효과적으로 얻을 수 있었기 때문은 아니었을까? 누군가 정답을 안다면 알려주면 좋겠다. 본능인지, 사회적 환경 때문인지, 그것도 아니면 그저 습관에 불과한 건 아닌지 말이다. 나로 말하자면 아무래도 습관에 가까운 듯하다. 자연염료로 물들인 색 중에서 처음 본 것이 블루였으니까, 보는 순간 그 색에 꽂혔으니까. 이렇게 얘기하고 보니 마치 알에서 깨어난 새끼 기러기가 처음 본 대상을 부모로 믿는 것과 유사한 측면이 있긴 하다. 아무튼 그 푸른색을 사람의 일상으로 들여온 천연재료가 쪽이다.

처음 쪽으로 푸른색을 물들이는 방법이 알려진 뒤에는 어떤 경로를 밟아왔을까. 좀 더 고르게 물들이는 기술의 발전으로, 같은 노동력으로 더 많은 천을 염색할 수 있는 방법을 찾으려 했을 것이다. 그런데 언제부턴가 무늬가, 보기에 따라서는 흠집이 푸른 천 위에 나타나기 시작했다. 중국 구이저우의 '납염의 고향'에는 우연한 기회에 화포가 생겨난 이야기가 전한다. 꿀벌이 앉았다 날아간 자리에는 푸른 물이 들지 않았던 것. 생각지도 않았던 얼룩이 생긴 것이다. 이걸 어쩌나. 그런데 이 우연한 얼룩이 인공적인 의도로 변하면서 이전의 염색과는 다른 길을 열었다고 볼 수는 없을까. 우연이나 실수가 어느 순간 누군가에 의해 의도나 의견으로 전환되기 시작했던 것은 아닐까. 그것이 화포의 시작이 아니었을까. 문득 그런 생각이 들었다.

내가 처음 화포의 존재를 알았을 때 어떤 설렘이나 흥분 같은 느낌이 나를 찾아왔다. 그건 마치 차분하고 엄숙하던 푸른색이 돌연 생기를 띠기 시작한 것과 같았다. 잔잔한 색의 표면에 돌을 던지는 격이랄까. 그렇다고 푸른색이 아무런 감흥도 주지 못한다는 것은 아니다. 이미 밝혔듯 나는 푸른색의 묘한 울림에 이끌려 여기까지 올 수 있었다. 그러나 푸른색이 주는 울림과 화포의 무늬가 보여줄 수 있는 다채로운 표정은 다른 영역에 속한다. 더구나 무늬를 넣은 화포를 만든다고 푸른색이 사라지는 것도 아니니 말이다. 오히려 이전과는 다른 감정을 불러온다. 물론 무늬를 넣든 말든 선택에는 취향이 개입된다. 아무튼 화포로 인해 어떤 식으로든 푸른 쪽 염색의 영역이 확장된 것은 맞다. 그렇지 않았다면 화포가 그렇게 많은 곳에서 널리 사랑받기는 어려웠을 것이다.

세상은 인식하든 그렇지 않든 기호로 가득하다. 화포의 무늬도 그런 기호 중 하나다. 어떤 사람들은 분명한 의도를 가지고 무늬를 만들기도 한다. 내겐 구이저우의 먀오족이나 라오스 몽족의 화포가 그래 보였다. 전문가의 연구에 따르면 그녀들의 무늬에는 먀오족의 역사가 들어 있다고 했다. 그런 주장이 사실이라면 그만큼 그들이 겪은 일상과 역사가 밀접했다는 증거가 되기도 한다. 하지만 나는 여전히 무늬 이상의 의미를 읽어내지 못한다. 그러나 가끔, 아주 가끔씩 그녀들의 무늬에서 최소한의 형태로 감정이 이입된, 오랜 습관에서 벗어나고픈 욕망이 느껴질 때도 있었다. 늘 반복하던 것에서 때론 자신이 좋아하는 특별한 것을 슬쩍 끼워 넣는, 이를테면 사소한 일탈의 방식으로 말이다. 인간이니까. 그런 욕망이 포개지고 시간 속에서 축적되면서 이제 또 다른 형태로, 색으로 변화와 진화를 거듭하고 있는 것은 아닐까.

구이저우의 먀오족과 펑황고성의 유대포 장인의 푸른색과 화포 사이에는 공통점이 있었다. 먀오족 사람들에게는 지금도 여전히 현재진행형이지만 둘 다 일반인들이 쓰고 입었던 일용품이었다는 사실이다. 쪽으로 물들인 푸른색 옷을 입고 거리를 활보하고 사람들을 만나고 들에서 일을 한다. 일상복이자 노동복이었던 셈이다. 그런 오래된 관습으로 인해 여전히 푸른색과 화포가 변형된 형태로 현재까지 살아있는 것이라 믿는다. 시야를 현재 우리의 생활로 돌려보면 누구나 한 벌씩은 가지고 있을 청바지의 시작도 바로 쪽의 푸른색이다. 그만큼 대중적이며 오랫동안 사랑을 받았다는 얘기다. 청바지의 푸른색 위에 인위적인 의도가 가미된 것, 이를테면 탈색을 한다거나 변형을 주어 개성을 드러내는 행위가 내겐 현대화된 화포의 의도와 다르지 않아 보이는 것이다.

흔히 '강남'이라 부르는 중국 창강長江 주변은 일찍부터 상업과 문화가 발달한 지역이다. 이곳도 쪽 염색이 일상의 옷과 생활용품에 광범위하게 사용되었다. 물론 과거의 일이긴 하지만 현재까지도 그 영향이 짙게 남아있다. 사오싱은 물론이고 강남의 옛 도시 어디를 가든 푸른 화포가 여전했다. 카페의 테이블보나 커튼, 수로를 떠가는 유람선의 햇볕을 가리는 차양에도 화포의 유산이 짙게 남아있었다. 상하이의 번화가에서 쪽으로 물들인 옷만 파는 상점을 보고는 반가우면서도 여러 생각이 들지 않을 수 없었다. 습관이란 참 질기고 무서운 것이구나. 세상이 아무리 변해도 저렇게 버젓이 살아남을 수 있는 것은 이들의 일상 속에 여전히 푸른색과

화포의 그림자가 스며있기 때문일 것이다. 구이저우나 평황에 비해 상업이 월등하게 발달한 곳이어서 강남 지역의 화포는 유대포 노인의 공방과는 비교할 수 없는 규모였다.

사오싱紹興, 루쉰魯迅의 옛집이 있는 거리는 늘 붐빈다. 사오싱은 물의 도시다. 강남 대부분의 도시가 풍부한 물길을 따라 건설된 탓에 수향水鄕으로 불린다. 그만큼 물이 많아서 수로도 많다. 골목도 마찬가지다. 골목에서 계단을 몇 개 내려가면 바로 물이다. 빨래도 하고 채소도 씻고 사람을 태운 작은 유람선도 여전히 지나간다. 오랜 시간 길 노릇을 했다. 배 한 쪽에 유람객이 앉을 그늘이 드리운 낮은 지붕이 있다. 대나무 살을 세우고 꽃무늬가 찍힌 푸른 화포로 덮는다. 일상용이긴 하지만 나름대로 정성을 들인 환대의 의미로 쓰인다. 식탁보가 그렇고 방석도 여전히 푸른 화포다. 그러니까 화포의 변신이자 긴 그림자라고 볼 수 있겠다. 하지만 어느 지역보다 경제발전의 속도가 빠른 강남에서 구이저우의 먀오족 마을이나 베트남 박하의 시장 같은 놀라움과 홍겨움을 만날 가능성은 적어 보였다. 그러니 강남에서 대운하를 따라 과거 상업도시에 남아있을 화포의 흔적을 더듬어가는 일이 그리 즐거울 리 없다. 그래서 동행을 구했다.

조선의 관리였던 최부崔溥는 1488년 정월 제주도에서 부친상을 당해 고향인 나주로 배를 타고 가다가 풍랑을 만나 바다에 표류한다. 그와 함께 마흔두 명이 배에 타고 있었다. "빗발이 삼대 서듯 내렸고 물결이 산악처럼 일어나 높이 솟을 적엔 하늘에 닿을 듯했다." 밀감 쉰 개와 청주가 동이 나자 마른 쌀과 오줌을 받아먹으며 겨우 목숨을 부지했다. 정처

● 대나무 살을 세우고 꽃무늬가 찍힌 푸른 화포로 덮는다. 일상용이긴 하지만 나름대로 정성을 들인 환대의 의미로 쓰인다. 식탁보가 그렇고 방석도 여전히 푸른 화포다. 그러니까 화포의 변신이자 긴 그림자라고 볼 수 있겠다.

없이 파도에 떠밀리던 바다에서 '긴 기와집 행랑' 같은 고래를 보기도 한다. 최부가 중국에 표류해 우여곡절 끝에 조선에 도착하기까지의 기록이 《표해록漂海錄》이다. 그는 자신의 나라 조선과 조선을 둘러싼 바다와 지리에 밝았다. 하지만 망망대해 한가운데 떠 있는 배 안에서 방향을 가늠할 수 없었다. 그의 지식은 책 안에 있었고 배는 바람과 파도와 조류에 떠밀렸다. 비상한 기억력이었을까, 삶과 죽음을 눈앞에 둔 급박한 상황에서도 최부는 바다를 보고 있었다. 바다의 색에 대한 그의 기록이다(최부, 김찬순 옮김, 《표해록, 조선 선비 중국을 표류하다 》, 보리, 2006. 이하 최부의 《표해록》 인용은 같은 책 참조).

> 우리가 이번에 여기까지 불려오면서 보니 바다가 비록 같은 바다라 할지라도 파도와 물빛이 곳에 따라 달랐다. 제주 앞바다는 빛이 진한 청색이고 파도가 사납고 급하여 바람이 조금만 불어도 파도 위에 덮쳐 물여울이 여간 아니다. 흑산도 서쪽까지 그러했다. 바다 물빛이 변하는 것을 보니, 나흘 밤낮을 갔을 때 하얗더니 이틀 밤낮을 더 가서는 더욱 하얗고 또 하루 밤낮을 불려가서는 다시 파래졌다가 또 사흘 밤낮을 불려가서는 뻘겋고 탁하였으며 또 하루 밤낮을 불려가서는 검붉고 탁하였다. 이번 우리 배의 행로는 오직 바람에 불려 동서남북으로 부평초처럼 떠갔을 뿐이지만 그 길에 본 바다 빛은 이러하였다.

긴 표류 끝에 도착한 곳이 이곳 사오싱에서 멀지 않은 해안가였다. 그들은 왜적이나 해적으로 오인되어 죽을 고비를 가까스로 넘긴다. 최부 일행은 중국 관원의 인솔 아래 바다를 떠나 사오싱에 닿았다. 다시 수로를 따라 항저우杭州로 간다. 그곳에서 여러 날 머물러야 했다. 조선의 관리임을 증명한 최부와 일행은 드디어 베이징으로 향한다. 그들이 중국 내륙을 통과해서 가던 길이 항저우와 베이징을 잇는 경항대운하였다. 최부는 자기 눈으로 본 것들을 세세하게 기록으로 남긴다. 그때 그가 본 것과 내가 앞으로 보게 될 것은 같지 않을 것이다. 아니, 어쩌면 장소나 사물에 관한 것이라면 좀 다를 수도 있겠다. 그러니 동행이라 말하기는 좀 그렇다. 그들이 지나가던 길을 따라가며 두렵고 놀랍고 황망해하던 그들의 뒷모습이나 훔쳐볼 수 있으면 다행이겠다.

루쉰은 문장가로 널리 알려졌지만 내겐 그의 미술과 관련된 행적이 아무래도 먼저다. 그중 하나가 책이다. 그림에 소질이 있어 자신의 책을 직접 디자인하기도 했다. 특히 관심을 기울인 것은 표지를 장식하는 서체와 그림이다. 붓글씨 일색이던 서체와 그림은 루쉰으로 인해 현대적 디자인 요소가 나타나기 시작했다고 해도 과언이 아니다. 서체뿐만 아니라 표지의 도안과 색에도 변화가 생긴다. 서체든 색이든 한결 경쾌하고 발랄해 도시적인 감성이 물씬 묻어난다. 이전과는 다른 시각과 감성이 곳곳에 배어있다. 루쉰이 글을 통해, 또 책의 표지를 디자인하면서 일관되게 추구한 것은 무엇이었을까 늘 궁금했다.

시대는 늘 새로운 사고를 요구하고 그래서 현재는 늘 과거와 다투기 마련이다. 사람이든 문화든 마찬가지다. 게다가 미래라는 종잡을 수 없는 변수가 끼어들면 사태는 한층 복잡해진다. '전통'과 '혁신'이라는 케케묵은 문제를 피해갈 수 없는 이유이기도 하다. 혁신은 변화에 대한 요구이며 변화는 생존과 직결된다. 그리고 그 시작은 전통이라는 우물, 깊이가 얕건 깊건 수량이 많건 적건 그곳에서 출발한다. 하지만 전통이란 이름의 거미줄은 생각보다 질기고 촘촘하다. 무엇을 버리고 무엇을 취해야 하는가. 루쉰 역시 그 문제에 직면한다. 그가 전통의 모래밭에서 건져 올린 사금은 무엇이었을까. 나는 현재 남아있는 푸른색과 화포에서 무엇을 보아야만 하는 것일까. 그 과정이 결코 쉽지만은 않았는지 루쉰은 유언의 말미에 다음과 같이 적었다.

> 서구인들은 임종이 다가오면 남에게 용서를 구하고 자신도 다른 사람을 용서한다고 했다. 내게도 원한을 품은 자들이 많다. 만약 요즘 사람이 물어온다면 뭐라고 대답해야 하나? 오랜 생각 끝에 나는 이렇게 결론지었다. 그들이 맘껏 원망하도록 두자. 나 역시 절대로 용서하지 않겠다.

마음대로 욕해라. 나는 내 갈 길을 갈 것이다. 루쉰은 그런 사람이었다.

조선의 선비 최부를 따라 강남을 가다

버스는 곧장 옛 운하를 따라 달린다. 과거와 현재의 길이 나란하다. 커차오柯橋는 사오싱에서 항저우로 이어지는 운하의 길목이다. 사오싱의 관부에 도착한 최부 일행은 조선의 관리임을 증명하라는 심문을 받는다. 조선의 역대 연혁과 도읍, 인물, 풍속 등을 써서 답하던 최부. 스스로가 스스로를 증명하는 일은 난감하고 구차했을 것이다. 하지만 자신과 마흔두 명의 목숨이 달린 일이었다. 최부의 대답이 통했던 것일까. 사오싱의 관리는 쌀과 거위와 생선, 호두, 죽순, 대추, 두부를 선물한다. 최부 역시 적잖이 마음이 놓였었나 보다. 사오싱을 둘러싼 이름난 산과 강과 인물들에 대한 기록이 유난히 자세하다. 사오싱을 떠난 그들은 이곳 커차오를 지나 항저우로 향한다. 오래된 다리 커차오가 있는 주변은 이 지역의 물류가 모여들던 당시로서는 규모가 상당한 시장이었다. 지금도 옛 지명을 유지한 채 물류센터가 즐비하다. 장벽처럼 늘어선 건물을 몇 차례 비집고 들어가자 운하의 널따란 물길이 나타난다.

동서남북으로 뻗어간 긴 운하의 물길은 육지의 도로와 다르지 않다. 바둑판처럼 잘 나뉜 길이 물 위에 펼쳐진다. 운하 옆으로는 나무기둥을 세워 만든 회랑이 있고 회랑에 잇대어 수많은 점포가 늘어섰다. 긴 회랑이 끝나는 곳에 이르자 사방에서 흘러온 물길이 만나는 사거리다. 십자로를 건너는 돌다리는 물 위의 육교다. 물과 물 위의 다리가 한곳에 모여 도시의 거리를 완성한다. 강남의 수향에서 다리는 길의 연장이다. 물이든 계곡이든 다리가 있어 길은 비로소 길이 된다. 물속에 굵은 나무기둥을 촘촘히 박고 자갈을 채우고 그 위에 얹은 돌을 깎아 만든 반원의 다리. 돌난간 위엔 신화 속 동물들과 사자를, 아래엔 기대와 희망을 담듯 칼과 방울과 동전과 두루마리와 연꽃과 금붙이를 새겨 넣었다.

운하를 따라 둥글게 늘어선 다리는 마치 겹겹의 무지개가 걸린 듯 황홀하다. 단단한 돌을 다듬어 저렇게 늘씬한 곡선을 부릴 줄 아는 자는 누구였을까. 빈틈없는 맞물림이다. 다리로서의 기능과 곡선과 직선이 어우러진 조형미를 온몸으로 증명한다. 저런 조화는 얼마만큼의 과학적 사고와 시간과 정성이 보태져야 세워질 수 있는 것일까. 어떨 땐 저 치열함이 두려운 순간도 있다. 이젠 과거의 영화를 찾아보기 어려운 수로 위로는 배도 보이지 않고 물결도 일지 않는다. 상인들과 배꾼들의 고함과 운하를 가득 메웠을 배들과 수많은 점포, 흡사 전쟁터를 방불케 했을 번화한 이국의 거리를 지나던 최부와 일행들은 무슨 생각이 들었을까. 그들이 운하의 물길을 지나며 보았을 수많은 돌다리 중 하나가 담쟁이덩굴로 뒤덮인 눈앞의 저 룽광차오融光橋였다.

> 융광교(룽광차오)를 지나 가교(커차오)에 이르니 남으로 작은 산이 있고 산등성에는 옛 정자 터가 있었다. 사람들이 이르기를 동한東漢 때 채옹蔡邕이 정자에 서까래로 쓰고 있는 참대를 이상히 여겨 그것을 뽑아 피리를 만들어 불었더니 과연 기이한 소리가 났다고 전한다. 이곳이 그 참대를 서까래로 썼던 가정柯亭의 옛터라고 하였다.

활기로 넘쳤을 운하의 회랑과 골목은 이제 이발소와 간이식당과 세탁소가 드문드문 자리 잡은 낡은 거주지였다. 점포 안은 어두웠다. 텔레비전 불빛이 나무벽 틈을 비집고 새어 나왔다. 천 년도 더 늙은 돌다리 위로 사람들이 바삐 오갔다. 이미 '시가지의 번화함과 주민의 번성함'을 사오싱에서 보았던 탓이었을까, 최부는 커차오의 풍경을 건조한 묘사로 간결하게 기록한다. 해적을 만나 죽음의 문턱까지 갔었던 그였지만 끝끝내 관복 대신 상복을 고집하던 조선의 유학자 최부. 한 무리의 사내들이 어두운 회랑을 지나 다리를 건넌다. 흰 모자를 쓴 후이족回族이다. 저들의 조상이 온 곳은 조선보다 한참 더 멀었다. 최부와 일행들도 이곳 어딘가에서 검은 구레나룻이 무성한 서역의 이방인들을 보았을까.

항저우를 방문하는 것은 시후西湖에 간다는 말과 같다. 내겐 늘 그렇다. 항저우가 중국 강남 문화의 한 절정이라면 시후는 항저우의 꽃이다. 이곳으로 와 사람들은 호숫가를 따라 걷거나 유람선을 타고 시후의 안으로 들어간다. 최부는 사오싱을 떠나 항저우로 온다. 밤낮으로 쉬지 않고 달려온 길이었다. 비록 호송되는 신분이었지만 여러 차례 어려운 고비를 넘긴 상태였다. 지리에 밝았던 최부는 어쩌면 조선에서 이름으로만 듣던 중국 강남의 최대 도시의 풍경을 자신의 눈으로 직접 본다는 감흥에 젖어 있었는지도 모른다. 사오싱을 떠나 샤오산蕭山을 지난 최부 일행을 가로막은 건 첸탕강錢塘江이다. 강을 건너면 항저우 시내가 코앞이었다. 일행이 머문 곳은 지금의 우린武林 광장이 있는 우린 역이었다. 베이징으로 가는 대운하가 역에서 멀지 않았다. 그러나 아쉽게도 최부는 시후를 직접 눈으로 보지 못했다. 그럴 처지가 아니었다. 자유로운 여행자가 아닌 이국의 호송인 신분이었던 그는 숙소에서 베이징으로부터의 회답을 기다려야만 했다. 첸탕강을 건너 항저우 성의 남문에서 우린 역으로 가는 동안 최부

가 본 거리의 풍경이다.

> 항주(항저우)는 동남에서 첫째가는 도회지로 집들은 잇달아 즐비하고 오가는 사람들이 어깨를 비빈다. 저자에는 금은보화가 쌓이고 사람들은 비단옷을 차려입었다. 내외국인 배들의 돛대가 숲을 이루었으며 술집과 청루가 서로 바라보고 있다. 사철 꽃이 연달아 피어 언제나 봄 풍경을 이루고 있으니, 과연 별천지가 아닌가.

시후에서 유람선을 타면 호수 안 섬으로 들어간다. 배가 물결을 따라 가볍게 일렁인다. 호수는 밖에서 보는 풍경과 이렇게 안으로 들어와 물 위로 건너다보는 풍경이 다르다. 낮은 언덕의 탑들과 숲과 도시의 불빛이 호수 안으로 물결을 따라 밀려온다. 유람선보다 작은 배들은 가족을 태우거나 연인들을 싣고 호수를 느리게 떠돈다. 누구는 시후를 가장 시후답게 보는 방법이라고 했다. 하긴 풍경과 멀어지면 그만큼 감각도 추상화된다. 사공이 노를 젓고 반대편에 유람객이 앉는데, 사오싱의 운하에서처럼 그 자리를 흰 꽃무늬가 선명한 푸른 화포가 감싼다. 예전에는 귀한 대접을 받는 자리를 저렇게 푸른 화포가 대신했을 것이다. 이젠 소멸의 길로 밀려나고 있지만 그래도 푸른 화포는 여전히 이들과 가까이에 있었다. 호수 위에 떠 있는 푸른 꽃.

호수 위로 어둠보다 먼저 가랑비가 내린다. 호수를 둘러싼 산과 하늘이 한데 엉긴다. 호수를 가로지르는 긴 둑은 검은 기차처럼 물 안으로

● 강남의 수향에서 다리는 길의 연장이다. 물이든 계곡이든 다리가 있어 길은 비로소 길이 된다. 물속에 굵은 나무기둥을 촘촘히 박고 자갈을 채우고 그 위에 얹은 돌을 깎아 만든 반원의 다리. 돌난간 위엔 신화 속 동물들과 사자를, 아래엔 기대와 희망을 담듯 칼과 방울과 동전과 두루마리와 연꽃과 금붙이를 새겨 넣었다.

직진한다. 버드나무가 낭창거리는 둑 가운데에 무지개다리를 놓은 것은 뱃놀이 때문이다. 다리 위로 푸른 우산 여럿이 마치 하늘로 오르는 듯 가볍다. 올이 풀린 비단처럼 나부끼는 푸른 능수버들을 따라가면 길 끝에 구슬처럼 매달린 섬 아닌 섬이 구산孤山이다. 지금은 고급 음식점의 불빛과 야경으로 휘황찬란하지만 오래전 송나라의 시인 임포林逋가 은거했다는 곳이다. 임포의 고사는 글로 조선에 전해져 널리 회자되었다. 그래서 세상을 등지고 자연 속에 숨어 사는 자의 표상이었고 구산은 은일처의 상징이 되었다. 항저우에 머물던 최부도 이를 모를 리 없었다.

> 고산(구산)은 서호(시후)에 있고 호수의 시산西山 동쪽에 은사 임포의 무덤과 사당이 있다.

항저우와 시후는 조선의 선비들에게 선망의 대상이었다. 나는 구산에 서서 호수와 호수 건너편 항저우의 시가지를 바라보면 생각이 좀 복잡해진다. 이곳이 그토록 오랫동안 은일의 상징으로 여겨졌다니 말이다. 최부는 조선에서 글로 읽은 구산과 임포의 현장에서 무슨 생각을 했을까. 은일에는 두 가지 모습이 있다는 것을 나중에 듣긴 했다. 하나가 흔히 상상하듯 속세를 떠나 세상의 모든 이해관계와 등을 돌리는 것이라면, 또 다른 하나는 도시 속에서 숨은 듯 살아가는 게 그것이라 했다. 세상과 멀리 떨어져 문 닫고 사는 일과 속세에서 스스로를 가두는 일 중 어느 것이 더 어렵고 고단한 일이었을까. 임포는 이곳에서 매화를 심고 학을 길렀다고 한다. 학이 겅중거리던 호숫가를 아이들이 뒤뚱거린다. 도시의 불빛이 호수 위로 떨어진다. 그래도…… 구산은 세속과 너무 가깝다.

드디어 최부와 그의 일행들은 항저우를 떠나 베이징으로 향한다.

의심을 벗고 조선으로의 송환 명령이 떨어졌다. 그토록 바라던 고국으로 돌아갈 일만이 남은 것이다. 제주도를 떠나기 전 부친상을 당한 최부는 마음이 다급했다. 장담하기 어려운 날씨 탓에 모두 배의 출항을 말렸지만 최부는 한시도 지체할 수 없었다. 결국 배는 표류했고 배에 탄 사람들은 최부를 원망했다. 대놓고 삿대질을 했고 바다에 빠져 죽을 바에는 차라리 스스로 목숨을 끊는 게 낫다며 목을 매는 자도 있었다. 목숨이 왔다 갔다 하는 위태로운 바다 한가운데서 신분의 귀천은 거적때기보다 못했다. 해적의 위협 앞에서도 관복 대신 상복을 고집하던 최부. 그는 고지식할 정도로 예의와 격식을 중시하던 조선의 유학자였다. 모든 게 자신 탓이었지만 그렇다고 신념을 버릴 수는 없었다.

항저우는 경항대운하의 종착점이자 출발점이기도 했다. 내륙의 창강과 황허黃河가 수평의 물길이라면 대운하는 두 강을 세로로 관통해서 남과 북을 오간다. 시대에 따라 운하는 황허를 거슬러 서쪽 장안으로 이어졌고 수도가 베이징으로 정해진 뒤로는 운하의 방향이 그곳으로 바뀌었다. 수천 리를 가로지르는 물길의 밑바닥에는 시대의 역사가 고스란히 흘렀다. 궁첸차오拱宸橋는 항저우에서 대운하로의 진입이 시작되는 곳이다. 강남의 돌다리 중 가장 크고 높다. 다리 위에서 북으로 곧게 뻗은 거대한 수로를 본다. 고국으로 돌아갈 수 있다는 희망에 부푼 최부는 적잖이 마음이 놓였었나 보다. 호의를 베풀었던 항저우의 관리에게 입고 있던 옷을 건네기도 한다. 그로서는 최선의 정표였다. 드디어 마흔셋의 조선인들은 운하를 타고 멀고 먼 귀향길에 오른다.

화포의 그림자

항저우를 떠난 대운하는 탕치塘栖에서 두 갈래로 나뉜다. 하나는 우전烏鎭을 지나 쑤저우蘇州로 가고 다른 운하는 퉁샹桐鄉과 자싱嘉興을 거쳐 역시 쑤저우로 향한다. 두 물길은 대운하가 쑤저우에 이르기 전 핑왕平望에서 다시 만난다. 너른 평야를 가로지르는 두 개의 물길로 수많은 지류가 사방에서 모여든다. 대운하는 사람과 물화를 싣고 대륙을 오르내리는 동맥과 정맥이다. 심장의 위치는 역사의 흥망성쇠에 따라 서쪽의 장안에서 카이펑開封으로, 다시 베이징으로 옮겨갔다. 혈관을 타고 피가 흐르듯 수로를 따라 모든 일상이 모이고 흩어지기를 반복한다. 물길은 지평선과 맞닿은 너른 들판을 속속들이 누비며 마을로 사람에게로 모세혈관처럼 이어졌다.

최부와 일행들은 대운하를 지나며 강남의 사람들과 세속과 풍정을 속속들이 눈에 담았을 것이다. 흔치 않은 기회였다. 조선과 이곳은 무엇이 얼마나 달랐을까. 그들은 자싱을 지나 주위가 온통 호수로 둘러싸인 핑왕에서 묵었다. 핑왕은 말 그대로 언덕 하나 산 하나 보이지 않는, 조선에서는 볼 수 없는 일망무제의 평야였다. 나는 잠시 최부의 일행과 헤어져 우전으로 간다.

도시라고 부르기엔 좀 작은, 그렇다고 마을이라 부르기도 좀 뭣하다. 운하 변에 위치한 곳이라서 역시 물이 흔하다. 우전뿐만 아니라 강남에서 사람이 모이는 도회지치고 운하에서 가지를 친 물길로 이어지지 않은 곳을 찾아보기 어렵다. 그만큼 물과 가깝고 물에 의지해 살아간다. 우전도 마찬가지다. 지리적인 영향 탓에 대륙의 위아래를 오르내리던 물류의 일부가 우전에서 부려졌다. 일부라고는 하지만 규모가 상당했다. 그래서 사람이든 물건이든 모든 것이 넘쳐나던 고장이었다. 물론 오래전의 얘기지만 말이다. 어디를 걷든 수로가 동행한다. 묵은 물 냄새가 훅 끼친다.

곧장 우전의 중심거리인 둥다제東大街로 달려간다. 사오싱과 구별이 되지 않을 정도로 수로와 좁은 길과 돌다리가 미로처럼 이어진다. 사오싱의 집들이 석축을 쌓고 그 위에 벽돌을 올려 지은 것이 대부분이라면 이곳 우전은 나무로 지은 집들이 유독 눈에 띈다. 특히 상가에 늘어선 점포가 유별나다. 그러고 보니 이곳은 주택가가 아니라 상가가 밀집한 지역이다. 오랜 시간 햇볕에 빛이 바랜 탓인지 벽이며 기둥이 모두 검은색이다. 나무가 상하는 것은 막으려고 검은색을 칠해 우전이라 불린다는 얘기도 있다. 검은 마을, 그럴듯한 설명이다. 검은 장막을 늘인 듯 어둡고 긴 골목 안에서 햇살에 반짝이는 건 반질반질하게 닳고 닳은 돌길이다. 시간의 흔적이 길 위에서 빛난다. 저 안쪽 어딘가에 내가 찾는 화포가 있을 것이다.

마당 가득 푸른 화포가 깃발처럼 나부꼈다. 지붕보다 높은 장대에 걸린 희고 푸른 화포가 마치 폭포처럼 쏟아져 내린다. 비록 관광객을 위한 감상용이었지만 직감적으로 저것이 마음속으로 그리던, 상업화와 대중화를 이룬 강남 화포와 가장 유사한 것이 아닐까 싶었다. 구이저우 먀오족 여인들처럼 하나하나 정성껏 그린 것이 아닌, 그렇다고 펑황고성 유노인의 것처럼 그림액자 같은 화포도 아닌, 긴 한 필의 무명에 연속되는 무늬를 넣은 것이 내가 처음 상상했던 화포의 이미지였다. 좀 더 쉽게 많

이 생산되어 포목점 한자리를 차지하고 있었을 푸른 화포들. 새로 물들인 최신 유행의 무늬를 고르던 바쁜 손길들이 눈에 선하다. 옷을 만들어 입기에 적당한, 당시로서는 가장 상업적인 방식으로 생산된 것이 분명해 보였다.

이전에는 화포를 물들이는 공방과 판매를 겸하는 곳이었는지는 몰라도 이젠 상점가에 들어선 우전의 여러 관광지 중 한 곳으로 탈바꿈했다. 모두가 고개를 뒤로 젖히고 푸른 화포를 쳐다봤다. 시장의 점포가 아닌 관광지의 시렁에 걸린 화포를 보며 저들은 무슨 생각을 할까. 화포는 늘 이들의 일상 가까이 있었다. 쪽으로 물을 들이던 시절이나 쉽고 간편한 합성염료로 바뀐 뒤에도 생활 속에 넘쳐나던 것이 저 화포였다. 그렇다면 비슷한 시기 조선의 사정은 어땠을까. 조선 후기에 그렸다는 기록화가 떠오른다. 소수를 제외한 나머지 사람들은 흰옷 일색이던 조선의 거리가 말이다. 푸른 화포로 지은 옷을 입을 수 있었던 박지원은 특별한 경우였을 것이다. 그 역시 권력과 돈과 지위가 있는 소수의 양반이었으니까. 그렇다면 나머지 조선 사람들은 푸른색이나 화포에 대한 호기심도 욕구도 없었단 말인가. 그래서 누구나 흰옷만을 입고 거리를 활보했던 것일까.

돌길에 부딪는 발소리는 경쾌하다. 노란 깃발과 모자들이 거리를 급히 빠져나간다. 사람들이 달려간 곳은 둥다제 입구의 마당. 과장된 성조에 우는 듯한 고음의 콧소리가 들리고 붉고 노란 배우들의 의상과 검고 긴 수염이 숨바꼭질을 하듯 나타났다 사라진다. 난데없는 경극 공연이 한창이었다. 멀리 2층 높이로 지어진 공연무대가 보인다. 별안간 함성이 울

● 시장의 점포가 아닌 관광지의 시렁에 걸린 화포를 보며 저들은 무슨 생각을 할까. 화포는 늘 이들의 일상 가까이 있었다. 쪽으로 물을 들이던 시절이나 쉽고 간편한 합성염료로 바뀐 뒤에도 생활 속에 넘쳐나던 것이 저 화포였다.

리고 박수 소리가 요란하게 터진다. 까치발을 해보지만 공연은 그새 막을 내리고 관광객은 다시 무리를 지어 제 갈 길을 간다. 공연이라기보다는 광고용 맛보기 같다. 관객은 떠나고 무대 위엔 요란한 분장의 배우 두 사람만 남아 별것도 없는 장비를 정리한다. 공연이 끝난 무대는 어디고 쓸쓸하다.

경극 〈패왕별희〉는 패왕 항우項羽와 애첩 우희虞姬의 이별 이야기다. 항우는 장군 한신韓信에게 속아 사면초가에 놓인다. 군사들은 달아나고 항우에게 남은 건 말 한 필과 애첩 우희뿐. 죽음을 예감한 우희는 항우와 마지막 술을 마시고 자결한다. 포위를 뚫고 달아나던 항우도 스스로 목숨을 끊는다. 영화 〈패왕별희〉는 두 경극 배우 패왕 역의 샬로와 우희 역의 데이를 중심으로 경극의 근대사를 축약한다. 사랑 때문에 경극을 떠나는 패왕 샬로와 경극이 삶의 전부인 우희 데이. 예술이 삶의 일부인 자와 예술에 목숨을 거는 자. 데이는 잡혀간 샬로를 위해 일본군 앞에서 노래를 부른다. 노래는 사랑에 죽고 사랑에 목숨 거는 남녀의 애절한 이야기다. 데이가 사랑한 사람은 누구였을까. 샬로였을까, 아니면 경극 속 패왕이었을까. 어쩌면 두 사람도 아닌 경극 자체였을지도 모를 일이다. 엇갈린 사랑은 증오를 부르고 증오는 처절한 배신을 낳는다. 결론은 죽음뿐. 데이는 우희가 그랬듯 패왕의 칼로 자결한다. 우희를 연기했던 장국영을 어찌 잊을 수 있을까.

영화는 묻는다. 삶과 예술은 무엇이며, 또 예술은 시대와 어떻게 불화하고 야합하는가를. 대답은 유보되고 삶은 때로 지리멸렬하지만 '그래도 계속된다'는 쓸쓸한 격언만 남는다. 그렇기는 했다. 삶은 계속된다는 것만큼 인생에서 선명한 것이 또 있을까. 그래서일까, 영화 〈패왕별희〉에서 내가 잊지 못하는 장면은 따로 있다.

어린 데이는 육손이였다. 아들의 얼굴을 가리고 가늘고 여린, 새끼 손가락 곁에 버섯처럼 자라난 살과 뼈를 칼로 단숨에 자르던 데이의 엄마. 그녀는 창녀였다. 자식의 손가락을 잘라야 둘 다 살 수 있었다. 극단에 홀로 남겨진 데이는 또래의 라이즈와 극단에서 도망쳐 우연히 경극 〈패왕별희〉를 보게 된다. 라이즈의 목말을 타고 경극에 빠져드는 데이. 결국 오줌을 지리는 데이. 데이는 그때부터 패왕, 아니 경극을 사랑하는 우희가 되었을 것이다. 돌아와 매를 맞는 데이와 매가 무서워 주머니에 남은 알사탕을 꾸역꾸역 입에 밀어 넣고 목을 매 죽는 라이즈……. 그 장면에서 나는 가끔 목이 멨다.

운하의 물길이 내려다보이는 식당에 앉아 뜨거운 국수를 먹는다. 운하의 물은 먼 곳으로 향했다. 어린 데이와 라이즈에게 알사탕은 무엇이었을까. 이국의 외딴곳에서 음식을 먹는 일이 무엇보다 위로가 되는 순간이 있다. 알사탕은 어린 그들에게 위로였을까. 경극도 하나의 위로라면 음식도 그랬다. 삶은 때론 위로를 얻어야 겨우 견딜 수 있는 것이다. 최부와 일행들은 밤에도 배를 멈추지 않고 북으로 향했다. 그들은 그 긴 시간을 무얼 먹으며 견뎠을까. 삐걱거리는 노 소리를 들으며 먼 타국의 운하를 걸음보다 느리게 지나가던 조선의 사내들이 오늘 밤은 애처로웠다. 밤낮을 움직여 어디론가 가고 있다는 사실이 그들에겐 위로였을 것이다. 우전의 밤이 아름다운 건 조명 때문이 아니다. 고요한 운하 덕이다.

양저우 운하에 찬비가 내리다

기어이 추적추적 초겨울 같은 비가 내린다. 운하를 따라 쑤저우를 지난 최부 일행은 드디어 창강을 눈앞에 둔다. 모든 것이 처음 보는 풍경인 중국 강남에서도 창강은 지금까지 지나온 도시나 명승지와는 그 의미가 달랐다. 상상 속에만 존재하던, 세상에서 가장 크고 넓다는 강. 강폭이 넓어 물이 어디로 흘러가는지 알 수 없었다. 서쪽 눈 덮인 고원에서 발원해 만 리를 지나 동쪽으로 쏟아져 내려온 강물은 "고래 떼가 파도를 희롱하고 마치 싸움터의 말들이 무리 지어 달리는 듯했다"고 최부는 기록했다. 강을 건너면 곧바로 양저우揚州였다. 조선에서 나고 자란 그도 양저우의 명성은 익히 들어 알고 있었다. 고향으로 돌아갈 수 있을까 하는 걱정은 사라졌으니 이제는 본분을 잊고, 마치 봄나들이라도 나온 듯 유람객의 상념에 젖어 이곳의 수려한 풍경을 누려보리라 기대가 컸을 터였다.

> 아침에 광릉역을 떠나 양주(양저우)를 지났다. 양주는 옛날 수나라 때 수도였다. 이곳은 강남 지역의 큰 요충지로 10리의 유곽과 스물네 개의 다리와 서른여섯 개의 방죽 등이 있어 풍경이 으뜸이다. 이른바 "봄바람이 성곽에 한들거리니 생황 소리 노랫소리 질탕하게 들끓네"라고 한 것도 여기를 이르는 것이다.

양저우는 창강과 대운하가 교차하는 교통의 요충지다. 강남에서 운하를 타고 올라온 배와 쓰촨四川과 윈난, 구이저우 등 서쪽에서 운송된 배는 양저우에서 한차례 숨을 고른 뒤 대운하를 따라 남으로 북으로 이동했다. 가장 큰 두 개의 물길이, 요즘과 비교하면 고속도로가 교차하는 사거리에 양저우가 위치했다. 이곳이 강남에서 사통팔달의 교통의 요지가 될 수 있었던 이유였다. 대륙의 남북을 이어줄 운하를 건설하기 시작한 수나라 양제는 수로를 파고 양저우를 강남의 수도로 삼았다. 그는 수도인 장안보다 이곳에 더 오래 머물렀다고 전한다. 툭하면 거대한 황궁을 배 위에 만들어 강남으로 향했다. '움직이는 황궁'과 다름없었다. 그로부터 청나라의 절정기에 이르는 긴 시간 동안 양저우는 부와 향락과 예술이 혼재하던, 그야말로 강남의 문화와 상업 중심지로서의 역할을 톡톡히 한다.

양저우의 경제를 떠받치는 건 소금이었다. 소금으로 부를 축적한 거물 상인들이 양저우의 문화와 예술을 이끌었다. 소금을 거래하는 상인이자 관료였으며 학자이기도 했다. 각지의 예술가들은 엄청난 재력을 바탕으로 예술의 수요가 남달랐던 이곳으로 모여들었다. 그동안 보지 못한 거대한 예술시장이 양저우를 중심으로 만들어졌다. 옛날이나 지금이나 예술은 경제의 흐름과 불가분의 관계에 있다. 어디 예술뿐이겠는가. 술과 돈과 환락과 소비가 넘치는 곳에 가난과 좌절과 술수와 야망이 공존했다. 그때 세상에 이름을 알린 많은 예술가들이 있었다. 개방적인 도시 양저우에서 이들의 그림은 개성으로 충만했다. 그래야 살아남을 수 있었다.

화가이자 시인인 김농金農도 그중 한 사람이었다. 그는 절에서 혼자 지내며 스스로 출가한 이를 자처했다고 한다. 세 칸으로 나뉜 건물 양편이 그의 침실과 작업실이었다. 벽을 따라 걸린 그림 몇 점과 글씨 몇 폭. 검은 묵으로 그린 텅 빈 그림자 같은 대나무와 그리고 매화. 김농의 그림

속 흰 매화 꽃잎이 바람에 날렸다. 달빛과 대나무의 그림자와 꽃잎을 날리는 바람…… 화가 김농은 무엇을 그리고 싶었던 것일까. 그가 보고 있던 것은 매화나 대나무가 아니라 어쩌면 그림자와 바람이었는지도 몰랐다. 침실 문은 닫혀 있었다. 그가 살았다는 방 안이 보고 싶었다. 좁은 창으로 침실을 넘겨다보다 슬며시 웃음이 나왔다. 방구석에 덩그러니 놓여 있는 침대며 이불과 늘어진 커튼이 모두 푸른색이었다. 흰 매화꽃 무늬가 박힌 화포였다.

절을 나서다 문득 입구에 서 있는 표지석을 읽어본다. 이곳은 본래 이름이 서방사西方寺인 천년 고찰이었단다. 불현듯 떠오르는 것이 있었다. 《표해록》을 펼쳤다. 최부 일행은 그의 바람과는 다르게 아쉽게도 양저우에 머물지 못하고 운하를 따라 북쪽으로 한참을 더 가서 묵는다. 그리고 그곳에서 자신보다 먼저 이곳을 지나던 조선인의 이야기를 듣는다.

> 양주(양저우)에서 온 조감이란 자가 묻기를, "여섯 해쯤 전에 조선 사람 이섬李暹이란 자가 표류하여 여기 왔다가 귀국하였는데 당신도 아십니까?" 하기에, "알지요" 하고 대답한 뒤 이섬이 이곳에 표착되었다가 귀국한 전말을 물으니, "이섬이 처음 바람에 쓸려 양주에 닿았을 때 이곳을 지키던 장승張昇이 군대를 이끌고 가서 이섬을 체포해 옥중에 가두었습니다. 관리가 청을 넣어 그를 서방사라는 절간에서 편히 쉬게 하고는 그가 탔던 배의 행방을 조사하였습니다. 이섬이 거의 한 달이나 머물렀을 때 곽郭 대인이 이섬이 지은 시를 보고는 그를 선량한 사람이라 믿고 벗으로 대우하였습니다" 하고 조감이 대답하였다.

그랬다. 최부 등이 중국에 표류하기 전인 1483년 봄, 이섬 일행 또한 제주를 떠나 서울로 가던 길에 풍랑에 떠밀려 이곳 양저우에 닿았다. 표류하던 마흔일곱 명 중 열네 명이 굶어 죽었다. 그들도 최부의 일행처럼 베이징으로 호송되어 그해 8월에 조선으로 돌아간다. 최부가 양저우에 도착하기 불과 5년 전의 일이었다. 이섬 등이 한 달이나 묵었던 곳이 화가 김농이 살았던 여기 서방사였다. 그들은 한 달 동안 절 안 어디서 잠을 청하고 무슨 끼니를 얻었을까. 절 입구는 사람 서넛 지날 수 있는 골목에 불과했다. 그들은 어디에서 이 절로 와서 어디로 떠났던 것일까. 최부의 기록이 아니었다면 그들의 흔적은 전해지지 않았을 것이다.

서방사에서 동쪽으로 길을 잡고 둥관제東關街를 지나면 곧 운하에 닿는다. 길가에는 성벽처럼 집들이 높고 깊다. 지금은 관광지가 되거나 호텔로 개조되었지만 본래는 소금 상인들의 저택이었다. 그들의 곳간에서 흘러나온 돈이 이곳 양저우로 예술가를 불러들였다. 틈만 나면 시인과 화가들을 불러 모아 술과 연회를 베풀었고 서로 경쟁이라도 하듯 사치스러운 정원을 만들기도 했다. 지금도 양저우 거리에는 기괴하다 싶을 정도로 요란한 분재며 가지각색의 꽃들이 넘쳐난다. 또 그런 사적인 취향과 집착들이 하찮은 잡기가 아니라 시대를 앞서가는 어엿한 전문가의 안목으로 대접받기 시작했다. 최부 일행은 여행이 아닌 선택의 자유가 없는 호송이었으니, 소문으로만 듣던 화려한 도시 양저우를 지나칠 수밖에 없었다. 시로 노래로만 상상하던 곳을 끝내 보지 못한 최부의 아쉬운 눈빛이 눈앞에 선하다.

둥관제 끝을 운하가 막아선다. 본류가 아닌 양저우 시내와 대운하를 잇는 일종의 지류다. 넓고 반듯하다. 예전부터 무역상이 붐볐을 주변은 소리 없이 조용하다. 계단을 내려가자 운하의 물이 손에 만져진다. 저

물을 저어 이섬이 가던 길을 최부와 마흔두 명의 조선인들이 뒤따랐다. 해진 옷을 입고 꿈인지 생신지 분간도 되지 않는 얼굴로 불안한 눈동자를 굴렸을 타국의 사람들. 운하를 따라 북상하는 길은 멀고 멀었다. 무엇보다 추웠다. 최부가 양저우를 코앞에 두고 북으로 향하던 그날도 차가운 비가 내렸다.

마흔세 명의 조선 사내들

양저우를 떠난 대운하는 내륙의 긴 호수를 옆에 끼고 간다. 운하를 따라 가는 길에는 크고 작은 호수가 냇가의 조약돌처럼 셀 수 없이 많다. 수량이 풍부하고 바다처럼 넓고 큰 호수 덕에 운하를 건설하기가 그나마 용이했다. 호수와 호수를 연결하고 강물을 끌어들일 수 없었다면 대운하는 꿈도 꾸기 어려웠을 것이다. 이 거대한 토목공사로 인해 달라진 것이 비단 남북을 연결하는 교통로의 완공만은 아닐 것이다. 비옥한 땅이라는 소리가 저절로 나온다. 뿌옇게 흐린 하늘 탓에 지평선은 가뭇없이 사라진다. 호수다운 호수를 보지 못한 눈에는 바다라 우겨도 반론할 방법이 없어 보일 만큼 넓다. 최부와 그들도 그랬으리라. 제주도에서 나고 자란 배꾼들은 눈에 보이는 것이 호수인지 바다인지 분간하기 어려웠을 것이다. 그저 어서 빨리 고향으로 돌아가고 싶은 마음뿐. 고속도로도 운하와 나란히 간다. 사방을 둘러보아도 조그만 언덕 하나 없는 너른 들판. 곧 화이안淮安에 닿을 것이다.

화이안 도심을 지나는 강이 화이허淮河다. 북쪽의 황허와 남쪽의 창강 사이에 화이허가 있다. 강남의 귤이 강을 건너면 탱자가 된다는 경계의 그 강이 이곳이다. 화이허는 창강과 황허 사이에서 조용하다. 위아래 두 강처럼 가파르게 물길을 바꾸지도 않았다. 거대한 강을 위아래에 두고

마치 넙치처럼 땅에 납작 엎드려 있다. 화이허의 본류로 모여드는 지류의 물길은 살을 발라놓은 생선의 가시처럼 일정하고 규칙적이다. 그렇게 모여든 강물은 홍쩌호洪澤湖에 발이 묶인 채 바다로 흐르기를 기다린다. 호수가 차올라 물이 길을 만들어야 했지만 너른 평야에서 물은 갈피를 잡지 못했다. 바다로 흐르지 못한 물은 흩어져 수로로 합류하거나 운하의 물길에 보태져 강물로서의 생을 마감했다. 끝이 보이지 않는 들판. 화이허의 물은 들판을 서성이고 있었다.

새로 건설 중인 작은 공항만 한 터미널은 도시의 북쪽 신시가지 벌판에 치우쳐 있었다. 도시의 행방을 가늠하기 어려웠다. 지도를 구하고 한참 동안 위치를 맞추고 나서야 버스에 올랐다. 다행히 버스는 대운하 위를 지나 도심으로 직진했다. 운하 위로 여전히 배들이 길처럼 오간다. 동력선이 앞에 서고 석탄이며 짐을 실는 배들이 굴비처럼 엮여 느리게 떠간다. 갑판 한쪽에 허름한 거처를 지어 생활해야 할 만큼 운하의 물길은 멀었다. 배 아래로 검은 기름띠가 흘렀다. 최부는 양저우를 떠난 지 닷새 만에 화이안에 도착한다. 조선의 선비에게 필독서나 마찬가지였을 사마천의 《사기史記》를 최부도 여러 차례 보았으리라. 그는 이곳 화이안이 무능력의 아이콘에서 한나라의 대장군으로 성공한 한신韓信이라는 인물과 관련된 곳이라는 걸 이미 알고 있었다. 화이안에 들어선 최부는 한신의 고사에 얽힌 장소를 놓치지 않는다. 그런데 괴이한 상황과 마주친다. 저 강물이 화이허인 것을 분명히 알고 있는데 다들 황허라고 부르고 있었던 것. 최부는 당황한다. 어떻게 이런 일이.

● 운하 위로 여전히 배들이 길처럼 오간다. 동력선이 앞에 서고 석탄이며 짐을 싣는 배들이 굴비처럼 엮여 느리게 떠간다. 갑판 한쪽에 허름한 거처를 지어 생활해야 할 만큼 운하의 물길은 멀었다.

이날 큰비가 내리는 가운데 회하(화이허)를 지났다. 회하를 황하(황허)라고도 한다. 내가 부영에게 묻기를, "회하와 황하는 그 근원도 같지 않고 유파도 같지 않으며 또 바다로 들어가는 지점도 다른데 지금 두 강을 합쳐서 황하라고 하는 것은 무슨 까닭인가요?" 하니 대답하기를, "우리 명나라에 와서 황하의 수로를 터 회하와 이었으니 두 강이 합류하여 바다로 들어가게 되었습니다. 그러니 황하는 옛길을 잃어 기록과는 다릅니다" 하였다.

중화 문명의 젖줄이라는 황허의 물길이 달라지다니, 최부로서는 처음 듣는 날벼락 같은 얘기였다. 책으로 익힌 대륙의 역사와 달라진 현실을 그가 속속들이 알기는 어려웠다. 창강과 마찬가지로 서쪽 고원에서 발원한 황허를 중심으로 중국의 여러 나라와 수도가 생겨나고 소멸한다. 그 중 한 곳인 카이펑은 북송北宋의 수도였다. 황허의 남쪽 제방이 무너져 강물이 처음 화이허로 합류하기 시작한 때가 금나라가 수도 카이펑을 공격하던 1128년 무렵이었다고 한다. 그 뒤에도 제방을 보수하고 다시 무너지기를 수차례, 황허의 물길은 여러 곳으로 방향을 바꾸었다.

부친상을 당하여 집으로 돌아가던 길에 풍랑을 만나 멀고 낯선 중국 남부 해안에 떠밀려온 조선의 선비 최부. 왜적이나 염탐꾼이 아닐까 하는 의심이 풀려 조선으로 송환이 결정되었다는 전갈을 처음 전해들은 최부는 무슨 생각을 했을까. 당시까지도 조선에는 중국의 강남 지역인 항저우와 쑤저우, 양저우 등 화이안까지 오는 동안 묵었던 여러 도시에 대한 정보가 아무것도 없었다. 겨우 중국 문인들이 남긴 글에서 상상으로만 그려보던 풍경을 최부는 직접 눈으로 보며 지나왔던 것이다. 그러니 사대부인 그에게 이보다 더 좋은 기회는 없었다. 그래, 이제 고향으로 돌아갈 일만 남았다. 그러니 내가 지나며 보고 들은 모든 것을 써서 근사한 최신 유람기를 남기는 것은 어떨까. 이건 하늘이 내게 준 절호의 기회다. 뭐, 이런 생각이 들지 않았을까. 그래서 보고 듣는 족족 깨알 같은 메모를 남겨 조선으로 가져간 뒤《사기》며 조선에서 구할 수 있는 참고서를 바탕으로《표해록》을 저술했을 것이다.

미암眉巖 유희춘柳希春이라는 선비가 있었다. 그는 최부의 외손자였다. 그는 외할아버지의 문집을 엮는 데 공을 들인다.《표해록》역시 그의 손을 거쳤다. 집안 내력이었던지 유희춘도 기록을 남기는 일에서는 결코 외조부에 뒤지지 않았다.《미암일기眉巖日記》는 유희춘이 11년 동안의 일상을 담은 기록이다. 조정의 일과 당시 교유했던 관리들에 관한 내용이 대부분이지만 그의 집을 들고나던 선물과 답례품에 대한 기록까지 자세하다. 그날의 날씨와 부인의 꿈에 대한 기록을 시작으로 배탈과 감기에 걸린 날의 행적도 적었다. 길 잃은 고양이가 집에 들어온 일이며 쥐가 허리띠를 물어뜯어 놓았다는 대목에 이르면 그의 기록에 대한 열정에 감탄과 웃음이 절로 나온다. 시시콜콜한 집안일까지 빠짐없이 기록한 일기는 당시 사람들의 일상생활을 눈으로 보는 듯했다. 그는 일기 끄트머리에 쪽 염색에 관한 기록도 남겼다. 그의 꼼꼼한 성품 덕분에 짧은 글이나마 당시의 풍경을 그려볼 수 있다.

> 1569년 7월 초2일. 노복을 시켜 얼음 여섯 덩이를 서빙고西氷庫에서 얻어왔다. 바깥채에서 쪽물을 들였다.

> 1572년 12월 24일. 내가 무장 현감이 되어 녹봉으로 모친께 담비가죽 귀덮개와 아청색鴉靑色 비단과 쪽색 치맛감을 드렸는데 그해 겨울

에 만들어 입으셨다. 내가 종성으로 귀양을 간 뒤 여러 번 흉년이 들자 생활이 어려워진 모친은 치마를 팔아 쌀을 사셨다. 유배에서 풀려난 뒤 30년 전 모친의 치마를 돌려받으니 부인과 더불어 마주보면서 지극한 정을 금할 수 없다.

1574년 7월 27일. 부인이 종을 시켜 한강에서 쪽을 베어왔다.

7월 28일. 부인이 얼음 네 덩이로 명주에 쪽물을 들여 바람에 말렸다. 다섯 필이었다.

이제 그들과 헤어져야 했다. 최부와 일행들은 화이안을 떠나 베이징을 거쳐 무사히 압록강을 건넜다. 1488년 정월 중국 남부 해안에 떠밀려온 지 6개월 만이었다. 동행이라고는 했지만 나는 그들의 일거수일투족에 대해 아는 것이 없었다. 짐작조차 하기 어려웠다. 살을 파고드는 찬바람이 얼마나 세차게 불었는지 먹을 것이 없어 굶지는 않았는지 알지 못했다. 그저 이 길을, 이 운하를 따라 자신이 살던 곳으로 돌아가던 마흔세 명의 조선의 사내들을 기억한다. 꼼꼼한 선비 최부는 자신과 마흔두 사람의 이름을 빠짐없이 남긴다. 정보, 김중, 손효자, 최거이산, 막금, 만산……. 여기쯤에서는, 그동안 두려움으로 주눅 들었던 얼굴을 펴고 이국의 사람과 마을과 풍경까지도 호기심 가득한 눈으로 바라보던 이들도 몇은 있었기를, 고향으로 돌아가 자신이 보고 들은 것을 이웃들에게 자랑삼아 떠벌리기라도 했기를, 그랬기를.

들판 가득 흰 구름

들은 넓어서 마을과 마을 사이도 멀다. 물과 습지가 뒤섞인 호수는 풍경이 아니라 한 폭의 거대한 추상화다. 습관으로 굳어진 감각은 물리적 크기를 만나 허둥댄다. 버스가 지나는 길목에 메마른 갈색을 배경으로 흰 점을 찍은 것은 분명 팝콘처럼 터져버린 목화송이다. 척박한 첸둥난 산속의 먀오족 여자들이, 다시 먼 남쪽의 변방에서 새로운 삶의 터전을 일궈야 했던 몽족의 여자들이 누구나 갖고 싶어 했던 저것들. 집채만 한 콤바인이 목화밭을 훑고 지나가는 옆에서 허리를 굽혀 사내들과 여자들이 하얀 목화송이를 딴다. 흰 무늬가, 꽃이 사라진다.

버스는 호숫가 마을에 자주 멈추었고 한 무리의 승객이 내리고 다시 빈자리를 채울 때까지 움직이지 않았다. 추수가 한창인 넓고 아득한 들판은 호수를 향해 펼쳐진다. 지나는 길마다 방앗간이 마을만큼 많았고 마당에 쌓인 왕겨더미는 방앗간 지붕보다 높았다. 입구에선 왕겨를 실어 가는 트럭과 벼를 실어 오는 트럭이 서로 뒤엉켰고 방아 찧는 먼지가 연기처럼 하늘로 풀풀 날렸다. 바야흐로 추수의 계절. 제 몸보다 서너 배나 더 커 보이는 짐을 실은 삼륜차는 삐딱하게 기운 몸을 헉헉댔다. 곧 쓰러질 것처럼 위태로운 볏단 위에 날이 선 낫 몇 자루가 꽂혀 있다. 멀리 호수를 배경으로 펼쳐진 건 다시 희뿌연 목화밭이었다. 밭을 가득 메운 하얀

목화송이는 구이저우의 바사 마을에서 바라다본 구름을 닮았다. 저 흰 구름이 실로 짜여 무명이 되고 화포가 된다.

랑산狼山 마을로 가는 길. 최부와 마흔두 명의 조선인은 여전히 운하를 따라 베이징으로 향하고 있을 것이다. 그들도 지금쯤 옛 황허의 물길이 지나던 곳에 도착했을까. 짐작도 가지 않는 긴 시간 동안 강물이 쌓아놓은 황토 들판은 끝이 보이지 않는다. 길은 바둑판처럼 구획된 들판 사이를 직선으로 뻗어간다. 차가 지날 때마다 누런 먼지가 인다. 마차는 먼지를 뒤집어쓰고 사람들은 길가에 서서 고개를 돌린다. 수직의 백양나무와 수평의 길이 직조를 하듯 얽힌다. 들과 나무와 길과 수로가 풍경의 전부다. 낡은 승합차가 정지된 화면을 흔든다. 곡선이 보이지 않는 대지다.

마을은 언덕 하나 없는 벌판 한가운데 자리하고 있었다. 마른 옥수숫대가 담벼락에 기대어 위태롭게 서 있었고 처마 아래에선 노란 옥수수가 말라갔다. 평범하기 이를 데 없는 농촌이었다. 마을을 둘러싼 백양나무 숲마저 없었다면 이곳에 마을이 있으리라 짐작조차 어려워 보인다. 그래도 황토로 가득 찬 들 가운데 군데군데 돌산이 섬처럼 한가롭다. 돌담을 돌아 천천히 마을로 난 길을 따라 걸음을 옮긴다. 구멍가게 앞, 추수를 끝낸 마을 노인들은 한가로웠다. 담 아래 쪼그리고 앉아 담배를 피우거나 마작 패를 돌렸다. 어쩌다 눈이 마주친 노인이 물끄러미 쳐다볼 뿐 마을은 가을의 끝자락에 고요하고 평화롭다. 어디에 있는 것일까…… 주위를 두리번거린다.

마을을 한 바퀴 돌았는데 채 10분도 되지 않아 도로 구멍가게 앞이

● 척박한 첸둥난 산속의 먀오족 여자들이, 다시 먼 남쪽의 변방에서 새로운 삶의 터전을 일궈야 했던 몽족의 여자들이 누구나 갖고 싶어 했던 저것들. 집채만 한 콤바인이 목화밭을 훑고 지나가는 옆에서 허리를 굽혀 사내들과 여자들이 하얀 목화송이를 딴다. 흰 무늬가, 꽃이 사라진다. ⓒAlamy

다. 노인들이 동작을 멈춘다. 하는 수 없다. 가져온 책을 펼쳐놓는다. 사람들이 돌아가며 책을 이리저리 넘긴다. 글은 읽지 않고 사진을 가리키며 책과 나를 번갈아 쳐다본다. 마른 가죽처럼 거칠고 검은 손. 누구라도, 무슨 말이라도 나오길 기다리는데 책장만 넘길 뿐 아무도 말이 없다. 사진 한 장에 일제히 시선이 모인다. 흰 수염을 기른 노인이 푸른 화포의 방염제를 떼어내고 있는 사진이다. 두杜 씨 성을 가진 노인이다. 내가 고개를 끄덕이자 한 사람이 자리에서 일어나 책을 들고 골목으로 사라진다. 나는 잠시 먼 들을 바라본다. 얼마나 지났을까, 골목으로 사라진 노인이 중년의 여자를 앞세우고 나타났다. 두杜 노인에 관한 자료 정리(반노생潘魯生 외, 《아름다운 옷錦繡衣裳》, 산동미술출판사).

두杜 노인은 1942년 랑산 마을에서 태어났다. 민간에서 운영하는 소학교의 교원을 지내면서 마을의 생산대에서 만든 염색공장에서 부업으로 회계를 봤다. 생산대는 중국 사회주의 농업경제의 깃발 아래 만들어진 농촌의 노동조직이었다. 공장에서 일하는 직원도 대부분 그의 친척이었다. 일이 바쁠 때는 두 노인도 염색일을 도왔다. 그곳에서 인염 화포 만드는 기술을 익혔다.

정부에서 만든 염색공장이 문을 닫자 두 노인은 자신의 집 옆에 세 명의 마을 사람과 합작으로 '랑산촌염색공장'을 세웠다. 집 앞에 제법 커다란 물웅덩이가 있었다. 평소에는 마을 사람들이 와서 빨래를 했고 여름이면 마을 아이들이 목욕을 하거나 헤엄을 치며 놀았다. 염색공장은 반드시 물이 필요했다. 염색을 마친 천을 물에서 여러 번 씻어야 했기 때문이다. 그래서 물의 색만 보고도 장사가 잘되는지 아닌지를 알 수 있었다.

공장은 작은 규모였다. 직원들은 농사철에는 들에 나가 일을 하고 농한기가 돌아오면 염색을 했다. 주로 겨울에 집중되었다. 마을 사람들이 천을 가져오면 물을 들였다. 먼 곳에서 찾아오는 사람도 있었다. 일감이 떨어지면 두 노인과 직원들은 장날을 기다려 화판을 가지고 장으로 갔다. 사람들에게 화판을 보여주고 무늬를 고르게 하고는 다음 장날에 염색한 천을 돌려주었다. 자전거를 타고 멀리 외진 마을까지 가서 일거리를 얻어오기도 했다. 직원들이 가면 마을 사람들은 미리 준비해놓은 천을 맡겼다. 오래된 풍습이었다.

일감을 받으면 손님에게 나무로 만든 증표를 주었다. 증표에는 물들일 색과 천의 길이 그리고 무늬의 종류가 표시되어 있었다. 같은 내용이 표시된 두 개의 증표 중 하나는 손님에게 주었고 나머지 하나는 천에 매달아 물을 들였다. 손님이 물들인 천을 찾으러 오면 서로 증표를 맞춰본 다음 천을 건네주고 값을 받았다. 일종의 '부절符節'이었다.

랑산 일대는 오래전부터 방직 기술이 발달한 곳이었다. 이곳 여자들은 누구나 천을 짤 줄 알았다. 특히 여러 가지 색실을 넣어 짠 격자무늬 천은 중요한 곳에 사용되었고 혼수품으로 인기가 높았다. 쪽물을 들인 인염 화포는 격자무늬 천처럼 널리 사용되지는 않았고 주로 이불보나 어린아이의 옷을 만드는 데 쓰였다. 하지만 1970년대 들어 인염화포의 수요가 급격하게 늘기 시작했다. 여자들은 격자무늬 천을 짜는 대신 자신들이 고른 무늬로 염색한 인염 화포를 선호했다. 근처 마을에도 큰 규모의 염색공장들이 있었다. 일거리가 많은 곳에서는 150여 종이 넘는 화판을 가지고 무늬를 만들었다.

두 노인의 염색공장에도 일감이 넘쳤다. 직원들은 겨울뿐만 아니라 농번기에도 물을 들였다. 밤을 새우기 일쑤였고 공장 앞 물웅덩이는 늘 검고 푸른색이 돌았다. 하지만 그것도 잠깐이었다. 1980년대 중반에 들어서면서 사람들은 푸른색에 흰색 무늬가 찍힌 단조로운 인염 화포보다 공장에서 쏟아져 나온 천을 사러 시장으로 갔다. 공장에서 만든 천은 색도 화려했고 무늬도 다양했다. 전통적인 방법에 비해 화학 염료를 섞어 물들이는 방법은 쉽고 간단했다. 무엇보다 원가가 적게 들었고 값이 저렴했다. 인염 화포를 생산하던 염색공장들이 하나둘 문을 닫기 시작했다. '랑산촌염색공장'도 예외는 아니었다.

두 노인은 이미 이 세상 사람이 아니었다. 여자는 며느리라고 했다. 두 노인이 경영했다는 '랑산촌염색공장'도 문을 닫은 지 오래였다. 예상했던 일이었다. 여자를 따라 마른 목화 줄기와 콩대가 가득 쌓여 있는 건물 안으로 들어갔다. 두 노인의 공장이 있었던 곳이라고 했다. 검거나 푸른 얼룩이 남은 깨진 항아리, 염료를 끓일 때 사용하던 화덕, 이제는 낡을 대로 낡아 무늬조차 알아보기 힘든 화판들……. 화포공장이 맞았다.

마을 골목에는 송이를 따낸 목화 줄기가 대문 곳곳에 쌓였다. 낮은 산 하나 보이지 않는 이 넓은 들에 목화꽃이 한창인 계절이 되면 장관이겠다 싶었다. 꽃이 지고 백설 같은 목화송이가 피어나면 온 들판은 구름바다가 될 터였다. 부드러운 솜과는 달리 목화 가지는 마른 나무처럼 단단하고 날카로웠다. 저 가지에 핀 하얀 송이가 실이 되고 천으로 짜여 추위를 견디는 옷이 되었다. 그 위에 무늬를 그리고 푸른색 물을 들여 입고는 들로 일터로 나갔다. 흰 목화송이에서 시작해 마지막에는 푸른 화포로 환생했다. 인적이 없는 골목으로 접어들었다. 골목을 벗어나자 지붕보다 낮은 완만한 언덕이 나타났다. 언덕으로 오르는 길옆에도 베어낸 목화가 이리저리 널렸다. 넓고 펑퍼짐한 바위를 가득 덮고 있는 것은 푸른색 이불이었다. 색이 바랜 것도 있었고, 헤진 곳을 색이 다른 천을 덧대 기워 마치 조각보 같은 것도 모두 흰 국화 무늬가 선명하게 남은 화포였다. 저것들이 아마 근대로 넘어오던 화포의 끝자락이었을 것이다. 부드러운 황토 바람이 부는 가을 햇살 아래 푸른 화포들이 마르고 있었다.

막다른 곳에서는 언제나 우향우

화포의 그림자이거나 흔적을 확인하는 일이 될 것이라고 예상은 했지만 그래도 아쉬움이 밀려온다. 강남에서 운하를 따라가는 길에 구이저우 먀오족 마을에서 보았던 푸른색이나 화포를 볼 수 있으리란 기대는 애초에 가지지 않았다. 그곳과 여기는 같은 시대 안에 다른 시간이 흐르고 있었다. 지리적 여건도 문명이 다가오는 속도도 달랐고 사회적 환경도 달랐다. 각자의 자리에서 선택한 길을 따라 변해갈 것이다. 이제는 먀오족의 화포도 시장의 것이 대체하는 중이라면 강남의 화포는 색과 형식만 남고 서서히 사라지는 중이다. 혹시 모르겠다. 그녀들의 화포가 소수민족의 '수공예품'으로, 유대포 노인의 인염 화포가 이국적인 '예술품'으로 대접받는 또 다른 길로 들어서고 있는지도.

난퉁南通은 창강이 바다와 만나는 삼각주에 있다. 중국 남부에서 해안을 따라 올라온 배는 이곳을 지나 강을 거슬러 내륙으로 들어간다. 쪽염색이 바다를 끼고 발달한 이유는 물리적인 조건 때문이다. 쪽은 기후가 따뜻하고 물이 풍부한 곳에서 잘 자란다. 그리고 염료를 추출하고 발효시키는 데 있어 반드시 석회가 필요했다. 이른바 라오스 몽족 여인들이 말하는 '염색을 도와주는 돌'이 그것이다. 몽족들은 산에서 석회를 구하고 이곳 난퉁처럼 바다가 가까운 곳에서는 조개껍데기에서 석회를 얻는다.

난퉁은 그런 조건에 딱 들어맞았다. 더구나 바다에서 내륙으로 이어지는 교통이 유리했고 화포를 소비해줄 항저우와 난징 그리고 양저우가 지척이었고 근대로 오면서는 상하이가 그 역할을 톡톡히 했다. 인염 화포의 소비량이 급증하던 1960~70년대 난퉁은 대규모의 염색공장이 여럿 들어선 화포의 도시로 성장했다.

규모가 큰 곳 중 내가 찾은 공장은 오吳 씨 집안이 대대로 운영해온 곳이라 했다. 밖에서 보아도 그동안 방문했던 우전이나 량산 마을의 공장과는 비교할 바가 아니었다. 당시 난퉁 경제의 한 축이었다는 자부심이 과장으로 보이지 않았다. 예전보다 규모나 판매량 면에서는 형편없이 추락했지만 과거의 위세는 그대로였다. 공장 입구 한편엔 아예 '인염화포예술관印染花布藝術館'이라 간판을 단 건물이 따로 있었다.

예술관은 중국 전통 주택의 외관을 본떠 지었다. 입구부터 여러 무늬를 조합해서 만든 화포의 벽이 관람객을 막아선다. 일상용품인 침대보며 커튼도 모두 화포로 만들었다. 전통 복장만이 아니라 새롭게 현대적인 감각으로 디자인한 옷도 있다. 천을 짜는 방직기도 보이고 색실을 교차시켜 무늬를 만든 문양 천도 놓였다. 푸른색 화포뿐만 아니라 방직에 관한 거의 모든 것이 전시장을 메우고 있었다. 예술관은 박물관의 역할도 했다. 가장 공을 들인 부분은 아무래도 무늬였다. 지금껏 보아온 화포의 문양을 이곳에 다 모아놓은 듯했다. 공장이 가지고 있는 무늬의 종류와 다른 곳과 구별되는 독창성이 사업의 성패를 갈랐다. 식물에서 동물까지, 추상적인 기하무늬에서 단순한 조형미를 추구한 감각적인 무늬를 망라했다. 화포는 제작과정에 따라 분류되어 수십 명의 직원에게 배당되었다. 상업화는 분업화를 피해갈 수 없었다. 하루에도 수백 필의 화포가 생산되었다.

해마다 가을이면 화포를 주제로 패션쇼를 연다며 예술관 직원이 모니터를 틀었다. 푸르고 흰 화포로 디자인한 옷을 입은 모델들이 음악 소리를 배경으로 런웨이를 걸었다. 이들의 화포는 저기까지 왔구나 싶었다. 직원이 공장 안을 둘러보겠느냐고 물었지만 내키지 않았다. 수십 개의 염료 통 앞에서 쉴 새 없이 물을 들이는 모습이 머릿속에 그려졌다. 하루에 겨우 서너 뼘씩 밀랍을 찍어 화포를 만들던 먀오족 여인들로부터 이곳 난퉁의 염색공장까지의 거리는 참 멀었다. 지리적 거리도 심리적 거리도 그랬다. 서둘러 밖으로 나왔다. 입구 옆으로 줄줄이 놓인 돌이 눈에 익었다. 펑황의 유 노인 공방에서 보았던 천을 마름질할 때 쓰는 단포석踹布石이었다. 발바닥에 닳은 돌 끝이 반들반들 윤이 났다.

종점이었다. 승객이 내리자 밖은 다시 버스를 타려는 사람들로 길게 줄을 이었다. 어둠이 내리려면 아직 시간이 남았다. 어디로 가야 하나 잠시 거리를 두리번거린다. 조금만 더 가면 바다가 보일 것이다. 다닥다닥 붙은 작은 상점과 깨진 보도블록과 기름 냄새가 코를 찌른다. 언제나 막다른 곳에서는 우향우. 어디에 자리를 잡을까. 낯선 타국의 뒷골목으로 몸을 들이미는 일은 늘 호기심과 긴장을 동반한다. 때때로 호기심이 여행을 이끌지만 종말은 알 수 없다. 낮에는 시장이 서는지 골목 이름이 '닭 거리'다. 닭 울음소리는 들리지 않는다. 길은 물로 질척인다. 평범한 집들과 변변한 간판도 달지 않은 작은 가게들이 드문드문 늘어섰다. 불빛도 없는 골목에서 사내들의 웃음소리가 흘러나온다.

이곳에 자리를 잡으려던 것은 아니었다. 물웅덩이를 피해 개구리처

● 예술관은 중국 전통 주택의 외관을 본떠 지었다. 입구부터 여러 무늬를 조합해서 만든 화포의 벽이 관람객을 막아선다. 일상용품인 침대보며 커튼도 모두 화포로 만들었다. 지금껏 보아온 화포의 문양을 이곳에 다 모아놓은 듯했다.

럼 폴짝거리다 어렵사리 착지해서 겨우 균형을 잡았을 때 그녀와 눈이 마주쳤다. 어두운 술집 안에서 중년의 여자가 나를 쳐다봤다. 그렇다고 들어오라고 손을 흔든 것도 웃음을 던진 것도 아니었다. 그냥 멀뚱히, 누가 보면 화가 난 표정이라고 해도 될 무덤덤한 얼굴로 나를, 아니 밖을 쳐다보고 있었다. 나는 뱀을 만난 개구리처럼 그 자리에 멈췄다. 나는 기다렸다는 듯 냉큼 몸을 맡겼다. 여자의 무심한 거미줄에 걸리고 만 것이다.

나무의자에 엉덩이를 걸친다. 딱딱한 질감이 고스란히 전해진다. 의자 모서리는 손때가 묻어 까맣다. 언제나 그렇듯 잠깐 동안 정적이 흐르고 사람들의 시선이 일제히 내게로 모인다. 이럴 땐 무심한 듯 행동하는 게 중요하다. 주점 안을 둘러본다. 네모난 탁자가 서너 개가 놓였다. 밖에서 보기와는 달리 자리가 넓고 술손님도 제법 많다. 안쪽이 떠들썩한 무리를 위한 자리라면, 내가 앉은 긴 나무의자는 혼자서 술집을 찾은 '솔로'들을 위한 자리다. 디귿 자 모양의 널찍한 탁자가 있고 그 가운데 '주모'가 앉아 술과 안주를 경영한다. 여자가 힐끔 나를 한번 쳐다보고는 말없이 두부를 뒤집는다. 참 멀리도 와서 구운 두부를 마주한다. 카이리의 레이는 아직 시장에 있을까.

소주잔보다 좀 큰 술잔이 내 앞에 놓이고 맑은 고량주가 가득 채워진다. 찰랑찰랑 위험수위다. 잔술집의 원칙이다. 안주는 선택의 여지가 없다. 주모 앞에 놓인 철판에서 익어가는 깍두기만 한 두부가 전부다. 술이며 안주로 무얼 주문할까 고민할 필요가 없다. 처음 첸둥난의 고개를 넘던 날 그 간이식당이 떠오른다. 술잔을 드는 순간 사방이 정적이다. '솔로'들도 '동작 그만!'이다. 고량주 향이 콧속을 찌르며 달려온다. 단숨에 털어 넣어야 한다. 정적을 깨는 가벼운 탄성. 독하고 날카로운 자극이 식도를 타고 온몸으로 퍼진다. 눈앞이 아찔하고 손끝까지 찌릿하다. 잘 구워진 두부 하나를 집어 먹는다. 어느새 앞에 놓인 작은 종지 두 개. 주모는 그 속에 새끼손톱보다 작은 흰 돌과 검은 돌을 하나씩 넣는다. 흰 돌은 두부고 검은 돌은 고량주다. 사내들 앞에도 종지가 두 개씩 놓여있다. 잔술집의 계산서다.

잔을 비우면 주모는 말없이 술을 채워준다. 그새 단골집인 양 마음이 누그러진다. 이제 내게 눈길을 던지는 술꾼은 없다. 흥에 취한 저들이나 모처럼 느끼는 안락감에 젖은 나나 각자 알아서 취해간다. 엉덩이를 밀어 옆 사내가 담배를 권한다. 어디서나 후한 담배 인심. 두부 굽는 연기와 담배 연기가 버무려져 눈앞이 뿌옇다. 주모는 잘 구워진 두부를 자꾸 내 앞으로 밀어준다. 종지 속에 흰 돌과 검은 돌이 늘어간다. 흰 돌은 늘 흰 돌이고 검은 돌 사이에 색이 다른 돌이 섞인다. 크기도 모양도 다르지만 맡은 역할은 하나다. 술과 두부…… 작지만 빈틈없다. 오늘은 나의 술과 두부가 되고 내일은 또 다른 이의 술과 두부가 될 것이다. 술을 한 모금 마시고 젓가락을 집는다. 옆에 앉은 사내도 젓가락을 든다. 주모가 뒤집개로 구운 두부를 내 쪽으로 민다. 사내가 멋쩍게 웃는다. 나는 그의 어깨를 가볍게 친다. 술기운 탓이다.

화포로 그린 이야기

원저우溫州에서 옌터우岩頭로 가는 길은 처음부터 엇나가기 시작했다. 우선 옌터우로 가는 직행이 없었다. 일단 융자永嘉로 가면 어떻게든 방법이 보일 것도 같았다. 하지만 그곳 터미널에도 옌터우행 버스는 보이지 않았다. 괜한 길을 나선 것일까, 후회가 잠깐 다녀갔다. 원저우에 도착한 날부터 이틀 내내 장대비가 퍼부어 외출이 불가능했다. 빗줄기가 가늘어진 오늘, 이때다 싶어 길을 나선 것인데 가는 곳마다 예기치 않은 일들이 발목을 잡았다. 비도 비였지만 내가 지도에서 확인한 목적지의 명칭과 여기 사람들이 사용하는 것이 달랐다. 그러니까 서울행 버스가 '한양'이란 팻말을 달고 있는 격이었다. 이곳 버스에서는 정류장을 알리는 방송도 표준어와 현지어를 함께 썼다. 나에겐 외계어나 다름없었다. 옌터우로 가려면 큰길을 건너 정해진 시간도 없이 지나는 버스를 잡아타야 한다고 우산을 팔던 이가 알려주었다.

상하이에서 책을 만난 게 또 화근의 시작이었다. 제목이《상하이의 추천할 만한 개인 박물관》이었고 멀지 않은 곳에 중국남인화포관中國藍印花布館이 있다는 사실을 알았다. 지금껏 숱하게 보아온 화포와 무엇이 다를까 싶었지만 그래도 박물관을 만든 이가 외국인이라면 얘기가 좀 달랐다. 그는 무슨 이유로 먼 타국으로 와서는 화포를 모아 박물관을 만들었을까. 그게 가능하기는 한 일일까. 이십 년이 넘게 화포를 찾아다녔다고 했다. 누군가 나보다 앞서 푸른색과 화포를 찾아다녔다는 반가움이 왈칵 솟으면서도 한편으로 착잡한 마음이 드는 것도 사실이었다. 이심전심은 이런 경우를 두고 하는 말이기도 했다. 또다시 예정에 없던 일이 생길 것 같았다.

강은 찻길 오른편이다. 난시강楠溪江이다. 다시 빗줄기가 굵어진다. 강도 산도 깊다. 날씨만 좋다면 산과 강이 어우러진 길이 제법 볼만했을 것이다. 내가 오기 전부터 며칠째 비가 내렸다고 했다. 겨울인데도 비가 잦았다. 내린 비와 흘러내린 토사로 강물이 누렇다. 앞서가던 차들이 붉은 비상등을 깜빡이며 선다. 버스는 산에서 무너져 내린 흙무더기와 암석을 앞에 두고 엔진을 끈다. 비도 모자라 산사태라니, 큰일이다. 더 난감한 상황이 벌어진다. 맞은편에서 오던 차가 기어이 사태를 파국으로 몰아갔다. 무리하게 차를 진입시키더니 결국 진창에 빠져 헛바퀴 도는 소리만 요란하다. 산사태의 원인은 도로 확장 공사였다. 난시강 유역은 아직 때가 타지 않은 수려한 풍광과 옛 모습이 잘 보존된 유서 깊은 마을이 많기로 적잖이 이름난 곳이다. 찾아오는 이들이 늘어나자 도로 공사가 시작되었다. 그걸 알 리 없던 나는 결국 버스에 갇혀버린 것이다.

화포관은 아파트 단지 구석진 곳에 있었다. 회벽에 쓴 안내판은 오래되어 알아보기도 힘들었다. 일부러 찾지 않는다면 눈에 띄지도 않을 위치였다. 녹슨 철문을 밀고 들어서자 푸른 화포가 뜰 안에 가득했다. 아무런 인기척도 없이 고요하다. 문을 열어놓고 어디로 간 것일까. 포도 넝쿨이 그려진 화포 소파에 풀썩 앉는다. 개인 주택을 화포관으로 만든 듯했다. 눈이 가는 곳마다 화포다. 도대체 누구일까. 남들은 사라져가는 퇴물을 애써 붙들려는 이런 행동을 이해하기 어려울 것이다. 나 역시 그런 고

● 지금까지의 화포와는 다르게 어린 동자나 신선들이 그려졌다. 경극이나 소설 속 이야기의 한 장면을 옮긴 것이라 했다. 이제껏 봐온 화포가 일상의 쓰임새에 집중되었다면 협힐 화포는 쓰임보다는 장식이나 감상으로 자리를 옮긴 듯했다. 이야기가 푸른색을 만나 또 다른 형식의 화포를 만든 셈이었다.

민을 지니고 다닌다. 무엇이 나를 여기로 이끄는 것일까. 그렇다고 사라지는 과거에 매달리는 것도 아니다. 어쩌면 함부로, 통째로 쓰레기통에 버려지는 것들이 안타까웠던 것은 아닐까. 그런 일방적인 폐기를 바라볼 수밖에 없는 쓸쓸함도 한몫했을 것이다. 문득 화포가 지겹다는 생각이 들었다.

갑자기 전시실 구석 문이 열리고 사람이 나왔다. 저이가 화포를 모은 것일까. 여자는 가볍게 눈을 맞추고는 뜰을 지나 다른 건물로 들어간다. 가만 보니 마당에 널린 화포는 이곳에서 만든 듯했다. 화포 전시관이자 공방이었고 누군가의 가정집처럼 보였다. 협힐夾纈 염색을 만난 건 그나마 다행이었다. 협힐은 일반적인 화포처럼 밀랍 등 방염제를 사용하지 않았다. 대신 나무판에 무늬를 새겨 세게 묶은 다음 쪽물을 들였다. 마치 두 손으로 천을 양쪽에서 꽉 누르고 물을 들이듯 나무판에 새겨진 그림이 천 위에 남았다. 지금까지의 화포와는 다르게 어린 동자나 신선들이 그려졌다. 경극이나 소설 속 이야기의 한 장면을 옮긴 것이라 했다. 그림의 내용도 그렇고 나무판 크기 탓에 옷감으로도 적절하지 않았다. 이제껏 봐온 화포가 일상의 쓰임새에 집중되었다면 협힐 화포는 쓰임보다는 장식이나 감상으로 자리를 옮긴 듯했다. 이야기가 푸른색을 만나 또 다른 형식의 화포를 만든 셈이었다.

버스를 타고 난 뒤에야 알았다. 차는 옌터우로 가지 않았다. 방향은 같았지만 종착지는 달랐던 것. 내가 가려던 목적지에 한참 못 미친 삼거리에서 내려 갈아타면 된다고 나이 어린 차장이 친절하게 일러주었다. 나를 속인 것은 아니다. 여기서는 늘 그랬고 가장 빠른 방법이었다. 흙투성이가 된 버스는 나를 내려놓고 바삐 떠났다. 옌터우로 가는 버스는 대부분 만원이었고 정류장을 그냥 지나치기 일쑤였다. 그곳에 협힐 염색을 한다는 쉐薛 씨가 딸과 함께 산다고 했다. 삼거리에 서서 멀어져가는 버스 꽁무니를 바라본다. 어쩌면 이곳에 오기로 마음먹던 순간에도 그들을 꼭 만나야겠다는 생각은 아니었던 것 같았다. 설령 만난다고 해도 딱히 물어볼 무엇이 있지도 않았다. 내리는 비 탓도 아니었고 저물어가는 시간 탓도 아니었다. 그만 이쯤에서 돌아서도 될 것 같았다. 언젠가 이곳에 다시 올 이유 하나쯤 남겨놓는 것도 나쁘지 않을 것이다. 그때는 지금과는 또 다른 눈과 마음으로 그들의 푸른 이야기에 귀를 기울여보련다.

흙탕물로 변한 하류와는 달리 상류의 강물은 맑고 푸르다. 푸른 강물과 모래사장과 대숲 위로 비가 내린다. 수런거리는 대숲 사이로 하얀 집들이 조개처럼 자리를 틀었다. 강 풍경은 숨이 막히게 아름답고 강변을 따라 늘어선 대나무 배들도 비를 맞는다. 빗속에서 아랫도리만 걸친 뱃사공 사내는 배를 끌어 강변으로 올랐다. 강물을 따라 사람과 짐을 실어 나르던 배들은 이제 유람선이 되었다. 강 상류에서 배 한 척이 떠내려온다. 처음 푸른색과 화포를 찾아 험한 고개를 넘었던 구이저우 첸둥난의 풍경이 떠오른다. 산이 높고 강이 깊은 곳은 어디나 매한가지인가 보다. 사내는 배꼬리에 서서 장대를 밀어 배를 강변으로 붙인다. 대삿갓과 검은 도롱이를 입은 사내가 가마우지처럼 뱃전에 앉아 담배를 피워 물었다.

상하이의 주택가 골목에 화포관을 차려놓은 이는 일본 사람이었다. 나보다 훨씬 오래전에 그녀는 화포에 매혹되었던 것 같다. 그 긴 시간의 결과가 화포관이었을 것이다. 내가 화포관을 방문했을 때 보았던 이는 당사자가 아니었다. 그녀는 푸른색과 화포에서 무엇을 가져오고 싶었던 것일까. 최부는 청천벽력 같은 바다의 풍랑을 만나 낯선 땅에 표류했고 그 길에서 보고 들은 것을 적어 조선으로 가져갔다. 그렇게 이곳의 것들이 저곳으로 번져갔고 저곳의 다른 것들이 또 다른 세상으로 흩어졌다. 이질

적인 것들이 충돌과 갈등을 만들고 굳어버린 관습에 흠집을 만들기도 했을 것이다. 푸른색과 화포도 그랬다. 비는 멈추지 않았고 삼거리 모퉁이에서 여자들이 사탕수수를 팔았다. 겉껍질을 벗긴 사탕수수를 한 입 베어 물자 기분 좋은 단맛이 입안을 채운다. 어디로든 가야 할 시간이었다.

흙탕물로 변한 하류와는 달리 상류의 강물은 맑고 푸르다. 강 풍경은 숨이 막히게 아름답고 강변을 따라 늘어선 대나무 배들도 비를 맞는다. 비는 멈추지 않았고 삼거리 모퉁이에서 여자들이 사탕수수를 팔았다. 겉껍질을 벗긴 사탕수수를 한 입 베어 물자 기분 좋은 단맛이 입안을 채운다. 어디로든 가야 할 시간이었다.

4

춤을 물들이다

조선통신사, 화포를 기록하다

'마음이 다른 것에 사로잡혀 넘어가다.' 매혹魅惑의 정의다. 누군가의 마음이 무언가에 온통 걷잡을 수 없이 빠져든다는 의미다. 그건 대부분 점진적인 어떤 것이 아니라 즉각적이고 감각적인 홀림에 가까운 것이기 쉽다. 어쩌면 매혹의 시간은 온전히 자신의 눈과 마음에만 보이는 마술과도 같은 순간일 것이다. 누군가의 충고도 전혀 귀에 들어오지 않는, 말하자면 한눈에 '뿅'가는 운명과도 같은 그 순간을 어떻게 설명할 수 있을까. 어느 날 나에게 온 생애를 바쳐 몰두해야 할지도 모를 무언가가 느닷없이 눈앞에 나타난다면 그건 생의 축복일까. 화포와 푸른색을 찾아 나선 길에서 늘 찾아오는 질문이기도 했다. 상하이에서, 이국의 땅에서 화포를 찾아 모으고 남기는 일에 자신의 삶을 걸었던 일본인을 보았을 때 나는 그동안 잊고 지내던 매혹의 의미를 다시 떠올렸다. 그녀에게 화포란 무엇이며, 또 그녀를 매혹시킨 것은 무엇이었을까.

일본에서 화포는 '시보리絞り'라 부른다. 천을 묶거나 접어서 쪽물을 들이는, 넓게 보면 푸른 천에 무늬를 넣는 거의 모든 방법을 그렇게 부를 수 있다. 지금까지 만난 화포에서 보았듯 가장 쉽고 간단한 방법에서 출발해 이제는 복잡하고 다양하게 분화되어 가는 중이다. 여기도 중국이나 아시아의 여러 나라처럼 푸른색과 화포가 변해간 길은 그리 다르지 않

았다. 하지만 산업화가 다른 곳에 비해 빠르고 가팔랐으니 변화의 속도도 비례할 것이다. 일본도 예외 없이 쪽으로 물들이던 푸른색은 합성염료로 대체되었고 화포의 무늬도 색을 바꿔가며 변신을 거듭했다. 그래도 여전히 어딘가에 먀오족의 여인처럼, 평황의 유대포 노인처럼 푸른색과 화포를 이어가는 이가 있었다.

시보리를 찾아 떠나온 이 길에 근대 이전의 시간을 끌어오는 일은 불가피했다. 쪽 염색이든 시보리든 이제 희미해진 근대의 끝자락에서나 겨우 그 흔적을 찾아볼 수 있기 때문이다. 일상의 풍속을 그린 '우키요에浮世繪'가 있다. 화가들이 남긴 풍경화는 당시 일본의 일상과 거리의 모습을 생동감 있게 보여준다. 마치 스냅사진 같은 그림 속 거리는 온통 푸른색 시보리의 물결이었다. 흔히 우키요에를 에도시대의 꽃이라 부른다면 그 꽃 한가운데에 푸른 시보리가 있었다고 해도 과언이 아니다. 특별히 19세기의 도쿄를 묘사한 우키요에에, 당시 가장 많은 인파가 몰리던 '니혼바시日本橋'를 보면 다리 위 사람들이 입고 있는 옷은 물론이려니와 머리에 쓴 두건이며 점포의 차양까지 온통 푸른색이었다. 같은 시기 흰 도포밖에 보이지 않던 조선의 기록화 속 사람들은 일본의 일상과 무엇이 달랐던 것일까. 무엇이 거리의 풍경을 바꿔놓았던 것일까.

다행히 당시의 사정을 짐작하게 하는 기록들이 있었다. 바로 조선시대 여러 차례 일본을 다녀온 통신사다. 부산을 떠나 바다를 건너 오사카에 도착한 일행은 강을 거슬러 오른 다음 교토京都를 거쳐 지금의 도쿄인 에도로 향한다. 그 길에서 보고 들은 것들을 자세하게 구체적으로 남겼다. 내용도 풍부해 생동감이 넘친다. 수백 명에 달하는 조선통신사 행렬을 보려는 일본인들이 거리에 떼를 지어 모여들었다고 기록은 전한다. 간단히 몇 장면만 소개한다(이하 조선통신사의 기록은 모두 민족문화추진회에서 펴낸《국역 해행총재海行摠載》참조).

> 마침 비가 내리는데 좌우의 긴 강둑에 서서 구경하는 남녀가 마치 아름다운 수를 놓은 듯 화려하고 모두 색색의 우산을 펴고 있었다. 강물 가까이에는 누각을 짓고 강을 가로질러 다리를 놓았다. 곳곳이 다 그러하여 번화하고 아름다운 것을 모두 적을 수 없다.

> 거리에는 알록달록 물들인 옷을 입은 사람들이 길목을 메우고, 희고 화려한 누각들이 줄을 지어 2층 3층 높다랗게 공중으로 솟았다. 곳곳에 깃발이 바람에 어지러이 날리어 물어보니 술집과 염색집이라 한다.

조선에서 온 통신사의 눈에 비친 당시 일본 도시의 거리 풍경은 참 많이 낯설기도 했을 것이다. 조선에선 지체 높은 양반과 관리 또는 기생들이나 입었을 색색의 옷들이 거리를 가득 물들이고 있었으니 말이다. 마치 흑백 TV만 보다가 갑자기 화면이 컬러로 바뀐 상황처럼 그들은 몹시 당황한 기색이 역력하다. 더구나 통신사가 왕래하던 당시만 하더라도 일본은 조선보다 한 수 아래라고 업신여기는 풍조가 만연해 있던 터였다. 눈에 보이는 현실을 믿을 수 없으니 남은 것은 의심의 눈초리였다. 혹자는 일본인이 통신사 일행이 지나는 때를 맞춰 일부러 높은 누각을 짓고 다리를 놓고 색색의 화려한 옷을 입고 나온 것이라며 비웃음을 날리기도 했다. 현재 남아있는 조선의 기록화와 우키요에에서 보듯 그만큼 두 나라의 거리 풍경은 달라도 너무 달랐다. 일본에서는 양반만이 아니라 평민들도 쪽으로 물들인 옷을 입는 것이 익숙했다. 수차례 일본을 왕래하며 통신사들이 보았던 믿지 못할 풍경 속에 푸른색과 화포, 이들의 시보리가

말 그대로 난무했다.

> 푸른 옷을 입고 밧줄을 당기는 사람이 배마다 70명씩인데 양쪽 언덕에 서서 배가 북쪽 언덕에 가까우면 북쪽에 있는 사람이 당기고 남쪽 언덕에 가까우면 남쪽에 있는 사람이 당기었다.

> 평민의 의복은 남녀가 구별이 없이 모두 우리나라 여인의 쓰개치마와 같은 종류인데 소매는 넓고 짧으며 그 색깔은 푸른 바탕에 흰 무늬로 된 것이 많았다.

이게 어찌 된 일일까. 빈방이 없다. 나는 교토에서 좀 오래 머무르고 싶다는 기대를 품고 내렸다. 고즈넉한 여관에 짐을 부리고 이 늙은 도시의 거리와 걸맞게 느리게 걸으며 천년의 시간을 호흡해볼 참이었다. 그런데 방이 없다니. 역을 중심으로 지도 한 장 달랑 들고서 여유를 부렸다. 발품을 팔더라도 기왕이면 맘에 쏙 드는 숙소가 나타나기를 기다렸다. 하지만 없다. 그렇게 역을 가운데 두고 세 번째 동심원을 그려도 결과는 마찬가지다. 서서히 불안이 찾아든다. 교토에서의 첫날이 시작되기도 전에 미리 계획한 소망에 금이 가는 소리가 들렸다. 여행은 늘 그런 것이라고, 한 번 더 기운을 내자고, 가당치 않게 자기최면을 걸고는 다시 천천히 세심하게 거리를 살피면서 여관이란 간판이 달린 곳은 모조리 들어가 묻는다. 방 있어요?

● 현재 남아있는 조선의 기록화와 우키요에에서 보듯 그만큼 두 나라의 거리 풍경은 달라도 너무 달랐다. 일본에서는 양반만이 아니라 평민들도 쪽으로 물들인 옷을 입는 것이 익숙했다. 수차례 일본을 왕래하며 통신사들이 보았던 믿지 못할 풍경 속에 푸른색과 화포, 이들의 시보리가 말 그대로 난무했다. 그림은 우타가와 쿠니요시, 〈니혼바시日本橋圖〉의 일부.

'오늘 방 있음', 작은 팻말을 내건 여관 문을 기세 좋게 열고 들어가면 주인이 종종걸음으로 나와 '미안합니다'를 연발하곤 얼른 팻말을 뒤집었다. 배낭의 무게가 천근만근이었고 이젠 아무 방이나 나타나기만 해준다면 감지덕지 고개를 숙일 판이었다. 여유로운 산보는 물 건너간 지 오래였다. 배가 고팠다. 삼각김밥을 베어 먹는 내 앞으로 낯선 걸음이 느껴졌다. 한 무리의 노랑머리였다. 여자 둘에 남자 둘. 며칠은 안 감은 듯 번들번들 떡이 진 부스스한 레게머리에 착 달라붙는 검은 가죽바지. 나는 자석에 이끌리듯 그들 뒤를 졸졸 따라갔다. 그냥 오래 길바닥에 굴러본 자의 육감과도 같은 거였다. 마지막 희망일지도 몰랐다.

"빈방 있니?"

"잠깐만, 예약은?"

"……아니."

얼핏 보면 옛날 레슬링 선수 안토니오 이노키를 닮은 호스텔 매니저는 과장된 제스처로 어이없다는 표정을 짓는다. 그러고는 예약 명단을 보는 척하더니 고개를 절레절레 흔든다. 이노키는 진심으로 방이 없다고 못을 박았다. 나는 도미토리도 괜찮다고 했다. 그가 약간 한심스러운 눈빛으로 말한다. 도미토리도 포함해서. 아, 이런 경우는 없었다. 처음 화포를 찾는답시고 중국 구이저우의 산골을 찾았을 때도 이렇지는 않았다. 방이 없다니, 사람이 낯선 곳을 찾았는데 몸을 뉠 곳이 없다니. 이노키 씨, 이곳에 묵을 공간이 없다면 다른 방을 찾아주세요. 일단 들러붙는 게 살 길이다. 비장함과 비굴한 표정을 번갈아 지으며 묵묵히 카운터 앞을 서성거린다. 지구를 떠도는 자들을 상대하는 이는 또 의리 앞에선 마음이 흔들린다는 걸 나는 좀 알고 있다. 노랗거나 빨간 머리들은 쉴 새 없이 부산을 떤다. 그네들은 어찌 숙소를 구했는지 궁금했다. 드디어 이노키에게서 신호가 왔다.

"교토에 빈방이 없을 수도 있어."

"아, 이런…… 살려줘."

"이 시즌에 예약도 없이 교토에 오는 건 미친 짓이야."

"왜? 무슨 일인데?"

"단풍!"

도시의 거의 모든 숙소가 표시된 지도를 펴고 전화를 돌리는 이노키. 어서 빈방이 나타나기를 바랄 뿐 단풍이라는 소리는 내 귀에 들리지도 않는다. 이 큰 도시에 단풍 때문에 방이 없다니. 벌써 여러 번째 한숨을 쉬는 이노키와 헛기침으로 무안함을 견디는 나. 어쩐 일인지 거칠게 전화기를 내려놓는 소리가 들린다. 나는 그만 움찔한다. 방을 찾았거나 아니면 화가 난 걸까. 어쨌거나 모 아니면 도다. 이노키가 지도 위의 한 곳을 콕, 콕 두드린다. 귀밑까지 올라간 자신감 넘치는 긴 입꼬리. 빙고! 방을 찾은 것이다. 골목을 얼마나 가서 오른쪽으로 돌아야 하는지, 가는 길에는 뭐가 있는지, 놓치면 안 되는 이정표는 무엇인지, 묵어야 할 숙소의 지붕 색까지 알려준다. 정 찾지 못하면 다시 이곳으로 오라며 명함을 내미는 이노키. 널 만난 건 행운이네, 친구. 마지막은 역시 격한 하이파이브.

이노키가 찾아준 여관, '료칸旅館'은 아담하고 소박한, 바로 내가 찾던 천년 고도의 오래된 목조주택이었다. 여유로운 저녁을 먹고 산보를 즐기려던 야심 찬 계획은 물 건너갔지만 내일이 있었다. 그리고 우선은 원했던 숙소를 찾았으니까. 이노키의 말대로 이 계절에 예약도 없이 숙소에 든 건 온전히 노랗고 빨간 머리의 떠돌이들 덕분이었다. 하마터면 길바닥에서 밤을 보낼 뻔했다. 허기가 허리로 몰려든다. 조심스레 료칸의 미닫이문을 민다. 낡은 카운터 위로 키가 작은 노인이 고개를 든다. 은색 안경을 내려 쓴 할머니다. 여권을 꺼내고 빈칸에 이름을 적던 나, 카운터에서 내실로 통하는 문 위에 걸린 푸른 천에 눈길이 날아가 박힌다. 푸른색 바탕에 흰 부엉이 네 마리가 큰 눈을 부릅뜬 채 나를 내려다보고 있었다. 안녕! 시보리의 환영인사 같았다.

푸른 손

료칸과 골목 하나를 사이에 두고 맑은 도랑이 흘렀다. 천년 고도의 시간은 뒷골목에서 유유자적했다. 어디 한적한 산골인 양 사람의 말소리가 드물었고 물이 맑아 도랑 바닥이 훤하게 보였다. 어제 빈방을 찾지 못했던 게 오히려 다행이다 싶을 정도다. 도랑 양옆으로 제법 굵은 벚나무들이 늘어섰고 가끔 노랗게 물든 잎을 물 위로 떨어뜨린다. 낙엽은 부러져 내린 가지나 아니면 도랑을 이쪽에서 저쪽으로 가로지른 나무다리 받침에 걸렸고 노인들이 장화를 신고 수로에 들어가 쌓인 낙엽을 건져 올린다. 붉은 조약돌 같은 단풍잎이 물속에서 빛을 냈다. 아! 교토의 단풍이구나. 가끔 낡은 자전거가 알아채지 못하게 소리 없이 빠르게 지나갔고 목욕탕 입구에선 잿빛 고양이 한 마리가 무언가를 노려보는지 몸을 웅크렸다. 고요한 도심의 침묵 같은 시간이 물을 따라 흘렀다.

기록으로 남아있는 일본의 쪽 염색은 8세기로 거슬러 올라간다. 동남아시아나 중국 남부에서 오키나와를 거쳐 본토로 전해졌다고 알려진 일본의 쪽 염색은 에도시대를 거치면서 수요가 폭발적으로 증가하기 시작한다. 전통적인 방법으로 푸른색을 물들이는 과정에는 나라별로 지역별로 차이가 있었다. 일본도 자기들만의 방식을 이어왔고 그렇게 물들인 색을 이들은 '저팬 블루Japan Blue'라고 불렀다. 자부심이었다. 이곳 교토에도 전통에 대한 남다른 애착 덕분인지 푸른색과 화포가 현재까지 사라지지 않고 살아남았다. 여전히 예전 방법대로 땅을 파 항아리를 묻고 그 안에서 쪽물을 발효시켰다. 발효에 적합한 온도를 유지하기 위해서였고 물들이는 과정의 편리를 위해서였기도 했다. 그렇게 푸른 물을 들인 장인들의 화려한 시보리가 교토의 옛 거리에서 보였고 백화점에도 있었다. 쪽염색을 하는 시모무라 도루下村透 씨도 그런 사람이었다.

시내를 벗어난 버스는 교토 시내 한가운데를 가로질러 흐르는 가모가와鴨川를 건너 북쪽으로 길을 잡았다. 가을이 깊었고 단풍은 절정이다. 버스 안은 절정 속으로 들어가려는 행락객으로 붐빈다. 산과 계곡에 들어찬 색들의 난장을 보는 순간 예약도 없이 이 계절에 교토를 찾은 나를 어이없어하던 이노키의 표정이 단박에 이해되었다. 봄이면 흐드러진 벚꽃으로 눈이 부셨을 테고 가을이면 저것들로 숨이 막힐 만도 했다. 눈앞에 보이는 꽃들과 이파리의 색들이 이들의 옷으로 스며들었다고 우겨도 수긍이 갈 판이다. 산과 계곡은 아슬아슬하거나 강렬한 색들의 폭발로 소리 없이 시끄러웠다. 버스는 부드럽게 고개를 넘었고 산으로 둘러싸인 오하라大原 들판이 한눈에 들어왔다. 시모무라 씨의 염색 공방에 다가가고 있다.

그가 일러준 대로 버스에서 내렸다. 넓은 주차장을 찾으라고 했는데 난데없이 신사가 막아선다. 누군가의 손을 탄 흔적이 있다. 작든 크든 지금까지도 신사가 일본인의 삶 속에 건재하다는 사실이 늘 의문이었다. 태국의 치앙마이도 그랬고 라오스의 루앙남사도 마찬가지였다. 작은 지성소와 신단이 골목마다 보였고 눈을 들면 높이 보이는 건물은 죄다 불전이었다. 일상이 종교였고 종교가 일상에 스며들어 있어 둘을 구분하는 것은 애초부터 필요 없어 보였다. 그들과는 다르게 일본은 격동의 근대를 지나 이젠 자칭 타칭 선진 국가라 불리는 곳이다. 아시아의 후발 국가들은 근대화를 자신들의 전통과 과거를 멸시하는 곳에서 출발하곤 했다. 그리하여 전근대적이라 판명된 많은 것들이 깡그리 폄하되고 사라져갔다. 이곳에선 그렇게 사라진 줄 알았던 전근대적인 공간들이 느닷없이 나타나 보편적이라 여겼던 내 생각을 편견으로 만들어버리곤 했다. 그럴 때마다 내 정확한 속내를 표현하긴 난감했지만, 좀 약이 올랐다.

언덕으로 이어지는 오솔길 입구에 공방을 알리는 팻말이 보였다. '쪽의 집'이자 '푸른색의 집'이기도 했다. 공방으로 가는 길은 키 작은 관목들이 길게 늘어서 있었고 좁은 진입로가 끝나는 곳에 소박한 대문이 나타난다. 나무로 뒤덮인 진입로를 지나서도 분재와 층층이 놓인 화분이 푸른 벽처럼 높다. 인기척은 들리지 않는다. 물을 들인 셔츠 한 벌이 빨랫줄에 걸려 가을볕에 마르고 있다. 마당 한 켠이 작업장으로 보였다. 내 작업장과는 무엇이 같고 다를까. 유리창 너머로 안쪽을 살폈다. 방금 물을 들였는지 아직 마르지 않은 천들이 이곳저곳에 널려 있고 땅에 묻은 여러 개의 항아리 안에는 짙은 쪽물이 가득하다. 내가 도착하기 전까지 누군가 이곳에서 물을 들이고 있었을 것이다. 단풍 탓을 할 수도 있었지만 약속한 시간보다 꽤나 늦었다. 목청을 가다듬은 다음 문을 두드린다. 계십니까.

이곳으로 오기 전 그의 이메일 주소를 찾아 먼저 연락을 했다. 며칠 뒤 방문해도 좋다는 답장이 왔다. 가능하면 통역을 할 수 있는 사람과 같이 오면 좋겠다는 전갈이었다. 그는 나의 방문이 취재나 인터뷰를 하러 오는 것으로 알았던 모양이었다. 되도록 그렇게 하겠다고 답장을 보냈다. 어떻게, 누구에게 부탁을 할까 고민하다 결국 혼자서 공방을 찾아온 것이다. 나도 그의 작업과 생각에 대해 궁금한 것이 없지 않았지만 같은 일을 하는 사람들끼리 느낄 수 있는 어떤 이심전심의 기대가 있었던 것도 사실

이었다. 나도 당신과 같은 일을 하고 있다며 사정을 미리 알렸지만 그는 좀 어색해하는 눈치다. 말과 번역기를 번갈아가며 대화 아닌 대화를 이어 간다.

"염색을 한 지는 얼마나 되었습니까?"

"대학을 졸업하고 나서니까, 20년이 넘었습니다."

"직접 쪽을 기르나요?"

"아닙니다. 도쿠시마德島에서 온 것을 씁니다."

"염료 상태로 오나요?"

"네. 그것을 발효시켜서 염색을 합니다."

"그럼 천의 무늬, 시보리는 본인이 직접 넣는 것인가요?"

"아닙니다. 무늬를 넣는 사람도 따로 있습니다."

"그럼, 시모무라 씨는 염색만 하는 것이군요."

"네. 일본은 오래전에 분업이 되었습니다."

시모무라 씨에게 이런 시답잖은 질문을 하면서도 내심 이런 걸 꼭 물어야 하나 스스로 마뜩잖았다. 딱히 중요한 물음도 아니다. 사실 묻고 싶은 내용은 따로 있었지만 초면에 할 질문이 아니었다. 현실적인 여건을 고려해도 그렇고 쪽 염색을 한다는 것이 그리 녹록한 일은 아니다. 그런 실질적이고 내밀한 문제를 처음 만남을 청한 쪽에서 대놓고 물어보는 것은 상식 밖의 일이라 판단했기 때문이다. 신문이나 잡지의 인터뷰를 위한 걸음이었다면 그렇지 않았겠지. 첫 만남과 대화에서 다시 만날 이유가 생겨나기를 기대했을 것이다. 쪽 염색이 아무리 남이 관심 두지 않는 극소수

● 마당 한 켠이 작업장으로 보였다. 내 작업장과는 무엇이 같고 다를까. 유리창 너머로 안쪽을 살폈다. 방금 물을 들였는지 아직 마르지 않은 천들이 이곳저곳에 널려 있고 땅에 묻은 여러 개의 항아리 안에는 짙은 쪽물이 가득하다. 내가 도착하기 전까지 누군가 이곳에서 물을 들이고 있었을 것이다.
ⓒAlamy

들의 일이지만 가는 길이 모두 같을 수는 없었다.

그의 부모는 교토 시내에서 쪽으로 물들인 물건들을 만들어 파는 상점을 운영했단다. 아버지가 물을 들였고 상점은 어머니가 맡았다. 젊은 시모무라 씨는 부모님의 일에 애당초 관심이 없었다. 아무리 생각해보아도 미래가 전혀 보이지 않는 낡고 한심한 일로 보였다. 부모와는 다른 길을 가고 싶었다. 그는 교토를 떠나 대학에 진학했고 대학을 졸업할 때쯤 결국 시내의 부모님 가게는 문을 닫기 직전이었다. 그 무렵 태어나 처음으로 아버지의 염색일을 잠시 도왔다. 그러다가 말 거라 생각했다. 하지만 그렇게 시작한 일에서 태어나 처음으로 어떤 긍지를 느꼈다. 시모무라는 자기도 모르게 푸른색에 빠져들었다. 곧바로 야마가타山形에 있는 염색 장인을 찾아가 2년을 배우고 나서 부모님의 일을 물려받았다. 그리고 교토 외곽인 이곳 오하라에 자리를 잡았다. 깨끗한 물 때문이었다.

대화를 나누는 중에 밖에서 그를 부르는 부인의 목소리가 들린다. 그렇게 거실을 세 번째 나갔다 돌아온 그가 오늘은 더 이상 시간을 내기 어렵다고 말한다. 아들의 학교에 가야 할 일이 생겼다며 미안한 기색이다. 나 역시 어색한 대화를 어떻게 이어갈지 마음이 어수선했던 참이다. 왜 그도 같은 일을 하는 내게 묻고 싶은 것이 많을 수 있다는 생각을 미처 못 했던 것일까. 어쩌자고 나의 일방적인 생각만 가지고 이곳에 온 것일까. 뒤늦은 후회가 찾아왔다. 다시 방문해도 되느냐고 내가 물었고 시모무라 씨는 꼭 통역을 할 사람과 같이 오면 좋겠다고 했다. 그는 진심으로 아쉬워했고 나는 내 안일함에 미안했다. 그가 버스정류장까지 배웅을 나왔다. 악수를 나눴다. 그의 손이 눈에 들어왔다. 일본에는 오래전부터 속담처럼 전해져오는 말이 있었다. 쪽 염색을 하는 사람은 결코 나쁜 일을 할 수 없다는. 손에 물든 푸른색 때문에 누구인지 금방 들통이 나기 때문이다. 시모무라 씨의 굵고 뭉툭한 손마디에도 푸른 물이 들어 있었다.

왕궁 서쪽에 자리 잡은 니시진西陣은 교토의 섬유와 염색의 중심지였다. 지금도 여전하다. 시모무라 씨가 태어난 곳이기도 하고 그의 부모님의 상점도 이 거리 어딘가에 있었을 것이다. 텍스타일센터가 세워져 기념품을 사려는 관광객으로 늘 붐볐다. 화려한 비단 사이로 방직기가 놓여 있고 시보리 무늬가 선명한 옷을 입은 점원들이 분주하게 매장을 누빈다. 시모무라 씨의 푸른 천도 있다. 별천지 같은 색의 홍수 속에서 유독 눈길을 끈다. 내 눈에만 그런 것일지도 모르겠다. 장신구 코너를 지나는데 익숙한 사진이 눈에 들어온다. '세상은 좁다'라는 말은 이런 경우를 두고 하는 거였다. 태국 북부의 산악 마을 매살롱에서 만났던 아카족의 수공예품 전시를 알리는 포스터다. 길가의 교실과 아이들과 복사꽃…… 저절로 걸음이 멈춘다. 나이 든 나무처럼 한자리를 지키던 그녀들은 안녕하실까. 멀리서, 아카족 여인들에게서 울리던 은방울 소리가 들려오는 듯했다.

노렌을 산책하다

교토의 가을 단풍을 즐기려는 행락객들이 이 정도인 줄은 몰랐다. 내가 푸른색과 시보리를 찾아 오하라로 또 시내의 낡은 거리를 헤매는 동안에도 내외국인 할 것 없이 인파는 오로지 교토를 둘러싸고 있는 산으로 향한다. 가모가와의 물이 빠져나가는 남쪽을 제외하곤 사방이 산이고 그 산자락마다 이름만 대면 알 만한 사찰과 신사가 그득하다는 표현이 어울릴 정도로 많다. 잘 가꾸어진 정원이 있고 단풍이 절정으로 치닫고 단풍에 뒤질세라 한껏 떨쳐입고 길을 나선 사람들이 거리를 메운다. 무채색의 거리에서 일부러 표 나게 단장을 한듯 단풍도 사람도 모두 곱다. 화려함의 정도는 나이와는 상관없었다. 나이는 무색하고 취향은 제각각이다. 오늘은 그들 무리에 슬며시 끼어들어 뜻하지 않게 찾아온 안복을 누려볼 참이다.

단풍도 단풍이지만 교토의 거리 곳곳에서 종종 내 발걸음을 멈추게 하는 것이 또 있다. 사실 너무 흔해서 아무도 눈여겨보지 않는 듯했다. 하지만 내겐 그렇지 않았다. 어렵사리 숙소를 구했던 교토의 첫날, 그토록 바라던 목조주택에, 곁에 작은 도랑이 흐르던 숙소에 들어선 나를 처음 반긴 건 다름 아닌 네 마리의 푸른 부엉이였다. 푸른색 바탕에 하얗게 남은 부엉이 그림이라니. 그걸 '노렌暖簾'이라 부른다. 본래의 뜻으로 보면 볕을 적당히 가려주는 발이나 커튼 정도의 용도였지만 이젠 노렌을 만드는 재료나 사용하는 범위도 제한이 없다. 기능도 형태도 제각각이다. 가게 처마에 매달아 간판 역할을 했고 창문에 내려 햇빛을 막거나 밖에서 안쪽이 적나라하게 보이는 것을 피하게 했다. 때론 집의 현관을 대신해서 바람에 하늘거렸다. 그것은 마치 이쪽과 저쪽의 경계를 나누는 듯했고 또 쉽게 경계를 지나 안으로 들어오라는, 어찌 보면 경계 아닌 경계라는 모호한 형태를 띠기도 했다. 그것들이, 그 다양한 형태와 색이, 단색조의 고요한 이 거리에 생기를 불어넣었고 나는 수많은 종류의 노렌이 푸른색과 화포, 시보리에서 왔음을 직감했다.

집집마다 걸린 작은 천 조각이 뭐 그리 대단한 것이냐고 할 수 있지만 나는 그렇게 생각하지 않는다. 한 집이 아니라 마을과 도시 할 것 없이 온 나라에서 노렌을 본다면 그건 단순한 취향이 아닌 문화다. 그리고 거기에는 오래 묵은 타당한 이유가 있는 법이다. 단순하게 볕이나 사람의 시선을 가린다는 기능적인 측면만이 아니라 천의 모양과 단순치 않은 재질, 그리고 그 위에서 펼쳐지는 색과 무늬의 향연을 즐기는 시간은 내겐 각별했다. 붉은 기운이 묻어나는 밝은 갈색의 주택과 하얀 회벽이 만들어내는 소박한 무채색의 골목을 걷다가, 어느 집 처마 아래 혹은 좁은 대문 위에 걸려 바람에 가볍게 흔들리는 색색의 노렌을 만나는 순간의 감흥을 무어라 설명할 수 있을까. 무슨 대단한 것을 발견했다는 들뜬 환희라기보다는 저렇듯 평범하게 각각의 미감을 지켜나가는 일상의 풍경에 대한 긍정의 기쁨인 경우가 더 많았다. 작아도 좋았고 커도 좋았다. 꼭 쪽으로 푸르게 물들인 시보리가 아니어도 상관없었다. 그렇게 나는 노렌의 평범한 미감의 세계로 빠져들었다.

오래전 기억이 떠올랐다. 인도였고 여행이 지루해지기 시작하던 어느 날이었다. 붉거나 누런 사암으로 지어진 눈부신 왕궁이 있었고 도시마

花
雲
水

다 높은 산언덕에 거대하게 자리 잡은 성도 많았다. 수많은 신에게 바쳐진 사원과 박물관으로 개조된 저택들도 부지기수였다. 긴 도보여행에서 오는 피로보다 더 나를 괴롭혔던 것은, 이동하는 도시마다 반복되는 왕궁과 성과 신전들을 구분하기 어려워졌다는 것에 있었다. 크기만 다를 뿐 그게 그것 같았다. 미로 같은 긴 복도를 돌고 돌다가 어느 순간 벽이 앞을 막아섰다. 여유와 휴식이 필요하다는 몸이 보내는 신호였을 것이다. 막막한 걸음을 되돌리던 순간, 그렇게 지루하게만 보이던 긴 벽 아래에 창문이라기보다는 작은 구멍들이 숭숭 뚫려 있었는데, 그곳을 통과한 빛들이 복도에 무늬를 만들었는데 그 모양이 모두 달랐다. 손수건만 하게 쏟아지던 빛의 무늬가 다양하기 그지없었다. 나는 바닥에 얼굴을 대고 줄지어 늘어선 작은 창문들을 살폈다. 돌 창살이 만들어내는 빛의 예술이었다.

나중에 알았지만 그것을 잘리Jali라고 불렀다. 인도의 양식에 이슬람 것이 혼합되어 만들어진 것이라 했다. 대단히 복잡한 고차원의 수학적인 원리가 잘리를 통해 구현되고 있다는 설명을 듣고 나서도 그저 신비롭고 놀라운 장면이었다. 게다가 얇고 넓은 석판을 일일이 손으로 다듬고 뚫어 창살을 만들었다는 게 믿어지지 않을 정도였다. 잘리가 눈에 들어온 순간부터 여행은 다시 즐거워졌다. 잘리는 어느 곳에나 있었다. 농촌의 흙집에도 있었고 상점 벽 모퉁이에도 있었다. 건물보다는 돌 창살이 먼저 눈에 들어왔고 그 안에 그려진 아름답고 다양한 무늬에 혼이 나갈 지경이었다.

어떤 규칙을 따른 듯 직선의 기하학적인 무늬가 주종을 이뤘지만

● 이젠 노렌을 만드는 재료나 사용하는 범위도 제한이 없다. 기능도 형태도 제각각이다. 가게 처마에 매달아 간판 역할을 했고 창문에 내려 햇빛을 막거나 밖에서 안쪽이 적나라하게 보이는 것을 피하게 했다. 때론 집의 현관을 대신해서 바람에 하늘거렸다. ⓒAlamy

모두 그런 것은 아니었다. 아무런 규칙 없이 만든 자유로운 무늬도 있었고 때론 유려한 곡선으로 넓은 공간을 가득 메우기도 했다. 질서정연한 규칙과 허를 찌르는 변칙이 유쾌하게 공존했다. 인도 잘리 장인들은 어디에서 이런 안목을 키웠던 것일까. 어딘지 분명한 기억은 없지만 이슬람 사원이었고 거대한 문을 지나면 대리석을 깐 광장이 펼쳐지던 곳이었다. 광장 가운데 신분이 높았을 누군가의 무덤이 있었다. 안으로 들어서자 사방이 벽이었는데, 그 넓은 벽 모두가 섬세하게 투각된 잘리로 장식되어 있었다. 셀 수 없이 많은 작은 구멍을 뚫고 하얀 대리석 바닥으로, 무덤 주위를 도는 사람들 어깨 위로 작은 빛의 구슬들이 쏟아져 내렸다. 별이 쏟아져 내렸다.

그때 날마다 시시각각 다른 모습으로 나타나 나를 즐겁게 만들던 인도의 잘리처럼 교토의 노렌이 그렇다. 다른 듯 같았고 비슷해 보였지만 가까이 가면 똑같은 것이 없다. 더구나 그런 아름다움이 일상과 함께 한다는 게 그저 신기하고 반갑다. 아름다움이란, 또 문화란 저렇게 삶과 섞여 살아있을 때 가장 빛난다. 나는 그렇게 믿는다. 그것들에게로 늘 먼저 눈이 갔다. 교토에 오면 누구나 한번은 찾는다는 기요미즈데라淸水寺로 가는 길은 붐볐다. 단풍보다 화사한 기모노가 계단을 올라갔고 호객꾼의 푸른 옷을 그냥 지나치지 못했다. 귤색 노렌이 나부끼고 노랗게 물들기 시작한 은행나무와 마치 붉은 노을이 이슬처럼 내려앉은 장엄한 단풍나무 앞에서는 참았던 숨을 골라야 했다. 순서를 기다려 영험하다는 물을 받아 마시고 절 난간에 서서 교토의 가을을 본다. 계절은 소곤거리듯 또 웅성

● 긴 벽 아래에 창문이라기보다는 작은 구멍들이 숭숭 뚫려 있었는데, 그곳을 통과한 빛들이 복도에 무늬를 만들었는데 그 모양이 모두 달랐다. 손수건만 하게 쏟아지던 빛의 무늬가 다양하기 그지없었다. 나중에 알았지만 그것을 잘리Jali라고 불렀다. 잘리가 눈에 들어온 순간부터 여행은 다시 즐거워졌다. 잘리는 어느 곳에나 있었다. ©Alamy

이듯 움직이고 있었다.

어쩌다 화려한 기모노를 입고 거리에 나온 게이샤를 볼지도 모른다는 기온祇園 거리를 지나 오른쪽으로 길을 잡으면 어김없이 절과 사원이 나타난다. 또 한껏 멋을 낸 사람들이 무엇에 홀린 듯 난젠지南禪寺로 향하는 것도 다 단풍 때문이다. 꽃과 잎이 다 지고 매끈한 줄기만 남은 늙은 배롱나무와 그보다 더 늙은 능수벚꽃도 이 가을 교토 정원의 주인공이시다. 연못 속 물고기는 안중에도 없이 바위 위에 서서 카메라 세례를 받는 재두루미도 한껏 교태를 부린다. 교복을 입은 학생들이 떨어진 단풍잎을 모아 글자를 쓴다. 사랑이라 쓰고 우정이라 쓴다. 그렇게 색의 융단폭격에 슬쩍 지쳐갈 때쯤 정말, 지금껏 본 옷 중에 단연코 최고라 부를 만한 차림의 아이들이 헤이안진구平安神宮로 줄을 잇는다. 무슨 행사를 치르려는 것인지 잘 차려입은 정도가 아니라 결혼식장의 신랑과 신부처럼 특별하고 유난스러운 복장이었다. 오래전 통신사 일행도 어디선가 이런 모습을 보았었는가 보다.

> 나이 8세 이상만 되면 보배로 장식한 칼을 왼쪽 옷깃에 꽂지 아니한 자가 없었다. 포대기에 싸인 어린아이들도 모두 옥구슬을 감고서 혹은 무릎에 안겨 있거나 등에 업혔는데 그 모습이 수풀 속에 핀 붉고 푸르고 노란 일 만 송이의 꽃과 같았다.

그랬다. 누가 보아도 꽃 같으리라. 세상에서 가장 탐스러운 꽃. 주인공은 어린아이들이다. 젊은 부부와 할머니와 할아버지까지, 혹은 삼촌이나 고모 등 친지들이 모두 모여 아이를 앞세우고 둘러서서 사진을 찍거나 신궁의 본전으로 향한다. 사내아이보다는 여자아이의 차림이 더욱 화사하고 강렬하다. 장식이 하도 요란해서 마치 아이를 내세워 부모의 욕심을 채우려는 것이 아닌지 착각이 들 정도다. 그중에서 단연코 빛나는 꽃송이가 눈에 들어온다. 화사한 색채는 말할 것도 없고 하얗게 분을 바른 목덜미와 눈꼬리에 찍은 붉은 점은 그대로 꽃잎이 내려앉은 듯하다. 철없는 아이들은 때론 쑥스러운 듯 고개를 숙이고 아무 데로나 뛰어간다. 단풍처럼 절정의 색들이 사방으로 달아난다.

시보리의 장인 다케다 고조

나고야名古屋에서 내려 다시 지선으로 갈아탄 것은 아리마쓰有松로 가기 위해서다. 아리마쓰는 일본 시보리의 고향이라 일컬어지는 곳이기도 하다. 아리마쓰 이전 역이 나루미鳴海다. 나루미 역시 오래도록 시보리의 판매지로 이름을 날렸는데 통상 두 곳을 합쳐 시보리의 산실이라고 불렀다. 여기서 시보리가 만들어지고 판매되기 시작한 것은 이곳을 지나는 길과 관련이 있었다. 바로 '도카이도東海道' 때문이다. 교토와 에도, 그러니까 지금의 도쿄를 잇는 길이 바로 도카이도다. 말하자면 일본의 1번 국도라 할 수 있는데 아리마쓰와 나루미 모두 이 노선에 해당하는 곳이다. 한마디로 교통의 요지이자 상업 밀집지역이다. 당시 가장 많은 사람이 오가던 이 길 위에 53개소의 역참이 있었고 두 대도시를 오가던 행인들도 그곳에서 묵었다.

도카이도의 역참은 또 우키요에 화가들이 즐겨 다루던 소재이기도 했다. 역참이란 말 그대로 사람들이 잠자고 먹고 마시던 곳이어서 화가뿐만 아니라 이곳을 소재로 한 노래와 이야기도 적지 않았다. 당연한 이야기지만 조선에서 온 통신사의 행로 역시 도카이도와 겹쳤다. 오사카에 도착한 통신사 일행은 눈앞에 보이는 현실이 믿어지지 않았다. 번화했고 물자가 풍부했고 질서정연했으며 거리는 깨끗했다. 조선에서 온 그들의 눈에는 상상하기 어려운 별천지와 다름없어 보였나 보다. 아리마쓰나 나루미는 그동안 지나온 오사카나 교토에 비하면 작고 평범한 역참이었다. 그러니 대도시의 화려함에 눈이 홀렸던 통신사 일행에게 이곳의 푸른색과 시보리는 안중에도 없었을 것이다. 두 곳에 대한 기록은 보이지 않았다. 이곳에 도착해서 점심을 먹고 에도를 향해 걸음을 재촉했다.

아리마쓰에 시보리를 정착시킨 이는 다케다 쇼쿠로竹田庄九郎라고 전해진다. 알려진 대로 1609년 도쿠가와 이에야스德川家康는 나고야에 성을 다시 짓기로 결정한다. 전국의 영주들에게 도움을 요청했고 성을 짓기 위해 각지에서 기술자들이 모여들었다. 그들 중 규슈에서 온 기술자가 그때까지 나고야에선 보지 못한 특이한 무늬의 푸른색 두건을 쓰고 있었다. 다케다 쇼쿠로가 그 기술을 배워 아리마쓰에서 처음 시보리를 선보였다는 것이 현재까지의 정설이다. 도카이도를 통행하는 사람이 늘어나자 다케다의 시보리 상점은 호황을 맞는다. 아리마쓰에는 시보리를 파는 상점들이 늘어선 거리가 형성되었고 명성이 전국으로 퍼져나갔다. 돈이 쌓였고 그 힘으로 독점판매권을 얻어냈다. 판매량은 더욱 늘어갔고 아리마쓰에서 내는 세금만도 어마어마했다. 시보리 상점이 포화상태가 되자 인근의 나루미로 출장 판매를 시작한 것이 나루미 시보리의 시초라고 한다. 그렇게 인접한 두 역참은 시보리의 대명사가 되어갔다. 다케다 쇼쿠로의 후손이 바로 시보리의 장인 다케다 고조竹田耕三다. 그가 이곳에 살고 있다.

아리마쓰 역은 작고 평범했다. 역사를 내려오는데 웬 노인이 작은 홍보 전단을 나눠준다. 얼핏 보니 지역의 행사가 날짜와 항목별로 보인다. 시보리를 포함한 섬유와 관련된 것이 빼곡히 적혀 있다. 아리마쓰의 시보리 축제는 매년 6월 첫째 주말에 열리는 것으로 알았는데 무슨 영문인지 알 수가 없다. 게다가 오늘이 행사의 마지막 날. 예정에도 없는 행운

이었다. 시작부터 조짐이 좋다. 그뿐만이 아니다. 내 기대를 한껏 부풀게 한 것은 바로 다케다 고조의 시보리 전시회다. 아무런 정보도 없이 찾아온 길이건만 이건 행운을 넘어 기적과 같은 일이었다. 역사를 나오자 거리는 온통 푸른 시보리 천지다. 편의점 창에도 푸른 시보리가 걸렸고 약국을 알리는 표지도 푸른색 일색이다. 잠시 걸음을 멈추고 숨이라도 골라야 할 판이다.

교토와 에도를 이어주던 옛길 도카이도 양편으로 시보리 상점이 길게 이어져 있다. 아리마쓰-나루미 시보리 자료관을 보려던 계획을 나중으로 미루고 곧바로 다케다 씨의 작품전이 열리고 있다는 곳으로 향한다. 횡재라고 하기에도 부족한 경우. 뜻밖이었고 가슴이 두근거린다. 책에서 사진으로만 보았던 그의 화포, 아니 시보리를 직접 볼 수 있다는 사실이 믿어지지 않는다. 일단 전시장을 확인하고 나서 숙소를 정한 다음 아주 천천히, 최대한 예민하게 다케다 씨의 푸른색과 무늬를 감상할 생각이었다. 그런데 역 근처에는 숙소가 보이지 않는다. 난감하네, 소리가 절로 나온다. 무거운 배낭을 메고 전시장을 둘러볼 생각을 하니 벌써부터 걸음이 천근만근이다. 다행히 안내 데스크의 나오미 씨가 짐을 맡아주겠다고 한다. 이런 경우는 처음이라며 그가 전시장 안내를 자청한다.

전시장은 오래된 목조주택이었다. 그가 만들고 물들인 10여 벌의 시보리 기모노가 대청마루 주위로 의젓하게 서 있다. 마루는 닳아 검은 윤이 난다. 사람들이 마루 위를 소리 없이 걸으며 그의 시보리를 감상하고 있다. 내가 작품을 보려고 걸음을 멈추면 나오미 씨가 다가와 작은 목

● 그의 작품은 천을 묶어 무늬를 만든다는 일반적인 생각과 수준을 훨씬 넘어선 자리에 있었다. 힘차고 활달했으며 때론 간단하고 명료하다. 묶는 점과 원의 크기와 조밀하고 성김의 리듬을 자유자재로 구사했다.

소리로 필요한 설명만 덧붙이곤 다시 물러난다. 다케다 고조의 시보리는 화려하고 정교하다. 단순히 푸른 쪽색과 흰 무늬만으로도 더없이 화려할 수 있다는 것을 그의 작업이 보여준다. 그의 작품은 천을 묶어 무늬를 만든다는 일반적인 생각과 수준을 훨씬 넘어선 자리에 있었다. 힘차고 활달했으며 때론 간단하고 명료하다. 묶는 점과 원의 크기와 조밀하고 성김의 리듬을 자유자재로 구사했다. 넓지 않은 전시장을 여러 번 돌며 보아도 싫증이 나질 않는다. 다시, 평황고성에서 화포를 펴들고 마당으로 걸어 나가던 유대포 장인의 뒷모습이 떠오른다. 나오미 씨를 쳐다본다.

"여기가 다케다 고조 선생님의 집인가요?"

"네, 맞습니다."

"지금은 어디에 계신가요?"

"……선생님은 지난해 돌아가셨습니다."

여러 해 전 그의 시보리를 책으로 처음 접했을 때 언젠가는 그를 찾아가 만나보리라 생각했다. 왠지 그런 날이 올 것도 같았다. 그의 시보리는 자유분방하면서도 때론 정적이 흐르듯 고요했다. 단순히 천을 접고 묶는 것만으로 그런 무늬를 만든다는 게 믿기질 않았다. 물론 오랜 시간 동안 개발되고 전승된 다케다 집안만의 감춰진 기술이 있었다. 그들의 시보리가 오래도록 사랑받을 수 있었던 가장 큰 이유이기도 했다. 일에 지치거나 힘들 때 가끔 책을 꺼내 그의 푸른 무늬를 넋을 놓고 보곤 했다. 이제 그는 이 세상에 없는 사람이었다. 장인이 아니라 그의 유작전을 보게 되리라곤 생각도 하지 못했다. 다시 다케다 고조의 시보리 앞에 선다. 흰 점이 리듬을 타며 무수히 찍힌 기모노다. 봄날이었고 나는 바람에 꽃잎이 모조리 쏟아져 날리는 벚꽃나무 아래 서 있는 듯하다. 눈앞이 흐려진다.

다케다 쇼쿠로로부터 대를 이어 살아왔다는 장인의 집은 정갈했다.

4백 년이 넘는 시간이다. 도카이도에 접한 건물은 상점을 겸했고 전시장으로 사용되는 대청마루를 나서면 마당이자 정원이다. 아담한 연못과 키 작은 나무와 바위들이 있었고 푸르게 이끼가 뒤덮여 있다. 뒤뜰 제일 안쪽에 다실이 있었는데 에도시대 나고야의 영주가 차를 마시러 들르곤 했던 곳이라고 뒤따라 나온 나오미 씨가 일러준다. 나는 다실로 가는 대신 정원 한 귀퉁이의 소박하다 못해 초라해 보이는 정자에 올라가 앉는다. 시보리의 무늬며 정원의 나무와 바위를 배치하는 데 저렇게 빈틈없이 시간과 정성을 다한 이들이 정원에 앉힌 정자는 차라리 원두막이라 불러도 될 만큼 소박하다. 정자에 앉으니 집의 구석구석으로 눈길이 가닿았다. 혹시 이런 느닷없는 격차, 최대치의 정밀함과 자유분방함을 한 장소에 배치한 것도 어떤 의도를 담고 있는 것은 아닐까. 다케다 고조의 시보리도 그렇게 양극단을 오갔다. 그도 이쯤에 앉아 푸른색과 시보리를 사유하곤 했을까. 유리문을 지나 푸르고 흰 기모노 사이로 언뜻언뜻 그의 모습이 보일 것만 같다.

공동체를 꿈꾸다

아리마쓰의 거리는 푸른색으로 가득하다. 최고의 번영을 누리던 때와는 많이 달라졌지만 지금도 여전히 염색과 관련한 일들이 꾸준하게 이어진다. 화포라는 말이 반드시 꽃무늬를 넣은 천만을 가리키지 않듯 시보리 역시 마찬가지다. 이곳에서는 무늬만이 아니라 무늬를 넣는 모든 방법을 지칭하는 말이기도 했다. 시보리는 이제 다양한 단계를 거쳐 새롭게 진화를 계속하는 중이다. 천을 접거나 구기고, 한 땀 한 땀 바느질을 하거나 꼰 다음 다시 그 위를 실로 촘촘히 묶기도 한다. 접는 넓이나 꼬는 정도, 또 실로 감는 폭에 따라 수없이 다양한 무늬가 탄생한다. 세상에 단 하나밖에 없는 화포가 된다. 단순히 수직과 수평을 넘어 상상할 수 있는 모든 방법이 시보리 안으로 들어온다.

천을 묶어 무늬를 만든다는 것은 물을 들인 다음 다시 풀어 제자리로 돌려놓아야 한다는 의미이기도 하다. 잘 묶는 일도 어렵지만 푸는 일도 힘들기는 마찬가지다. 강하고 촘촘하게 묶여 쪼그라들었던 부분을 평평하게 되돌리는 일은 손이 많이 간다. 하지만 아리마쓰의 시보리는 이제 그런 고민에서 한참을 벗어나 있다. 오히려 천의 두께와 성질을 이용해 표현의 범위를 더 넓혔다. 묶여 솟아오른 돌기 부분을 애써 되돌리지 않고 그대로 특징을 살려 제품을 만드는 데 활용한다. 고단한 노동이 필요했던 문제를 오히려 장점으로 승화시킨 격이다. 밋밋한 천보다 부드러웠고 새로운 질감과 촉감을 유발했다. 아리마쓰의 시보리는 이제 푸른 쪽색만 고집하지도 않는다. 다케다 고조 같은 예술적인 장인과 더불어 다양하고 다채로운 표현력을 무기로 새로운 길을 모색하는 시보리가 아리마쓰에 공존했다.

특별한 축제가 끝난 거리는 한산했다. 간간이 나처럼 어슬렁거리는 관광객 차림의 사람들이 보였고 어쩌다 대여섯의 외국인이 상점과 시보리 공방을 드나들었다. 그러고 보니 상점만큼 자주 눈에 띄는 곳이 공방이었다. 안이 들여다보이는 공방으로 사람이 들고 났다. 그런 곳에는 어김없이 푸른색 물을 들인 시보리가 널려 있다. 수십 명씩 우르르 몰려와서는 잠깐 물들이는 시늉만 하고 떠나는 체험이 아니라 적게는 일주일에서 한 달을 넘게 머물면서 시보리를 배우는 이들이 많다고 했다. 안쪽 작업장에서는 물을 들이고 길에 접한 곳에 상점을 열어 시보리의 명성을 이어가던 거리는 저렇게 시대의 변화에 따라 탈바꿈하고 있었다. 그렇게 거리를 걷다가 그들을 만났다.

'아리마쓰 포털 프로젝트ARIMATSU PORTAL PROJECT'를 기획하는 팀은 옛날 방앗간을 개조해 사무 공간으로 바꾸었다. 이른바 지역문화 활동가들이다. 디자이너이자 프로젝트의 매니저이기도 한 아사노 가케루浅野翔와 염색을 하는 구노 히로아키久野浩彬 그리고 시보리 기계를 생산하는 사업가 하마다 신야浜田慎也 씨를 그곳에서 만났다. 사무실 옆으로는 과거 아리마쓰의 거리 모습을 담은 흑백사진이 걸려 있다. 시보리를 판매하는 점포를 찍은 사진이 제일 많고 커다란 가마니에 담겨 옮겨지고 있는 것들은 모두 쪽 염료다. 조금 전 거리에서 보았던, 지붕이 유난히 높았던 건물이 염료를 보관하는 창고였다. 한곳에 모여 천을 묶는 노인들도 보인다. 구

이저우의 먀오족 여인들이 매일같이 밀랍을 녹여 화포를 그리듯 이곳 노인들은 손끝이 갈라지도록 천을 묶고 꿰맸다. 그 일을 이제 하마다 씨가 개발한 기계가 대신했다. 빨랐다. 사람 열 명 이상의 몫을 감당했지만 마무리만큼은 손을 거쳐야만 했다.

이곳 아리마쓰뿐만 아니라 일본의 쪽 염색은 오래전에 분업화의 길로 들어섰다. 교토에서 만난 시모무라 씨의 경우도 마찬가지였다. 쪽을 길러 염료를 만드는 농부, 천을 묶어 무늬를 만드는 사람, 그리고 쪽물을 들이는 염색공으로 구분되었다. 자신의 이름을 내걸고 시보리 기계를 만드는 하마다 씨가 이곳 아리마쓰의 시보리 축제에 적극 참여하는 이유는 자명했다. 이곳의 시보리 산업이 위축되면 될수록 하마다 씨의 사업도, 염색에 종사하는 공예가들뿐만 아니라 수백 년 염색 산업에 기반을 둔 지역의 경제 역시 심대한 타격을 받을 것이 분명하기 때문이었다. 그렇게 지역사회와 염색 공예가 그리고 시보리 사업자가 서로 협력해야 살아남을 수 있다는 것을 이들은 잘 알고 있었다. 지역공동체를 활성화시키려는 이들의 노력이 그 증거다.

하마다 씨는 먼저 떠났다. 가케루와 함께 우리는 거리의 동쪽에 있는 구노 씨의 공방으로 자리를 옮겼다. 규모가 크다. 3대를 이어오는 곳이었고 전시장과 사무실을 겸한 건물 옆으로 작업장이 딸려 있다. 직원도 여럿이다. 벌써 6개월이 넘게 이곳에서 시보리와 염색을 배우고 있는 소피Sophie는 프랑스에서 왔다고 한다.

합성염료였고 많은 과정이 자동화로 이루어지지만 시보리를 만드

● 안이 들여다보이는 공방으로 사람이 들고 났다. 그런 곳에는 어김없이 푸른색 물을 들인 시보리가 널려 있다. 안쪽 작업장에서는 물을 들이고 길에 접한 곳에 상점을 열어 시보리의 명성을 이어가던 거리는 저렇게 시대의 변화에 따라 탈바꿈하고 있었다.

는 과정, 그러니까 천에 무늬를 넣는 일은 여전히 기계가 아닌 사람의 손을 거친다. 예전처럼 복잡하고 노동집약적인 작업보다는 좀 더 간결하고 밀도 있는, 디자인 감각이 돋보이는 패턴이 주를 이룬다. 다케다의 집안에서 시작된 아리마쓰의 염색과 시보리는 색과 형태를 바꿔가며 현재진행형이다.

저녁을 겸한 자리에 소피도 함께했다. 가케루가 맥주를 주문한다. 나는 먼저 구노 씨에게 다케다의 기모노와 시보리를 어떻게 보느냐고 묻는다. 뜸 들이지 않았다. 그는 훌륭한 장인이며 이곳 아리마쓰가 자랑스러워하는 인물인 것에는 지금도 변함이 없다고 말한다. 하지만 그의 시보리 또한 아리마쓰의 수많은 시보리 가운데 하나이지 어느 것이 더 낫다 말하는 것은 곤란하다고 의견을 덧붙인다. 자신들 역시 전통의 연속성과 변화에 대처하는 자세에 대해 늘 고민 중이라며, 그런 고민이 모여 이번 프로젝트를 진행하는 토대가 되었다고 가케루가 대화를 잇는다. 그들 역시 마찬가지였던 것이다.

소피는 몇 달째 기계가 아닌 옛 도구를 사용해 시보리를 만든다고 했다. 내가 공방에 갔을 때도 그녀는 틈만 나면 천을 묶고 풀기를 반복했다. 아리마쓰에서 실습을 마치고 돌아가 자신만의 공방을 내는 것이 꿈이라고 한다. 나는 그동안 여러 나라에서 보았던 쪽 염색과 화포에 대해 두서없이 얘기를 이어갔고 가케루는 건축을 전공한 자신이 왜 지역공동체 활동을 시작하게 되었는지 담담하게 설명했다. 가능하면 시보리를 통해 지역이나 나라 간의 연대를 꿈꾸고 있다고도 했다. 우리는 이야기 사이사이에 건배를 했다.

소피가 내게 한국에도 시보리가 있느냐고 물었다. 얼른 대답할 말이 떠오르지 않았다. 나를 처음 이 길로 이끈 박지원이 입었다는 화포가 조선에서 만든 것인지도 알 수 없었다. 나도 궁금하다. 우리에게도 푸른 화포가 있었던 것일까. 대화는 주제를 바꿔가며 종횡으로 가지를 쳐나간다. 이야기가 쉬 끝날 것 같지 않다.

나라의 뒷골목에서 쟈와 팡을 만나다

볼거리가 가득한 옛 수도 나라奈良지만 내가 이곳에 들른 이유는 따로 있다. 유명한 사찰인 도다이지東大寺 깊숙한 곳에 자리한 일본 왕실의 유물창고 쇼소인正倉院을 보기 위해서다. 더 정확히는 그 안에 보관된 가장 오래된 시보리 때문이다. 물론 내 눈으로 직접 볼 확률은 없다. 천 년도 더 된 이 유물은 당시에 궁중의 공무를 보거나 제례용으로 입었을 것이라 추정된다. 춤을 출 때 입었을 것이라는 주장도 있지만 내게 중요한 것은 사용처보다는 일본에서 실물로 남아있는 가장 오래된 시보리라는 사실이다. 사진으로 미리 만난 이 초기의 시보리는 여전히 짙은 푸른색 줄무늬가 선명했다. 상의만 전해지는데 천을 묶거나 꿰매서 만든 것이 아니라 천을 접은 다음 위아래에서 나무로 눌러서 물을 들인 협힐 염색의 일종이었다. 중국 남부 원저우 지역에서 유행했던 방식과 유사한 것이다. 물론 이야기의 여러 장면을 섬세한 조각으로 표현하던 그곳의 화포와 비교하면 아주 초보적인 기술에 속하지만 말이다. 그래도 시보리의 역사에서는 제일 나이 많은 실물 중 하나에 든다.

도다이지 남문 앞에 사람들이 모여 있는 것은 사슴을 보기 위해서다. '돌진하고 들이받고 때리고 문다'고 경고문에 적혀 있는 바로 그 녀석들이다. 우리에 가두지 않고 방목한다. 그래도 사람들은 녀석들에게로 다가가 먹이를 주려고 이곳에 온다. 나는 고색창연한 도다이지의 남문을 지나 세계에서 가장 크다는 불당과 그 안에 안치된 대불을 보는 것도 미룬 채 쇼소인으로 향한다. 공원 아무 데서나 출몰하는 친숙한 사슴과 거대한 불상에 사람들이 몰리는 탓에 이곳을 찾는 이는 거의 없다. 일반인에게 개방하지도 않는다. 간혹 말끔하게 차려입은 노인들만 건물을 배경으로 사진을 찍는다. 쇼소인은 절 안에서도 가장 오래된 목조 건물 중 하나다. 벽체를 모두 나무로 쌓아올린, 말하자면 귀틀집과 같은 구조다. 저 안에 이 나라 안에서 가장 나이 많은 시보리가 있다. 띠처럼 단순한 무늬를 만들던 일본의 시보리가 그 긴 시간을 통과하며 아리마쓰의 시보리로 변해간 사정을 그려보는 일은 참 여러 생각을 끌고 온다. 이국의 늙은 목조 건물을 보며 쉽게 발걸음이 떨어지지 않는 이유일 것이다.

나라는 시보리로 이름난 곳이 아니었는데도 불구하고 곳곳에서 심심치 않게 모습을 드러낸다. 여전히 누군가가 만들었고 또 필요로 하는 누군가가 있어서다. 아리마쓰처럼 화려하진 않지만 섬세하고 절제된 맛이 있다. 오래된 것이라고 함부로 바꾸지 않는, 긴 역사를 품고 있는 이 도시의 자존심과 관련돼 보이기도 했는데, 대책 없이 고루한 것들과는 달라 보인다. 관광지에서 조금만 벗어나자 예외 없이 교토의 뒷골목 같은 풍경이 나타난다. 골목마다 붉은 천을 두른 작은 돌부처들이다. 돌이켜보니 이곳은 오랜 시간 동안 불교의 나라였고 지금도 여전하다. 좁은 주택가 전시장에서 난 또 그만 가슴이 먹먹해지는 장면과 마주하고야 만다. 옷과 머플러와 장신구를 전시하고 파는 곳인데 천장에 먀오족이나 몽족 여인의 푸른 화포가 늘어져 있다. 그 먼 길을 돌아 어떻게 여기까지 온 것일까. 나라의 뒷골목에서 바사의 먀오족 여인들과 박하의 몽족 여인 쟈와 팡을 다시 만난다.

혼자 다니는 여행에서 긴장감이 상승하는 순간은 언제일까. 사람마다 다르겠지만 내겐 낯선 곳에서 식당 문을 여는 순간이 그중 하나다. 물론 패스트푸드점이나 말없이 주문할 수 있는 식당은 많다. 하지만 늘 현지인들이 알 만한 노포에 대한 호기심을 억누르지 못한다. 마음에 드는 밥집 겸 술집을 찾을 때까지 숙소 주변을 몇 바퀴씩 돌기도 한다. 이왕이면 주택가 골목과 가까울 것, 간판이나 외관에 풍기는 범상치 않은 분위기, 아주 일반적인 요리를 하는 곳 등이 내가 식당을 고르는 기준이다. 물론 이런 기준의 가장 밑바닥에는 아무 근거도 없는 육감과 그날의 촉이 자리한다. 성공 확률이 그리 높진 않지만 그렇게 단골 음식점 만들기에 성공하는 날이면 며칠 일정을 미루기도 한다. 억눌린 긴장감이 눈 녹듯 사라지는 순간이다. 현지에 대한 호감도가 급상승하는 것은 물론이다.

밥집에 밥을 먹으러 가는 것이 무슨 대단한 일이냐고 하겠지만 외국인의 출입이 빈번한 번화가와는 사뭇 다르다. 자칫하면 머뭇거리다가 주문도 하지 못하고 나와야 하거나, 요행히 음식이 나왔다 해도 따가운 눈총을 받으며 정신없이 끼니만 때우고 마는 경우가 종종 있기 때문이다. 물론 그건 그저 운이다. 나만의 목적지를 찾아 긴 시간, 발품을 팔고 취향에 꼭 들어맞는 식당을 찾는 일은 일종의 즐거운 놀이이자 그날 치 여행의 마침표이기도 하다. 그런 일들이 쌓여 어느 나라나 도시, 또는 여행 자체에 대한 나만의 비밀스러운 편애가 자라난다. 오늘은 커다란 조개가 그려진 주황색 노렌을 밀치고 식당 안으로 들어간다. 다행히 몇 개 빈자리가 보이고 아무렇지 않게 자리를 잡는다. 남들의 이목을 끌지 않았다. 일

● 이 초기의 시보리는 여전히 짙은 푸른색 줄무늬가 선명했다. 상의만 전해지는데 천을 묶거나 꿰매서 만든 것이 아니라 천을 접은 다음 위아래에서 나무로 눌러서 물을 들인 협힐 염색의 일종이었다. 중국 남부 원저우 지역에서 유행했던 방식과 유사한 것이다. 시보리의 역사에서 제일 나이 많은 실물 중 하나에 든다.

단은 성공이다.

안쪽의 테이블로 가는 대신 보통 '다찌'라고 부르는, 주방을 가운데 두고 빙 돌린 높고 긴 탁자에 자리를 잡는다. 그래야 이곳에 용기를 내고 들어온 보람이 있는 것이다. 대신 옆 사람과의 대면은 각오해야 하고 또 그게 나를 이곳으로 이끈 이유다. 밥도 팔고 술도 판다. 얌전히 밥만 먹는 사람들은 없다. 다찌와 주방 사이에 여러 종류의 음식이 가지런히 놓였고 대부분 그걸 안주 삼아 술을 마신다. 붉은 두건을 쓴 중년의 언니들이 손님 사이를 바쁘게 오갔고 빠른 눈길로 마신 술과 가져간 음식을 체크하는 눈치다. 난 삶은 낙지와 구운 조기를 끌어다 앞에 놓은 다음 맥주를 주문한다. 문을 열고 들어설 때의 긴장감이 조금씩 누그러진다.

중년의 사내가 그득한 선술집 안에 가끔 백설기에 콩 박은 듯 팽팽한 청춘들이 있어 실내 공기는 한층 발랄하다. 묵묵히 고등어에 맥주를 마시던 왼쪽 사내에게 잔을 들어 건배를 한다. 내가 옆자리에 앉는 순간부터 무표정으로 일관하는 사내는 멀뚱한 얼굴로 잔을 든다. 허공에다 건배를 하는 것보다 낫다는 표정인데 그건 피차일반이다. 맥주를 한 모금 마시고 그는 여전히 허공을 바라보고 나는 낙지 머리를 뜯는다. 그렇게 서너 차례, 이젠 사내의 표정이 물렁해졌고 더불어 잔을 부딪치는 소리도 커진다. 이 시간 이런 술집에 홀로 앉아 술을 홀짝이는 중년의 사내들은 누군가 자신에게 말을 걸기를 기다린다. 무슨 얘기든 대화가 하고 싶은 것이다. 나도 그렇다. 사내는 여태껏 혼잣말을 하다가 이제 내게 질문을 한다. 본격적으로 궁금증이 몰려오는 표정이다. 나는 다시 긴장한다.

이제 오른편에 앉은 사내에게로 눈길을 돌릴 차례다. 그들은 셋이다. 친구 사이인지 오늘 만난 것인지, 아니 어쩌면 저들이야말로 여기 단골일지도 모르겠다. 어쨌든 꽤 스스럼없는 관계인 건 틀림없어 보인다.

그들은 매우 유쾌하다. 내가 알아듣거나 말거나 아무렇지 않게 대화 중간에 나를 끌어넣는다. 건배는 왼쪽과 나누고 얼굴은 오른쪽으로 돌린다. 그러다 일이 터지고 만다. 가장 가까이 앉은 사내가 아무 생각 없이 내 맥주로 자신의 잔을 채웠고 이를 알아챈 그 옆의 사내가 이미 맥주를 마셔버린 그에게 이실직고를 한다. 그리곤 한마디, 자네 취했나. 하나, 둘, 셋……. 정적이 흐르고 사태를 파악한 사내, 웃음소리가 높아진다. 나는 낙지 접시를 그에게 밀어주고 왼쪽 남자와 술잔을 든다. 그가 뱃살만 사라진 식은 고등어 접시를 내 쪽으로 민다. 새로 배달돼 온 맥주병이 늘어가고 어느 것이 누구 것인지 신경도 쓰지 않는다. 모두 그런 건 이제 나 몰라라 한다. 여행이든 세상사든 예상대로만 간다면 그게 무슨 재미겠는가. 가끔은 어긋나거나 누군가 불쑥 난입을 하고, 그로 인해 걸음을 멈추고 나서야 다른 길도 있었다는 걸 알게 되는 경우가 다반사다. 일정을 미뤄야 하나, 잠시 고민이 찾아온다. 이젠 다섯 사내가 일제히 잔을 들어 건배를 한다.

일본 쪽의 고향 도쿠시마

섬 시코쿠四國의 중심 도시 도쿠시마의 모든 길은 기차역에서 시작된다. 섬의 해안선을 감싸며 철로가 이어지고 역에 도착하면 도심 속으로 출발하는 버스가 기다린다. 그저 노선버스를 타는 일을 제일로 여겼던 내게 이곳의 기차는 신기함을 넘어서 다 잊어버린 줄 알았던 낭만을 떠올리게 한다. 아침에 아무 기차에 올라 어느 한적한 바닷가 마을에 내려서 걷다가 돌아오기를 반복해도 지루할 것 같지 않았다. 두툼한 종이 기차표를 들고 개찰구를 나가 계단을 오르고 역무원이 일러준 대로 기차 번호를 찾아 내려간다. 낡았지만 그렇다고 추레하지 않은 플랫폼은 마치 옛날 영화 속 한 장면이 이제 막 시작되려는 것처럼 느리고 고요하다. 멀리서 천천히 기차가 역으로 들어오는 장면이 환영처럼 펼쳐질 것만 같다. 나무 벤치에 키 작은 노인들이 앉아있고 교복을 입은 소년들 소녀들이 모여 기차가 오기를 기다린다.

버스보다 조금 큰 한 량짜리 기차다. 그래도 기적을 울린다. 겨우 청년티를 벗은 차장과 기차가 역에 설 때마다 정거장의 이름을 빠짐없이 알리고 승객이 내리는 것을 살피는 기관사가 한 량짜리 기차를 몬다. 아이들은 기차에 오르면 너 나 할 것 없이 뛰어가 맨 앞쪽에 자리를 잡는다. 나도 아이들 사이를 파고든다. 기차 안은 사방이 유리창이라서 섬의 풍경이 입체적으로 다가온다. 이런 땐 역시 기차가 제일이다. 한 량짜리 기차가 아니라 커다란 케이블카에 올라탄 듯 좌우로 조금씩 흔들리며 기차가 출발하고 도심을 벗어나자 제법 속도를 올린다. 달리는 철로는 단선이다. 맞은편 기차가 도착할 때까지 기차는 출발하지 않는다. 교차하는 기차들은 역에서 만나고 역에서 헤어진다. 아이들에겐 통학기차인 모양이다. 내리면서 학교 선생님께 그러듯 기관사와 차장에게 목례를 한다. 기차가 서쪽을 향해 가볍게 몸을 꺾는다. 긴 대숲 너머로 푸른 강이 모습을 드러낸다. 시코쿠를 동서로 가로지르는 긴 강 요시노가와吉野川다.

도쿠시마는 오랫동안 일본 쪽 염료의 중요한 생산지였다. 이곳에 쪽을 대량으로 심기 시작한 때는 에도시대 초기로 알려져 있다. 그러니까 17세기 초부터 쪽은 도쿠시마 경제를 지탱해온 버팀목 중 하나였던 셈이다. 쪽은 수량이 풍부한 지역에서 잘 자랐고 요시노가와가 그 역할을 담당했다. 강이 없었다면 양질의 도쿠시마의 쪽은 기대하기 어려웠을 것이다. 들이 넓은 강 하류의 아와阿波 지역을 중심으로 대단위의 쪽 경작지가 있었다. 그곳에서 생산된 염료는 건조 과정을 거쳐 요시노가와 중류에 위치한, 당시 쪽 염료 도매시장 역할을 했던 미마美馬로 옮겨져 거래되었다. 그러니 현재는 '도쿠시마의 쪽'이라 부르지만 사실은 '아와의 쪽'이라 부르는 것이 더 합당한 말이다. 시코쿠에서 쪽이 생산되는 내내 아와가 그 중심에 있었다. 미마로 가기 위해서는 아나부키穴吹 역에 내려 걸어서 요시노가와를 건너야 한다.

미마 시의 현재도 아리마쓰와 사정이 별반 다르지 않았다. 그래도 번영의 시간이 지나간 거리가 그리 쓸쓸해 보이는 것은 아니다. 아리마쓰가 시보리 상점에 공방이 더해져 명맥을 이어가듯 이곳 미마는 과거 부유했던 염료 상인들이 남긴 저택들과 염료가 거래되던 시장 등이 개방되어 관광자원으로 탈바꿈했다. 수백 년 동안 변하지 않았을 것 같아 보이는 미마 중심 거리가 그대로 관광지가 된 셈이다. 유력 상인이었던 요시다吉田 집안에서 지은 건물도 그중 한 곳이다. 이곳 미마의 건축물은 다른 지역에서는 찾아보기 어려운, 건물과 건물 혹은 집과 집 사이를 막은 방화벽이 특징이다. 화재가 옮겨 붙는 것을 막으려 했다지만 유독 이곳에서 유행한 까닭은 바로 쪽 염료 산업에서 생긴 재력 때문이었다. 처음엔 불을 막기 위한 구조물이었던 것이 상인들 간의 재력을 과시하는 상징물로 변해갔다. 기본 구조는 목조였지만 과도할 만큼 장식이 더해졌고 벽돌을 덧대 두텁게 회칠을 올렸다. 주택만 그런 것이 아니라 구매한 염료를 보관하는 창고도 육중한 회벽에 창문마다 철문을 달아 마치 커다란 금고나 다름없었다. 쪽 염료가 당시에는 현금과 같았다.

휴일이 아닌데도 미마를 찾는 사람들이 적지 않다. 산이 좋고 강이 맑다. 그래서 낮 동안은 보호수로 지정된, 수령이 천 년에 이른다는 나무들을 만나러 산에 오른 다음 계곡으로 내려와 은어로 저녁을 먹는 것이 이곳을 찾는 외지인의 단골 코스라고 한다. 예전만 못하겠지만 쪽으로 물을 들인 소박한 천을 팔고 개업한 지 2백 년도 더 된 옷가게가 꿋꿋하게 재봉틀을 돌린다. 특이하게도 기모노나 전통 복장이 아닌 양복을 만들었다고 한다. 자료관에는 이들 양장점의 단골 고객 명단과 매출장부가 지금도 남아있다. 신체 치수와 고객의 요구사항까지 꼼꼼한 기록이다. 채소 등속을 파는 가게에서 안노인 두 분이 두부와 곤약을 굽는다. 앉은뱅이 의자에 앉아 달달한 된장을 바른 곤약을 먹는다. 그러다 문득 고개를 돌리면 어김없이 푸른 노렌이 나부낀다.

요시노가와의 물은 속이 다 보이도록 맑았다. 구이저우의 먀오족들은 두류강 수계 안에 삶의 터전을 잡았고 이곳엔 요시노가와가 있었다.

두류강은 그들에게 들을 베풀지 않아 가파른 산비탈에 다랑이 논을 일궈야만 했다. 여기 비옥한 토지를 거느린 아와의 강변이라고 해서 삶이 녹록한 것만도 아니다. 쪽을 기르는 농부들은 언제 들이닥칠지 모를 홍수에 대비해 탈출용 배를 늘 가까이 두고 살아야 했다. 바사 마을에서 조강과 함께 보았던 산비탈의 쪽잎이 이곳 아와의 들에도 가득했다. 해가 강물을 조금씩 붉은빛으로 물들였다.

곤니치와. 누군가 인사를 건네고는 쌩하고 지나간다. 초록색 운동복을 입은 단발의 여학생이 자전거를 타고 둑으로 달린다. 석양이 낮게 깔리는 강물 위로 청둥오리 몇 마리가 물속으로 머리를 처박는다. 강변의 허리가 꺾인 대나무가 이리저리 바람에 흔들린다. 다리에 걸터앉자 신발이 물에 닿을 듯 가깝다. 구이저우의 두류강에서 이곳 요시노가와까지 나를 내몰던 것은 무엇일까. 나도 상하이의 그녀처럼 푸른색과 화포에 매혹된 것이었을까. 아직은 알 수 없다. 그녀와 나의 매혹이 단지 색과 무늬에만 있었다면 두 사람 모두 그 먼 길을 가지 않았을 성싶다. 눈앞에 보이는 것 말고도 보이지 않는 무엇이 더 있을 것도 같다.

청둥오리들이 물살이 느린 강가로 가 강물을 거슬러 오르려 애를 쓰고 있다. 발자국 소리가 멈추더니 누군가 옆으로 다가온다. 숨소리가 거칠다. 그도 말없이 강물로 몸을 기울인다. 침묵 속에서 서로가 보고 싶은 것을 본다. 멀리서 오리 떼가 어둠이 내린 하늘로 날아오른다. 그와 눈이 마주친다. 치열이 고른 여자가 웃는다. 다시 강으로 얼굴을 돌리는 여자. 그리곤 뜬금없는 한마디, 강물이 맑지요. 대답을 듣고자 하는 것도, 그렇다고 누가 들으라는 것도 아닌 혼잣말을 던지고는 몸을 돌려 왔던 길로 뛰어간다.

아와오도리, 춤을 푸르게 물들이다

춤바람이 났다. 사실 도쿠시마는 일본 쪽의 고향이라는 게 내가 아는 전부였다. 그런데 무슨 영문인지 도시는 온통 춤으로 도배가 되어 있다시피 하다. 여행안내센터에서 나눠준 책자도, 도시를 상징하는 마스코트도 춤을 추는 여자다. 부채에 그려진 앙증맞은 여자아이도 같은 자세로 춤을 춘다. 그뿐만이 아니라 단체로 춤을 추는 사진이 마치 영화 포스터처럼 시내 곳곳에 붙어 있어 곧 축제라도 열릴 것 같은 기세다. 알고 보니 그게 아와의 춤, 아와오도리阿波おどり였다. 수백 년의 역사를 자랑하는 춤 축제라며 가는 곳마다 자랑이 대단했다. 8월 중순, 나흘 밤낮으로 시내 거리 곳곳에서 벌어지는 축제를 즐기려 이곳 도쿠시마로 백만이 넘는 인파가 찾아온다는, 한마디로 너무나 유명한 춤 축제가 아와오도리였다. 일본 쪽의 고장을 찾아왔는데 춤이라니, 염색과 축제라니, 뭔가 예상치 못한 것이 다가올 것만 같은 가벼운 흥분이 차오른다. 저녁을 먹자마자 공연장으로 향한다.

늘 만원이다. 어린 춤꾼들은 공연 시작 전 복도든 어디든 틈만 나면 연습에 열중이다. 이마에는 새끼줄처럼 꼰 빨간색 띠를 두르고 소매가 짧은 푸른색 하피法被를 입었다. 하피는 댄서의 기본 복장에 속한다. 그리곤 짧은 흰색 반바지. 아이들은 인기가 많아 공연을 앞두고서도 카메라 세례를 먼저 받았다. 불이 꺼지고 무대의 막이 오르면 춤꾼들 모두가 모습을 드러낸다. 빠르지도 느리지도 않은 음악에 맞춰 맛보기 춤을 선사하곤 곧바로 막이 내린다. 팀에서 제일 연장자가 마이크를 잡는다. 그는 춤꾼들의 리더이자 만담가이기도 했다. 인사를 시작으로 환영의 말과 농담으로 관람객의 관심을 끌어 모으고 공연의 열기를 고조시키는 일도 그의 몫이었다. 아와오도리의 역사와 간단한 춤동작을 선보이고는 관람객 몇을 지목해 무대로 불러낸다. 주로 외국인이 표적이 되지만 스스로 흥이 난 사람들이 자진해서 무대로 달려 나간다. 꽁무니를 빼는 경우는 별로 없다. 현악기인 샤미센과 주먹만 한 크기의 동그란 금속 악기 가네鉦와 북 등속의 악기 연주자를 소개하곤 쉽고 가벼운 리듬에 맞춰 기본 동작을 선보인다.

- 오른손은 오른발을 따라 나가고 왼손이 나오면 바로 왼발이 따라온다.
- 춤을 출 때는 등을 곧게 펴고 가슴을 앞으로 쭉 내밀어야 한다.
- 춤은 4분의 2박자 리듬을 따라가며 팔꿈치가 어깨 아래로 내려가면 안 된다.
- 팔을 위로 높이 치켜들고 손바닥을 펴 앞뒤로 흔든다.

자, 이제 춤이 시작된다. 리듬이 단순하니 춤도 단순하다. 기본 동작에 충실한 한 판 춤이 시작된다. 아이들이 먼저 등장하자 관객들의 환호가 쏟아진다. 띵까, 띵까, 띵까, 띵까……. 사뿐하게 걸음을 옮기며 춤동작을 이어간다. 이미 배운 대로 손바닥을 펴고 앞뒤로 흔들며 걸음을 가볍게 놀린다. 한 아이가 리듬에 맞춰 선창을 하면 합창을 하듯 후렴이 뒤따른다. 띵까, 띵까, 띵까, 띵까. 아이들이 들어가고 아와오도리에서 가장 화려한 복장을 한 젊은 여자들이 줄지어 무대를 채운다. 동작은 크지도 않

고 과장도 없는데 묘하게 중독성이 있다. 하지만 자세히 보면 손끝의 움직임과 발동작이 섬세하기 그지없다. '킬힐'을 신은 듯 게다 뒤꿈치를 한껏 추켜올린 다음 발끝을 바닥에 닿을 듯 말 듯, 몸의 방향을 좌우로 바꿔가며 동작을 이어간다.

그녀들의 의상에서 유독 돋보이는 것이 바로 가사笠라 불리는 모자다. 대나무나 밀집으로 동그랗게 만든 뒤 꼭 반으로 접은 다음 뒤쪽을 한껏 올려 머리에 썼다. 그게 단순한 장식으로만 보이지 않는다. 가사의 방향에 따라 관객들의 시선이 옮겨갔고 멀리서 보면 꽃잎이 반짝이듯 낙엽이 흩어지듯 오로지 가사만 눈에 들어온다. 하지만 남자들의 춤은 여자들에 비하면 '막춤'에 가깝다. 그렇다고 전혀 질서가 없다는 말은 아니다. 동시에 시작해서 저마다의 리듬에 따라 중구난방 춤을 추다가도 어느 순간이 되면 일정한 동작으로 돌아왔다 흩어지기를 반복한다. 그래서 역동적이고 힘이 넘치는데 그런 느낌을 배가시키는 것이 그들이 들고 있는 초친提燈이라 부르는 긴 등이다. 그걸 기예를 부리듯 절도 있는 빠른 동작으로 춤에 섞어 넣는다. 춤은 서서히 절정을 향해 치닫는다. 좀 더 빨라진 띵까, 띵까, 띵까, 띵까와 함께.

아와오도리는 바다에서 죽은 이들의 영혼을 집으로 불러오는 불교 제의인 '본盆'이라는 행사에 기원을 두고 있다고 했다. 춤은 나흘 동안 이어졌다. 행사가 끝나면 춤은 금지되었다. 축제가 열리는 동안에는 나무칼을 포함해 무기가 될 만한 어떤 것도 휴대할 수 없었다. 지역의 영주는 축제에 모인 자들이 폭동을 일으킬지도 모른다고 불안해했다. 그렇다고 축

● 아와오도리에서 가장 화려한 복장을 한 젊은 여자들이 줄지어 무대를 채운다. 동작은 크지도 않고 과장도 없는데 묘하게 중독성이 있다. 그녀들의 의상에서 유독 돋보이는 것이 바로 가사라 불리는 모자다. 가사의 방향에 따라 관객들의 시선이 옮겨갔고 멀리서 보면 꽃잎이 반짝이듯 낙엽이 흩어지듯 오로지 가사만 눈에 들어온다. ⓒAlamy

제를 막을 방법도 없었다. 아와오도리의 시작은 그렇게 지방 영주의 규제와 민중의 욕구 사이에서 일종의 완충재와 같은 역할을 했던 모양이었다. 축제는 종교적 성격도 띠었지만 동시에 힘겨운 노동으로부터 며칠간의 해방이기도 했다. 뜨거운 여름이었고 농부는 휴식과 위로가 필요했다. 영주의 입장에선 그들의 불만을 잠시 잠재울 수 있는 기회이기도 했다. 축제는 해마다 열렸지만 규율을 어기면 곧바로 영주의 엄격한 통제가 이어졌다. 사무라이 계급은 집에서만 춤을 출 수 있었다. 밤에는 춤이 금지되었고 누구라도 얼굴을 가려서는 안 되었다. 그렇게 양측은 춤을 사이에 두고 서로의 힘을 밀고 당겼다. 이런 규제에도 불구하고 농부들은 계속해서 축제를 이어갔고 어떤 해에는 심지어 영주의 성으로 가 평소에는 건널 수 없는 다리 위에서 춤을 추는 것으로 영주를 조롱하는 일도 있었다. 그렇게 이들의 춤에는 휴식과 위로와 저항과 분노가 스며있었고, 푸른 시보리가 있었다.

이름에서 알 수 있듯이 아와오도리는 '아와'에서 시작되었다고 한다. 아와는 에도시대 내내 일본 안에서 가장 많은 쪽 생산지였다. "아와 하면 쪽이었고 쪽 하면 아와"였다. 대부분의 농부는 쪽 농사가 생업이었다. 그때나 지금이나 쪽으로 부를 축적한 이들은 농부들이 아닌 중개상인이었다. 바다 건너 오사카나 대도시에서 온 상인들도 있었고 염료시장이 열리던 미마의 요시다 가문도 그때 성장한 집안이었다. 그들의 입장은 영주와는 또 달라 무조건인 규제 강화를 찬성만 할 수는 없었다. 농부들과 그들의 노동력이 뒷받침되지 않으면 그들의 염료사업도 끝이었다. 푸른 쪽 염색과 시보리를 찾는 구매자가 급속하게 늘어가는 중이었고 중간상인인 그들이 염료를 팔아 얻는 수익은 막대했다. 또 하나, 염료를 생산할 수 있도록 노동력을 제공하는 농부들이 푸른색의 중요한 고객이자 시보리의 소비자였기 때문이다. 농부들은 일 년 내내 축제를 기다렸고 춤이 시작되면 자신이 가진 가장 화려하고 좋은 옷, 푸른색 시보리를 꺼내 입고 나흘 내내 춤을 추었다. 그걸 그만두게 할 수는 없었다.

춤은 이제 막바지를 향해 가고 있다. 아이들과 여자들과 남자들이 빠르게 교차하며 무대를 휩쓸고 드디어 모든 댄서가 무대를 가득 메운다. 박자는 점점 빨라졌고 춤사위도 격렬해진다. 여자들의 손동작은 계속해서 하늘을 찌르고 사내들의 막춤은 쓰러질 듯 비틀거린다. 그렇게 천천히 막이 내리자 곧바로 다시 막이 올라간다. 극적인 마지막을 장식하기 위한 시간이다. 다시 사그라들던 샤미센과 가네와 북이 별안간 소리를 높인다. 댄서들이 객석으로 난입해 관람객을 끈다. 유혹이 아니어도 기다렸다는 듯 달려 나가는 사람이 적지 않다. 댄서와 관객이 한데 어울려 춤을 춘다. 오래전 아와오도리도 저랬을 것만 같았다. 무대 위에서 소리와 몸짓과 색이 소용돌이를 그리며 섞여들고 있다.

공연장을 나와서도 단순하고 명쾌한 리듬과 몸짓이 머릿속에서 떠나질 않는다. "아와오도리는 여기 사람들의 핏속에 있다"라고 했다. 곡절도 많은 긴 춤의 역사였지만 이곳 사람들에겐 춤에 대한 각별한 애정이 몸속 깊숙이 자리 잡고 있었다. 도쿠시마 사람들은 말 그대로 걸음마를 배우자마자 춤을 배웠다. 댄서들은 매일 바뀌었다. 그렇게 조직된 팀만 해도 수백을 헤아린다고 했다. 늦은 저녁 공원에 가면 아이들은 팔을 치켜들고 춤 연습을 했고 엄마들은 옆에 앉아 샤미센을 퉁겼다. 나는 공연장이나 도시의 거리가 아닌 어디 절 마당이거나 그보다 더 너른 강변에서의 춤을 상상하며 혼자 흐뭇해했다. 내가 자란 마을의 어른들이 한여름 백중百中날에 음식과 술을 싸들고 강변을 찾아 춤과 노래를 즐기듯 이들도 다르지 않았던 모양이다. 이와 유사한 통신사의 기록도 보인다.

왜인들의 풍속이 음력 7월 보름을 좋은 명절로 여겨 동네마다 둥둥 북소리가 난다. 남녀가 함께 밖으로 나와 술을 차려놓고 신에게 비는 놀이를 했다. 또 집마다 조상의 산소에 가서 한 사람이 등 하나씩을 달았는데 자손이 많은 사람은 더러 수십 개가 되기도 해 마치 반짝반짝 구슬을 꿰어놓은 것 같았다. 며칠 동안 술과 음식을 차려 제사를 지낸다. 왜인들은 이것을 광경光景이라 했다.

기록에서 보이는 '광경'이라는 놀이가 이곳의 아와오도리나 우리의 백중과 비슷한 것일지도 모른다는 추정은 그리 중요치 않다. 날을 잡아 누가 시켜서 추는 춤이나 노래가 아니었을 것이다. 몸이 필요로 하고 마음이 갈구하던, 고단한 삶을 견디며 노동하던 자들이 스스로 안에서 뿜어져 나온 일이었다. 몸과 마음의 허기를 달래기 위한 한여름의 축제였고 폭발이었다. 도쿠시마의 시장에서 엄청난 양의 다라이우동たらいうどん을 가운데 두고 둘러앉아 먹는 모습을 보면 나는 우리의 머슴밥을 떠올렸고, 푸른 시보리가 넘실대는 아와오도리를 보고 있노라면 구이저우 첸둥난 강변의 푸른 깃발들이 저절로 머릿속을 헤집고 다녔다. 그랬을 것이다. 푸른색과 화포, 시보리는 누군가를 위한 옷이기 이전에 들에서 땀 흘려 일하는 자신들의 것이었다. 푸른색 옷을 입고 괭이로 김을 매고, 특별한 날엔 화포며 시보리로 한껏 치장을 한 채 거리로 나섰던 것이다. 그렇게 여기서든 저기서든 살아남은 것들이 불쑥불쑥 고개를 내밀었다.

순례의 길

쪽이 대량으로 재배되던 땅은 아직도 옛 기억을 이름에 새기고 있었다. 아와의 마을 이름에 유난히 쪽을 뜻하는 '남藍'자가 들어간 곳이 많았다. 마을 가운데로 제법 수량이 많은 강물이 있었고 집집마다 노란 귤나무를 키웠다. 이젠 쪽 대신 당근과 토란이 지역의 특산물이 되었지만 이렇게 넓은 들에 쪽을 심었을 만큼 이 나라 사람들이 푸른색을 사랑한 이유는 무엇이었을까. 수많은 우키요에 속 사람들은 너 나 할 것 없이 푸른색 일색이었다. 그걸 단순히 이들의 취향이라고 보기는 어려웠다. 사실 어찌 보면 염색이라는 것은 생존에 반드시 필요한 것도 아니었다. 무명이나 삼베를 흰색 그대로 옷을 지어도 무방했다. 흰 천에 푸른 물을 들이는 일은 당연히 노동이 추가되었고 게다가 시보리까지 더해진 옷을 일상복으로 입었다는 것은 그럴 만한 이유가 있어야 했다. 문화적 차이가 사회적, 경제적인 여건과 반응하며 생겨나고 변화하는 것이라면 말이다.

아와 지역에서 가장 유력한 쪽 염료 상인 중 한 사람이었던 오쿠무라奧村 집안의 저택이 쪽 염색 사료관으로 운영되고 있다. 전시장과 염색 체험을 위한 공간도 따로 마련되었다. 마당 양편으로 일꾼들의 작업장도 당시 모습 그대로다. 이제는 쓸모가 없어진 커다란 나무 절구통과 저울과 도리깨는 농기구이기도 했지만 쪽을 기르고 염료를 만드는 데도 필요했다. 숙성을 거쳐 완성된 쪽 염료는 일정한 무게로 가마니에 담겨 미마의 시장으로 옮겨졌다. 염료의 품질을 판별하는 전문가가 따로 있었다. 가마니마다 소량의 염료를 꺼내어 빻은 다음 물에 개어 일일이 종이 위에 발라 농도와 색감을 확인하고 품질에 따라 등급과 값을 매겼다. 마지막으로 생산 연도와 지역 그리고 생산자의 이름을 적은 꼬리표를 가마니에 매달았다. 그해 최고 품질의 염료를 생산한 농부는 상패를 받았다. 거래가 성사된 아와의 쪽 염료는 배에 실려 일본 전역으로 팔려나갔다. 교토의 시모무라 씨에게도 갔고 아리마쓰의 시보리 장인 다케다의 작업장으로도 갔다.

염색을 시작하고 나서 나는 옛 농서農書를 들춰보는 일이 잦아졌다. 조선 사대부에 의해 편찬된 책이었지만 목적한 바는 분명했고 때로 선진 농법을 소개하는 전문서 역할도 했다. 여러 권의 농서에서 현실의 사정에 맞게 취하고 버릴 것을 가려 새로이 편집한 농서도 있었다. 농사에 관련된 내용뿐만 아니라 집을 지을 터를 정하고 우물을 팔 적당한 곳을 찾는 방법까지 아울렀다. 다방면에 걸쳐 세세한 기록을 남긴 것을 보면 실제 농사짓는 일과는 관련이 적었을 사대부들이 애써 농서를 지은 이유를 짐작할 수 있었다. 말 그대로 살아가기 위한 실용서인 셈이었다. 이제는 생긴 모양조차 짐작하기 어려운 농기구와 이름도 생소한 나무며 채소의 재배법도 실려 있었다. 날을 잡아 씨를 뿌리고 해와 달과 별을 보며 농사의 길흉을 점치는 항목에 이르면 마치 '농사의 고고학'을 보는 듯했다.

박세당朴世堂이 지은 《색경穡經》도 그중 하나다. 조와 보리, 벼와 콩 등 농작물을 기르는 방법에서 과일나무와 꽃과 약초를 심는 방법도 소개하고 있었다. 뽕나무를 기르고 누에를 치는 항목에서 더없이 자세한 것은 그것들이 삶에서 얼마만큼의 비중을 차지하고 있는지를 실감케 했다. 그만큼 중요한 농사일이라는 뜻이었다. 자세히 보면 농서에는 군더더기가 보이질 않았다. 선후가 분명했고 서술한 분량도 마찬가지였다. 딱 비중에 맞게 꼭 그만큼이었다. 돼지와 꿀벌을 치는 요령에서 술을 빚는 주조법에 이르기까지 일상생활에 필요한 거의 모든 내용이 실렸다. 그는 벼슬에서 물러난 이후 시골에 살았다. "내 힘으로 농사를 짓고 식량을 생산한 지도 오래되었다"라고 책의 서문에 썼다. 쪽 염색에 관한 내용은 채소를 가꾸는 항목 끝에 적었다.

> 쪽은 기름진 땅에 심으며 흙을 곱게 갈아야 한다. 3월 사이에 씨를 물에 담가두었다가 싹이 나면 두둑에 파종하는데 아욱을 심는 방법과 같다. 잎이 세 개가 나오면 새벽과 밤에 물을 대준다. 김을 매어 깨끗하게 한다.

> 5월 중에 비가 내리면 땅을 갈아 쪽 모종을 한 구덩이에 세 포기씩 옮겨 심는다. 심을 때는 힘이 들어도 손을 재빨리 놀려 땅이 마르기 전에 심는다. 흙이 건조하면 급히 호미질을 하고 물을 부은 다음 심어야 한다.

내용은 간소했다. 그도 그럴 것이 쪽을 심는 일과 다른 농사일의 경중을 따져보면 알 일이었다. 지난해 쪽을 심었던 곳에 올해는 토란을 심어도 되듯 쪽은 필요에 따라 선택되는 일이기도 했다. 그렇다고 농서에서 쪽 항목이 빠지는 경우는 없었다. 나라와 지역에 따라 선호하는 정도가 다르지만 아마 이곳 아와에서 쪽은 농서의 항목 중 앞자리를 차지했을 것이다. 아와의 농민들은 3월이 오면 쪽 씨를 준비했다. 이맘때 남쪽으로

大師遍照金剛
同行二人

날아갔던 제비가 돌아왔다. 그 무렵을 길일이라 여겼다. 제비가 돌아오는 날에 맞춰 씨를 뿌렸고 마을의 신사로 가서 술을 공양하고 풍년을 기원했다. 뜨거운 여름이 되면 다 자란 쪽을 베어 말린 다음 물을 뿌려 발효를 시작했다. 염료의 품질을 결정하는 가장 중요한 과정이어서 경험이 제일 풍부한 자가 맡았다. 발효를 시작해 염료로 만들어지기까지는 백여 일이 걸렸다. 농사일이 다 그렇지만 쪽을 길러 염료를 만드는 일도 고되긴 마찬가지였다.

도쿠시마, 아니 아와의 쪽이 지난 과거의 푸른 기억이라면 화려한 춤의 난장인 아와오도리는 도쿠시마를 대표하는 얼굴이 되었다. 비록 농부가 스스로를 위무하던 축제에서 도시의 관광산업으로 변모했지만 여전히 살아서 춤과 노래를 이었다. 아와오도리가 넘치는 흥과 춤의 파티라면 그와는 정반대로 고독과 함께 걷는 순례의 길인 오헨로お遍路가 있었다. 시코쿠의 해안을 따라 총 88개의 절을 이정표 삼아 걷는 도보여행인 오헨로는 섬의 숨겨진 보물과도 같았다. 수백 년 전 스님들의 구도의 길에서 비롯되었다고 한다. 뜨거운 여름 도시가 아와오도리의 춤의 열기로 후끈 달아오른다면 순례는 계절을 따지지 않고 차분한 일상 안에서 일 년 내내 소리 없이 움직였다. 그 첫 출발지가 지난 시절 드넓은 아와의 쪽밭을 앞에 둔 료젠지靈山寺였다. 료젠지를 출발해 해안가를 따라 남쪽으로, 다시 서쪽으로 길을 꺾어 북쪽 해안을 지나 오쿠보지大窪寺에 이르는 대장정이 바로 순례의 길이었다.

료젠지 안은 도시에서 온 참배객들로 부산했다. 순례를 온 것일까.

● 도쿠시마, 아니 아와의 쪽이 지난 과거의 푸른 기억이라면 화려한 춤의 난장인 아와오도리는 도쿠시마를 대표하는 얼굴이 되었다. 아와오도리가 넘치는 흥과 춤의 파티라면 그와는 정반대로 고독과 함께 걷는 순례의 길인 오헨로가 있었다.

흰옷에 삿갓과 지팡이를 든 사람들은 지금 막 이곳에 도착한 모양이었다. 바쁜 도시인은 어디나 마찬가지다. 순례조차도 바빴고 자격증이라도 되는 양 절마다 찍은 도장을 자랑스레 내보인다. 승복을 입고 며칠 스님이 되어보듯 몇 시간을 걸어 순례의 길에 동참했다. 순례가 상품이 되었다고 눈살을 찌푸리는 무리를 만나기도 했다. 하지만 저렇게라도 걸어야 하는 저마다의 절박한 사정이 있을 것이다. 오헨로 길이 시작되는 곳임을 알려주듯 순례자 복장을 한 스님의 석상이 있었다. 죽음을 무릅쓴 구도의 길을 걷던 스님의 복장과 지금 길을 나서는 순례자의 복장이 다르지 않다. 특별할 것이 없다. 꼭 필요한 물건과 오랜 시간 걷기에 편한 옷이 전부다.

사람이 다르듯 순례의 모습도 이유도 다르다. 삿갓 하나만 쓰고 혼자 걷는 사람도 있고 산책이나 소풍을 나온 듯 가벼운 산책도 순례다. 저마다의 방식으로 저마다의 순례를 걸으면 그뿐이다. 청년 구마다熊田도 그런 순례자 중 한 사람이다. 료젠지에서 만났으니 순례의 시작이거나 끝이겠거니 여겼다. 그는 지난해 직장을 그만두고 40일 넘게 걸었다고 한다. 태풍으로 중단되어 남은 길을 올해 이어 걸어 이곳에 도착한 것이다. 순례의 길에서 그는 텐트를 치고 밤을 났다. 큰 배낭과 길을 안내하는 스마트폰 그리고 묵직한 카메라까지, 자신이 지나던 길을 빠짐없이 기록하는 구마다는 말하자면 디지털 순례자인 셈이다. 함께 절 문을 나선다. 순례자를 위한 서비스센터가 있는 삼거리에서 그와 헤어지며 순례를 마친 것을 축하한다고 하자 그는 고개를 젓는다. 도쿠시마 항에서 배를 타고 고야산高野山의 곤고부지金剛峰寺로 갈 것이라고, 그곳이 자기 순례의 종착지라며 웃는다. 구마다에게 귤 두 알을 건넨다.

"나는 좀 더 걷다가 돌아갈래."

"조심하고."

나는 기차역과는 반대 방향으로 길을 잡았다. 삿갓을 쓴 사내가 저만치 걸어가고 있다. 사내는 느리지도 빠르지도 않은 걸음으로 늦은 오후의 골목을 앞서간다. 그를 따라가도 될 것 같았다. 료젠지에서 요시노가와로 눈을 돌리자 드넓은 들판이 펼쳐졌다. 아와오도리는 처음 바다에서 죽은 자의 영혼을 달래는 사찰의 제의에서 시작되었다고 했다. 그렇다면 오래전 이곳 어딘가에서도 농부들의 춤과 노래가 달아올랐을지 모를 일이다. 푸른 시보리를 입고 노래를 부르며 몸을 흔들던 그들의 모습이 환영처럼 머릿속을 떠돈다. 자신들이 땀으로 키운 색을 입고 춤을 추고 노래를 불렀다. 춤은 몸의 기운이 다할 때까지 추어야 춤이었고 노래는 목이 쉬어 소리가 나오지 않을 때까지 불러야 노래였다. 길모퉁이 작은 종이상자 위에 과자와 생수병이 놓여있다. 이름 모를 순례자를 위한 배려다. 오헨로의 길에서 만나는 사찰이 순례의 목적이 아니듯 푸른색과 화포도 내 여정의 종착지는 아닐 것이다. 길은 끝이 없고 가야 하는 이유도 앞에 놓인 길 위에 있다. 나도 남은 귤 봉지를 옆에 놓고 해가 지는 방향을 따라 걷기 시작했다.

오헨로의 길에서 만나는 사찰이 순례의 목적이 아니듯 푸른색과 화포도 내 여정의 종착지는 아닐 것이다. 길은 끝이 없고 가야 하는 이유도 앞에 놓인 길 위에 있다. 나도 남은 귤 봉지를 옆에 놓고 해가 지는 방향을 따라 걷기 시작했다.

0

그 후

시작은 미미했을지 몰라도

화포의 세계는 어디로 튈지 알 수 없는 럭비공 같았다.

다시 여름이다.

작렬하는 태양 아래 쪽잎이 무성해진다.

화포의 발랄함을 보고나서

무늬 없이 깊고 넓은 푸른색이 다시 눈에 들어왔다.

푸른색의 생기와 고요함 사이를 오가는 일이 계속될 것 같다.

©LENA

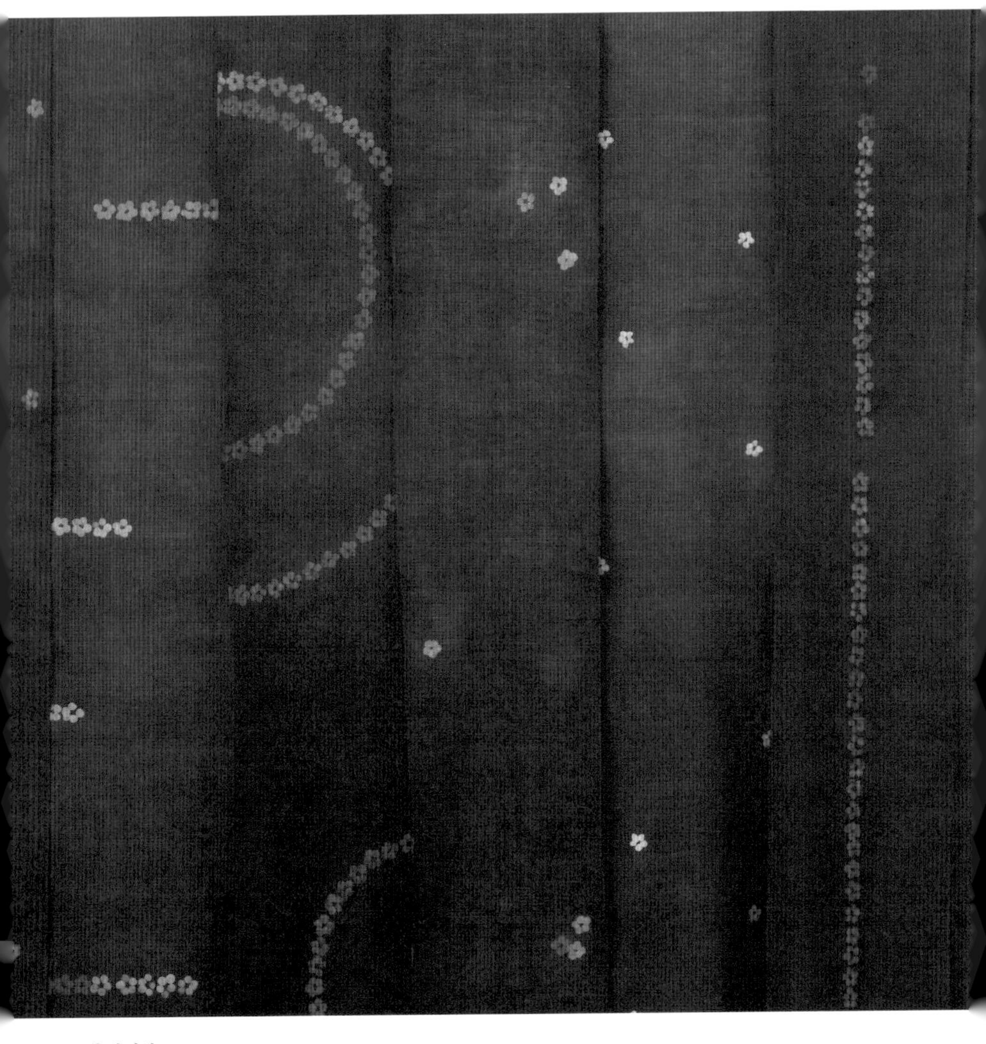

ⓒ박명래

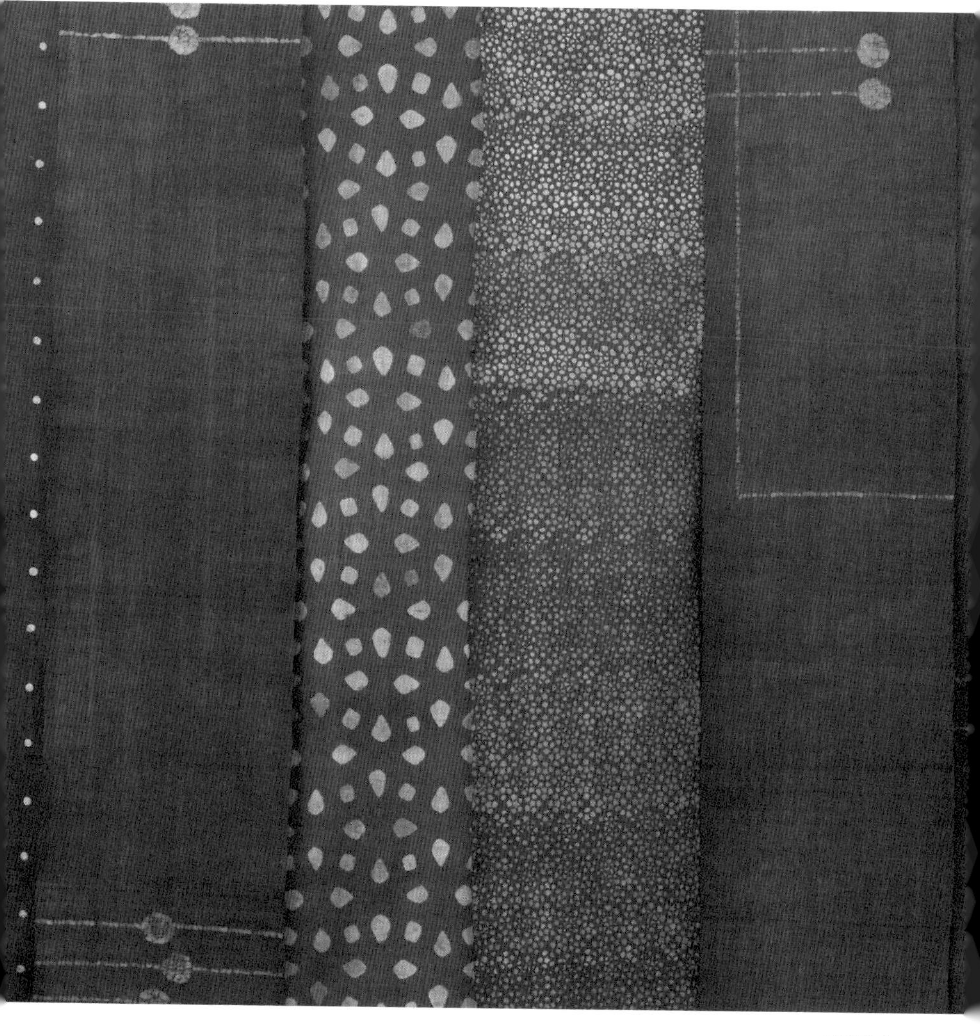

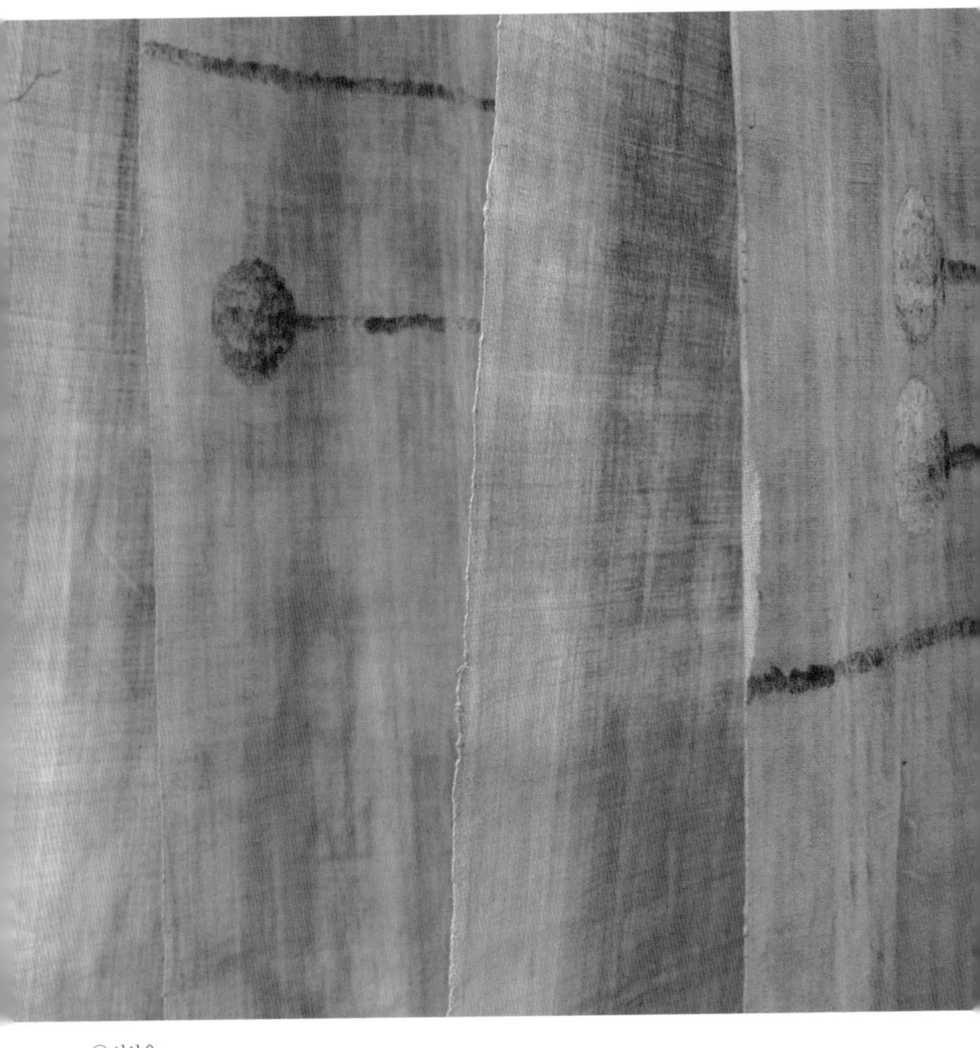

ⓒ신상웅

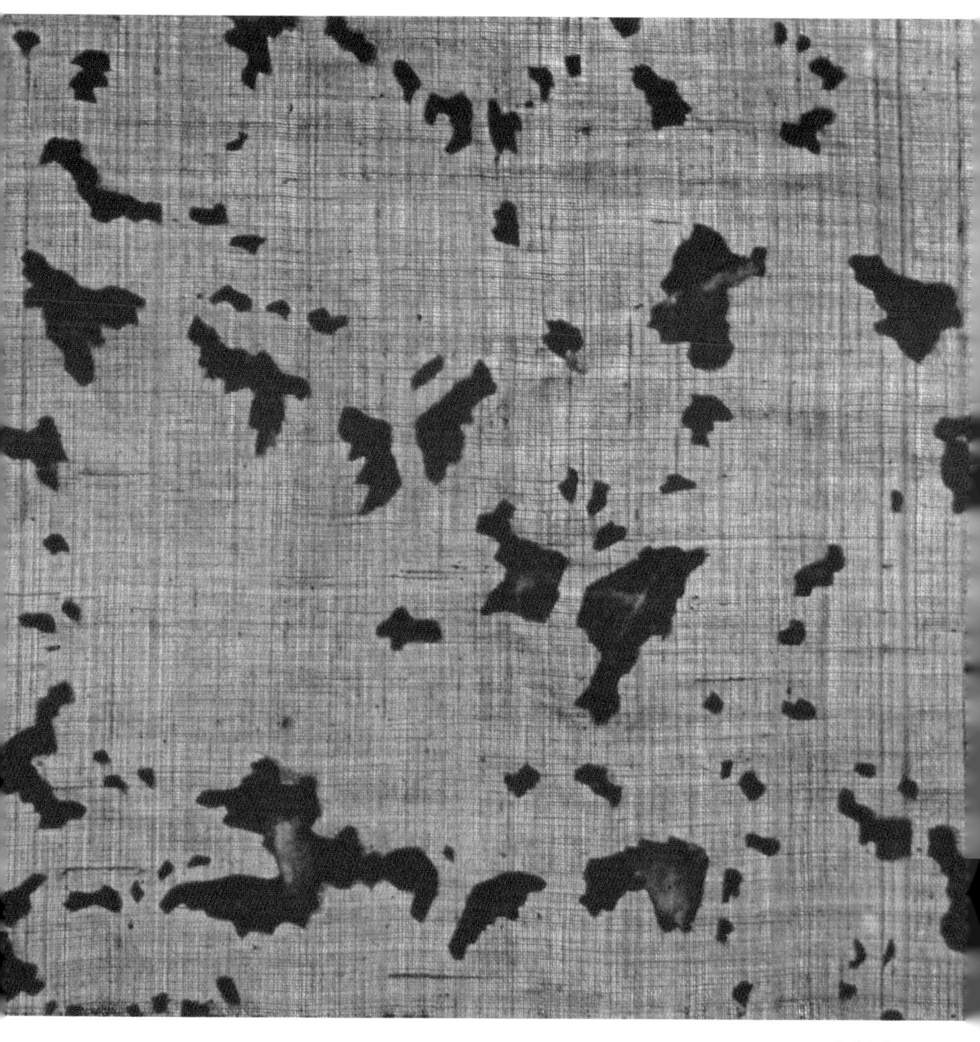

ⓒ신상웅

여행의 길에는 늘 앞서간 사람들이 있었다.

그들 덕에 탐험 같은 여행이 가능했다.

지금도 어딘가를 걷고 있을 모르는 얼굴들에게 안부를 전한다.

가장 아름다운 풍경은 길 위에 있다는 말을 믿는다.

푸른 기록

초판 1쇄 인쇄 2024년 9월 20일
초판 1쇄 발행 2024년 10월 1일

지은이 신상웅

펴낸곳 (주)연구소오늘
펴낸이 이정섭 윤상원
편집 채미애 허인실
디자인 박소희
제작 인쇄 교보피앤비

출판등록 2021년 3월 9일 제2021-000033호

주소 서울시 중구 을지로 157, 568호
이메일 soyoseoga@gmail.com
인스타그램 soyoseoga

ISBN 979-11-978839-6-5 (03810)

소요서가는 (주)연구소오늘의 인문 출판 브랜드입니다.